神州走笔

刘世胜 著

游记散文

黑龙江人民出版社

图书在版编目（CIP）数据

神州走笔／刘世胜 著.—哈尔滨：黑龙江人民出版社,2017.3
ISBN 978－7－207－10968－2

Ⅰ.①神… Ⅱ.①刘… Ⅲ.①散文集—中国—当代
Ⅳ.①I267

中国版本图书馆 CIP 数据核字（2017）第 059448 号

责任编辑：姚虹云
封面设计：曲　扬

神州走笔

刘世胜　著

出版发行	黑龙江人民出版社
地　　址	哈尔滨市南岗区宣庆小区 1 号楼
邮　　编	150008
网　　址	www.longpress.com
电子邮箱	hljrmcbs@yeah.net
印　　刷	永清县晔盛亚胶印有限公司
开　　本	787×1092 毫米　　　1/16
印　　张	20.75　　　　插页 8
字　　数	260 千字
版　　次	2017 年 3 月第 1 版　2021 年 6 月第 2 次印刷
书　　号	ISBN 978－7－207－10968－2
定　　价	63.00 元

神州走笔

【游记散文】

神州走笔
【游记散文】

神州走笔
【游记散文】

神州走

【游记散文】

笔

民族脊梁

魯迅
1881——1936

走在逐梦的路上

（代序）

　　尚未凋谢的青春年华里，我背着行囊，走在逐梦的路上。向前走，是未知的未来，不知路况如何，不知天气怎样，我只知道要往前走，一步一步，是艰辛还是甜蜜？未知。后悔选择这样一条崎岖路了吗？当然，谁不想一路上没有坎坷。但我从未想过后退，向前进是唯一的"宗旨"。在某一个雨中的早晨，推开窗户望去，一片雾岚弥漫至遥远的天际，于是低叹一声，回眸间，遇见走过的路，几许辛酸，几许坎坷。

　　一路走来，是厚厚的笔记本一直陪伴着我。前路是空白的纸张，等我挥笔书写；后路是白纸黑字，密密麻麻地记录着一路上的酸甜苦辣、所见所闻。

　　我们习惯在路上，明月依旧在天空，彩云已消逝得犹如一个幻梦。忙碌、奔波、喧嚣之后，心灵总需要一杯淡淡的茶，摈除微微的苦涩，用一世安静的心情来守候你心中的那片月光。在路上经历了很多，也正是这些经历给了我很多。于是，拍一拍衣上的尘土，走进雨里。当还在路上时，就已注定人生不甘寂寞，一心要奋斗。

在竞争激烈的世界里一路走来，我渐渐觉得辛苦。于是我放弃了清透的心灵与明朗的笑容，学会怀疑，学会掩饰，在辛苦维持的面具后面不再真诚相信每一个对我微笑的人。早已把钩心斗角在年龄下无限延伸，处心积虑地想要成功。直到伤痕累累地累得想哭，发现自己早已作不回那个透明纯净的孩子。在人生的某个路口绝望地仰望天空，在一瞬间相信自己终究是一个人。

　　然而，这也是必然的。要走到更高处、得到更多，确实少不了要舍弃一些东西，让他们在风里湮灭。有人说，人一出生就像一张白纸，一些肮脏就被渐渐地涂抹上去。但我想，人一出生就应该拥有两张纸，一张用来见证，见证年轻、见证错误，见证一些荒谬与丑恶，用来被画得花花绿绿、五颜六色，或是面目全非，这是身在这个社会中的身不由己。另一张，请永远保持她的洁净——这应是心灵的最深处，是善良的、理性的、温柔润暖的，是正义的，是纯洁的。

　　其实人生只不过是在路上，或闲庭信步，或行色匆匆，飞快地离开着、放弃着，为了不断赶向下一个目标，直至在终点迎来最终生命的消逝。

　　我一直在人生的路上旅行。不管这条路有多长，我都会一如既往地走下去；不管这条路有多么坎坷曲折，我都要留出一点时间去观赏沿途风景；不管这条路走得有多累，依然保持一颗乐观的心。我不会因前方的荆棘望而却步，不会因路旁的幻想迷失方向，在人生的路上我是一个坚强的旅行者。

我一直在路上，在各种各样的路上旅行。在求学的路上，我背囊满载，硕果累累；在青春的路上，我奔跑跳跃，勇往直前；在人生的路上，我披荆斩棘，傲然前行。一个人，有千百种心情，在千百条路上旅行。

　　匆匆的一路风景，铸成了永远的回忆，唯有这脚步从未为谁停留。我知道，我一直在路上。

　　总是会做一个奇怪的梦，梦中的自己总是在不停地奔跑，一圈圈的道路就像一个迷宫。跑——却总是没有个尽头，绕来绕去，没有出口，只能不停地跑——就一直在那条周围铺着青砖的小路上。直到被惊醒，才发现自己早已汗水涟涟……

　　或许，我一直都在路上，从未停止过奔跑。来来往往的人影恍惚都只是一瞬间。匆匆，错过了风景，那个童年，那个笑脸。曾听说，童年只是个停靠，总归要被遗忘在路的远方，总归要被岁月所沉淀，过了就过了。可是，那个充满欢欣的小站，停靠得太短啊，一旦错过又怎容我回头?! 不止一次地后悔，为何就不肯停下执着的脚步，哪怕就只是一瞥也就满足。可是现实中没有童话，残酷地融化了我的梦，那种纯真是被加上了"过去式"，没有烦恼的日子也只是过眼烟云，是要散去，也要离开。

　　路在延伸，脚步也仍在继续。我不再喜欢气球，也不再贪恋糖果，更不再相信童话。只是静静地仰望天空，思考着未来，描画着梦想。

　　岁月模糊了那一季的风景，一切都尘埃落定，被尘封在了那曾经的往事里。泪水蒙住了双眼，却也只有用力地擦干，向前看，只因自己一直在路上，因为坚强，所以固执地不回头。前方未知的路我无法猜测它有多长，只能用我的理性一点点地去描去写，将它原本的黑白填满色彩。

　　不知道会有怎样的艰辛，但至少我不会让自己懦弱地回到原点。邮储银行哈尔滨分行从 2008 年成立至今，这风风雨雨的 8 年，送走了一些过往，却也迎来了希望。就像那棵古树，岁月的年轮抒写着辉煌。那脚印深深浅浅，记录着点滴，见证着历程。一个人的脚步，在那泥泞中延伸，只是一种见证，一个人的印迹，在那蜿蜒中指向远方，不管是初始还是末终，只要心在路上，掠过的风景最终都是永恒——又是那个梦，无尽的路在不断地延展，我还在路上……

　　既然选择了远方，就注定要风雨兼程。

刘世胜

2016 年 7 月于哈尔滨

神州走笔

Mᴜʟᴜ **目录**

神州走笔

神州走笔

神州走笔

神
州
走
笔

仁中取利，义中求财

——游山西平遥古城感悟

2008 年的下半年，总行在石家庄培训基地举办全国邮储银行支行长培训班，我们哈尔滨一行来了 20 多人。这个班来自全国的支行长有好几百人。为期 10 天的培训班结束后，我们没有马上回哈尔滨，而是借机去了一次山西平遥古城。

那天从石家庄出发去山西是早晨 4 点钟，天还没亮。到山西还有几个小时车程。我们决定在车上先美美地睡上一觉，但是可能是车上太静的缘故，怎么也睡不着。于是我们想起来了，这十天大课上的，老师一讲课下面差不多就开始睡觉，等到课间休息，却又精神得不得了。现在已经习惯了，坐在那里没有声音根本睡不着。于是我们让司机师傅将音响打开，伴着车上的音响，我们大家才陆续地进入梦乡。

不知睡了多久，天已经放亮了，眼前出现的是一派黄土高坡的景色。车子再开一会儿，就到了我们要去的地方——平遥古城。

平遥古城墙始建于明朝初年，到洪武三年（1370年）在旧墙垣基础上重筑扩修，并全面包砖。以后的景德、正德、嘉靖、隆庆和万历各朝都进行过修葺，或更新城楼，或增设敌台。康熙四十三年（1703年）因皇帝西巡路经平遥，又筑了四面大城楼，使城池更加壮观。

人在高处，鸟瞰平遥古城，呈方形的城墙形如龟状，城门六座，南北各一，东西各二。城池南门为龟头，门外两眼水井象征龟的双目。北城门为龟尾，是全城的最低处，城内所有积水都要经此流出。

对于研究中国古代城市的人们来说，有这样一句话："山不在高，有仙则灵；水不在深，有龙则灵；城不在大，有城隍庙则灵。"

在来平遥之前，觉得平遥古城大概和其他古城差不多，对它没有产生更多的期待。但是，当亲自浏览了平遥古城之后，看法完全不同，感觉它是一座活着的古城——看着古城内熙熙攘攘的人流，让人感到这是一座非常有活力、充满着生机的古城。

平遥古城位于山西中部，是一座具有2700多年历史的文化名城，与同为第二批国家历史文化名城的四川阆中、云南丽江、安徽歙县并称为"保存最为完好的四大古城"，也是目前我国唯一以整座古城申报世界文化遗产获得成功的古县城。

平遥古城东侧两门曰亲翰、太和，西侧两门曰凤仪、永定，南北各一门，得名龟城，而迎熏门正处在龟首的位置。所以，普通游客虽有选择的自由，但仍然以从迎熏门入为正道。

据导游介绍，老城内原有居民约7万人，后来出于对文物保护和旅游开发的目的迁出了一多半，现有约27000居民。平遥古城已是"往者不可谏"，榆次老城却是"来者犹可追"。我在想，现在以开发古城做旅游区的地方政府，应该好好学习平遥古城的好经验，毕竟保有传统习俗生机的古城（老城）才是活着的古城（老城），赶走全部原住民的古城（老城）则不过是权贵阶层鸠占鹊巢、隔断文脉后的一座死城，在彼基础上去发展古城（老城）旅游怕是缘木求鱼。难道让游客去看权贵们的香车美女、灯红酒绿、奢华豪宅吗？中国的贫富差距已经够大，贫富矛盾已经够尖锐了。再者说，如果真成了富人社区人家也未必欢迎游客进出。

言归正传。从停车场西行几十米即是南门前的大广场，广场景观乏善可陈，地形、草坪均缺乏感染力，又无树林点缀，广场与城楼两相对望一览无余。向北经过护城河桥就是巍峨的迎熏门城楼。迎熏门城郭正中央对的是一段历史遗留车道，石板上深深的车辙印诉说着古城的历史和当年商贸的繁华。出迎熏门左拐穿过牌坊就到了城楼入口处。登城的坡道较陡，中为砖砌礓磋式坡面，两侧为台阶，从坡底望去城楼更具气势。除城楼外，城郭城墙上还有一排装饰性的仿古火炮、几座旧时守城将士雕塑和一块大型的古城游览图。据说整个平遥古城城墙刚好有3000个垛口、72座敌楼，象征着孔子"三千弟子及七十二贤人"。从城墙上放眼望去，古城内没有"碍眼"的现代风格建筑，保证了良好的古城风貌。榆次老城三期如果要发展旅游地产，也必须注意建筑风格和高度的控制。

我们去参观平遥古城的那天，天气有些炎热。而且我们都是步行去参观的，说实在的，的确很累。但当我们置身于其中的时候，被她那浓郁的文化氛围感染着，仿佛回到了2700年前的那个古代县城。从城楼下来，穿过古寺庙遗址区，在南门头街坐上景区电瓶车，几分钟就到达了县衙所在的衙门街，此为古城东西向的次中心街。另有几条同样商贾云集、热闹异常的则是一般古县城都会有的东大街、西大街、南大街、北大街，商贸繁荣，商铺五花八门，除了卖旅游纪念品、冠云牛肉推光漆等地方特产的，还有卖服饰、食品、古董金银玉器、日杂百货。平遥县衙始建于北魏，定型于元明清，保存下来最早的建筑在元至正六年（1346 年），距今已有 600 多年的历史。整座衙署坐北朝南，呈轴对称布局，南北轴线长 200 余米，东西宽 100 余米，占地 26000 余平方米。平遥县衙作为中国现有保存完整的四大古衙之一，是全国现存规模最大的县衙。县衙整个建筑群主从有序，错落有致，结构合理，是一个有机的整体。穿过县衙宅门，有一道屏门，由四扇转扇门组成。跟仪门一样，只有在重大庆典活动时才开，平时用于挡隔人们视线，屏门上原先绘有秦叔宝、尉迟恭二门神像以镇宅避邪。

穿过屏门便是二堂，二堂外悬一联。曰：

与百姓有缘才来到此
期寸心无愧不负斯民

其意不言自明，但值得注意的是下联的"愧"字少一点，而"民"字多一点，意即对百姓要少一点"愧"。巧妙的寓意是中国文字所特有的，它从另一个侧面反映出中国人交流思想、表达感情的一个特点——含蓄。二堂是知县的日常办公地。知县每天除上午升大堂理事外，多在二堂办公，处理日常公务，个别召见下级等小范围研究工作。除此之外，多数的民事案件也常在这里审理。这是因为民事案件的审理不需要大堂的森严气氛。

之后我们还参观了县衙内的刑具。看到那些各种各样的刑具，感到浑身发冷，真的太可怕了——为了惩罚犯人而设置的刑具真是太残忍了。因为我们的时间有限，行程安排得也很紧，有些景点只能是走马观花。

从土地祠出县衙景区，穿过雕梁画栋的听雨楼，在北巷乘电瓶车经二合木巷到东郭家巷，继续向东步行一段就到了南大街。天吉祥博物馆就位于南大街上的市楼北侧不远处，它是古城内唯一的一家商号博物馆，其前身为清末民初时期极有影响的跨国商号长盛蔚，建国后则改为民居，改革开放后政府允许海外华裔回国认领祖业，继承者将其捐献给了政府。目前博物馆以明清家具为主要展品。该馆规模虽小却内容丰富，藏有明代大型黄杨木雕"九龙屏"、清代乾隆朝大型红木"犀牛望月"镜等珍品。尤其值得一提的是其附设的佛堂，通过入堂仪式、博物馆解说员对佛堂住持身份的介绍、从国外带回的舍利子、住持给游客施圣水并择客点评等过程，成功地渲染和营造了一种神秘的氛围，不失为景区靠口口相传提高知名度的捷径。

其实，在游古城的时候最不能省的钱就是请导游的费用。诸如砖墙缝里镶嵌的铜钱、院子正中摆放的大缸——这些极容易忽略的细节背后都有其独特的来历。余秋雨在《抱愧山西》一文中写道："在山西最红火的年代，财富的中心并不在省会太原，而是在平遥、祁县和太谷，其中尤以平遥为最。"而这一时期晋中商人阶层的文化心理、道德观念、审美情趣都在那雕梁画栋的晋宅之间。

古城街道两旁，各种老字号店铺林立。其中古城的中轴线南大街是最为繁盛的传统商业街。据说，这条南大街在清朝时期控制着全国百分之五十以上的金融机构，被誉为中国的"华尔街"。而著名的中国第一票号"日升昌"则诞生于古城的西大街——"大清金融第一街"。

　　还有汇武林武术博物馆、蔚泰厚（票号）博物馆、天成亨（民俗、晋商文化）博物馆、华北第一镖局等众多各具特色的吸引眼球建筑，连邮局建筑都是古色古香的。"日升昌"是中国历史上第一家票号，其前身是有百年历史在京、津等多处设有分号的西裕成颜料庄，兵荒马乱时期很多在外地经商的山西商人为避路上风险，将钱存入其外地分号，然后凭西裕成外地分号的经理书信或票据回到平遥总号取现。大掌柜雷履泰受此启发就说服东家将颜料庄改成了专营汇兑业务的票号，并取愿票号生意如"旭日东升""繁荣昌盛"之意更名为日升昌。其鼎盛时期在全国各地设有多达 35 处分号，西方金融专家称其为"现代银行的乡下祖父"。近年因电视剧《乔家大院》而声名远播的乔家开设票号已经是半个多世纪之后的事了。我们这些银行的支行长在"日升昌"门前照相留念，也算是寻祖归宗了。

　　日升昌这个景区，结构紧凑，规模很小，如果没有导游与文字、图像、声光电等相结合的完备解说系统，游客很容易匆匆走过，留不下深刻的体验和印象。游客可以对日升昌商业上的辉煌充耳不闻或过目即忘，却不应对以雷履泰等为代表的杰出晋商"仁中取利真君子，义内求财大丈夫"的诚信经商理念一无所知，否则就是解说系统的疏漏。因为这一层面才是撼动人心的，有助于游客认识晋商文化、认识了解山西的珍贵文化遗产。

　　行程仓促，对平遥古城的了解仍如盲人摸象。不过即便如此，已经很有收获了。

南戴河休假散记

2009 年，我在贵新街支行任职，同时负责着工大支行的工作。有一天，两个支行的大堂经理找我商量员工休假问题。经过我们研究，决定利用孩子暑假期间组织全体员工赴南戴河休假。决定一公布，员工们沸腾了。经过简单的筹备工作，便组织员工分两批去南戴河。

能和自己朝夕相处的工作伙伴一起出去度假旅游，员工们别提多高兴、多兴奋了。说实在的，我能理解大家的心情，对于久居城市钢筋水泥筑就的"森林"，日复一日地复唱单位和家庭两点一线的单调旋律，反复一种工作一种生活，大家感觉就像一篇枯燥文章里的一个标点，固定于某种语法格式；或是运转机器上的一颗螺丝钉，高速机械地运动着，渐渐地淡了时间的感觉，淡了寒来暑去，淡了向往……

现在单位出面召集大家外出旅游，那真是一呼百应，有人决定要带上孩子，有人要带上自己的老人。出发那天，看大家的兴奋劲儿，就像是第一次出远门似的。

火车经过一夜的运行，于次日凌晨进入河北省地界。

虽是盛夏，凌晨的寒意却沁人肌肤，大地还呈半寐状态，七月流火的季节里难得遇上一个荫翳的清晨，淡淡的薄雾在原野的浓绿上面轻舞飞扬，太阳在灰沉沉的云层深处藏匿着，掠过车窗的风也没了焦躁酷热的暑气，沁凉如水，今日空气似乎比往日格外的清新。

飞驰的火车快速向着河北平原辽阔的地平线一路追风，疾驰的感觉让我联想到广袤草原上飘逸的野马，在莽原上狂奔御风。其实现在的火车就是一骑神采镌逸的铁龙，驾风在铁路这幅没有尽头的卷轴画上疾飞，两根铁轨犹如画轴在前面不停地展开，风涌进车窗吹着清凉的歌，拂面如水，风景从车窗的两侧飞快掠过，路的两旁是似曾相识的小镇和农田。雾气渐渐的散了，铁路旁果园繁茂的浓荫遮住了累累的果实，大片的玉米黄白的穗子随风摇曳，不知这情形像不像芦苇荡里的苇花。

我们一行将近 20 人，于上午 10 点半到达黄金海岸，空气中依稀充满咸咸的海的腥气，思绪翩翩欲飞……大海我来了，向往的大海就在前面。

黄金海岸的景象把我对大海狂热的温度降至零点，沙滩上泊满了大大小小各种型号的汽车，星罗棋布的摊位上飘扬着各色的泳衣、鲜艳的旗帜，水泥地面蹩脚的表现破坏了大海的雄浑，梦想和现实之间总有着一段距离。

这灰茫茫一片白水，不是我心中的海，没有岸边翻扣的渔家木船，没有海鸥的翅膀低低地掠过滔天的浪尖，看不见天水相连……层层叠叠细碎的白浪推向岸边，平缓的波浪扭捏地像一个不敢表达心意的女子，一次一次地试探着拍向沙滩，又一次一次地怯怯退却，空遗几枚心事的贝壳让嬉戏的孩子们把玩。

尽管如此，当我闭上眼睛，用心去感受那大海的波涛时，老人家在《浪淘沙》中所描绘的北戴河又一次在我心中澎湃："大雨落幽燕，白浪滔天，秦皇岛外打鱼船，一片汪洋都不见，知向谁边？往事越千年，魏武挥鞭，东临碣石有遗篇。萧瑟秋风今又是，换了人间。"

这里的海水曾冲刷魏武帝东临碣石观沧海的巨船，这里的飞浪曾瞻仰一代伟人激昂文字、指点江山……面对着海的空阔天的空阔，天的茫茫海的茫茫，我和我的同事们一起倾听着大海的声音。迟到的早餐过后，我们租车东行，直达南戴河。在事先联系好的农家院安顿住下后，一行人马立刻杀向海滩。

海滨浴场喧闹得像一个挤满鲜艳热带鱼的大鱼缸，那高大碧绿的螺旋滑水梯就是水底女巫神秘的堡垒，海岸线那一抹淡淡的白沫会不会是海的女儿不死的灵魂？风平浪静的南戴河极目仍是白茫茫灰蒙蒙的虚无，温热的海水浸润着我对大海的一腔相思。尽管荫翳中的南戴河，不似想象里蓝天碧海或雄浑壮阔，大家仍十分投入。我的同事大多是一些90后靓丽的姑娘和帅气的小伙，平日里被职业装包裹得端庄严肃，即使面对客户流露出的也是职业的微笑。今天他们才是真正地解放了自己，看着他们脱掉职业装换上五颜六色、花花绿绿的泳装和休闲衣，简直为南戴河增添了一道亮丽的风景线，不时引来火辣的眼神。现代的年轻人，缺少的就是我们这些上了岁数人的矜持，但多的却是个性张扬，热情火辣，激情四射。当他们投入大海的怀抱后，情不自禁地呼叫着、呐喊着，男孩们相互打着水仗，有些女孩干脆就扭打在一起，他们大声喊着、大声笑着，根本不顾及周围投来的目光。看着这些平日里工作起来严肃认真的同事，在这一刻毫不保留地放纵自己，我的心热了，这是一群多么真实、多么可爱的年轻人啊！

海里折腾了个把小时，又折腾向岸，几个年轻人跃跃欲试地上了滑水高台。高台速滑是个刺激的节目，需要勇气，上来的人不是很多，沿着高台的扶梯，螺旋地卷上离地面二三十米的四楼平台，一个挂着工作卡的女孩，举着一根竹竿坐在椅中指挥，每冲下一个就把拦的竹竿一收，又放进一个………

两条一尺半宽，几十米长的乳白色的滑水道，以70度左右的角度平行地探进水池，清亮的海水欢快地沿着水道哗然而歌。游人抓住系在上面的一条粗粗的尼龙绳，躺进水道，在水流的冲击下瞬间就射进了下面的水池，激起一朵白亮的水花，伴着尖叫和喧笑，再按起水面蹒跚向岸。滑水道看起来很简单，但真站到高台上，俯瞰陡直的水道、浅浅的槽沿，那种两股战颤几欲先走的感觉便油然而生。

不知不觉中已陷入了薄暮的重围，天光似乎更亮了些，薄脆的金色波浪荡在海面，犹如夕阳垂死前的回光返照。因嫌浴场更衣收费，这些姑娘小伙便身着泳装在街上闲步，倒成了南戴河一景。落脚的农家院，是二层小楼围成一个促狭的天井，倒也清静。天井里茵茵地摆了几大盆常绿的树木，配了几盆嫣红的盆花，都不是什么名贵的品种，但也花红树绿错落有致。坐在白色塑料小桌边的躺椅里，几个人在凉伞下打扑克到也悠闲。淋浴过后，晚餐结束，奔突了四五百里、海里扑腾了四五个小时的身体彻底向疲乏投降。海边夜色暖融融湿润润地包围了我，几个男孩一头扎在床上，小号一样的鼾声一会儿就由低到高地吹了起来。

第二天安排大家自由活动，这也是对前两天紧凑节奏的一次调整，不想把大家搞得太紧张疲惫。

第三天一早，我们这支团队去了翡翠岛。果然，海滩、海水都比黄金海岸好，而且最棒的是这里的海滩是非常非常缓的，走到海里 50 米的地方水才到人的腰部，因此大家可以走得很远。又是由我这个"老头儿"为年轻人照看衣物，年轻人义无反顾、争先恐后地冲进水里。不过这次大家在水里走得远了一些，当我拍过几张照片回头再看他们，半天都找不到了，最后还是在远远的海里看到几个小脑袋才算找到他们，胆子可是真够大的啊。

我们在翡翠岛的另一个主玩项目是海里摸贝壳，这也是偶尔发现的。在一片离岸边有 10 米左右的地方，水深也就才到大腿，水清澈得能看到海底的沙子。刚开始的时候，是看到沙子上面的贝壳，就捡起来交给我。我的泳裤上正好有个小兜兜，可以放贝壳。但是有一次，发现手指向沙子下面探一探，沙子下面居然还藏了很多贝壳，抓了一把沙子，里面居然有四五个呢，而且还有扇贝，粉色的、黑色的、灰色的、淡紫的……引得姑娘们一阵阵地惊呼。这下子可好了，有几个女孩，还有个孩子妈妈，也不去玩别的了，提个小塑料桶开始专心致志地挖贝壳了。不到一上午的时间，我们居然挖到了整整两小桶的贝壳。

下午，本来说早点返回，但年轻的同事们意犹未尽，我也只能由着大家的性子来了，一直到 3 点半这群年轻人才开始换衣服，离开翡翠岛。

第四天我们去仙螺岛游玩。仙螺岛游乐中心位于南戴河旅游度假区正面近海 1 公里处，全岛总面积 4000 平方公里。"仙螺岛"是因海螺仙子的传说而得名。据说很久以前，南戴河一户单姓渔民在海里捕捞到一个很大的海螺，回家后把海螺放入盆中，只见盆中海水映得五颜六色。一天，夜暗星稀，细雨蒙蒙，盆里的仙螺彩光频闪，随彩光升起一个亭亭玉立的女子，眉清目秀、黛发油亮，十分靓丽。螺女幻化人形为苦难的渔民治病、送粮，还冒着风雨搭救遇险的落水者。后来渔民的儿子海蛙和螺女在简陋的房子里结成了夫妻。海蛙早出晚归下海捕鱼，勤劳不辍。螺女持家奉母，十分勤快。渤海龙王发现仙螺不在身边，命海龟丞相寻找。龙王得知海螺仙子的下落后大怒，下令捉拿仙螺回宫。众虾兵来到海螺仙子家一拥而上，抓了螺女便走。海娃闻听，操起鱼叉急忙追赶，大战虾将，直打得昏天黑地。这时，宫门大开，龟丞相告诉海娃，仙螺已经被压在了海中的孤岛里。

南戴河的父老乡亲，为铭记螺女的恩德，就把这座孤岛叫做"仙螺岛"，还在岛上建了一塑"海螺仙子"汉白玉雕像，让螺女站在"仙螺岛"上深情地望着南戴河。直到现在许许多多文人墨客、画家艺人，或撰文赋诗，或泼墨填彩，或精雕细琢，讴歌"仙螺岛"、赞美"海螺仙子"，创作了大量艺术作品，使"仙螺岛"和"海螺仙子"蜚声海内外。正是知晓了上述传说，才吸引我们前去一睹仙螺女的欲望。

美丽的仙螺岛它是依托蓝天碧海的自然优势，根据美丽动人的民间传说构思建成的。仙螺岛的开发建设立足高品位、高档次，注重文化性、观赏性、参与性、刺激性的完美融合，不仅弥补了秦皇岛无岛的遗憾，更为南戴河旅游景区增添了无穷的魅力。有人说，来南戴河不游仙螺岛就好比到了杭州不游西湖一样令人遗憾。这话说得没错，仙螺岛上的海螺仙子、三道关、七星石、石猴观海、风车群、巨龙出海等景点，无不充满神奇色彩。岛中的仙螺阁与岸边的聚仙阁又相映成趣。我们一行人登阁远眺，顿觉海阔天低，心旷神怡，波光、帆影、白云、鸥群尽陈眼底。两阁之间，一条千米海上索道，有如经天长虹，将其紧紧连为一体，始令"天堑"变通途。岛的西侧，一座 70 米高的娱乐观光塔气势雄浑，冲天而起。以其为载体，设有蹦极、跳伞、漂流、观光等海上游乐健身项目，新颖、刺激，有惊无险。岛之西南，经人工围埝填沙，筑成 7000 平方米海中浴场，供勇敢者尽情嬉戏弄潮。

南戴河仙螺岛，不啻海中瑶池、涛中乐园，有幸登游此岛，领略海中观海之情趣，实乃人生一大快事。正是：尝浩海观瑶池螺女常驻，游仙岛品仙螺亚赛神仙。

在返程的路上，大家的肩背和大腿等晒得较多的部位，已感觉有些刺痛，等回到住地发现有的人身上已经起了水泡。以前也去过不少海边，也领教过南方的太阳，脱皮是常有的，起泡却少见。不知是大家的皮肤变得较嫩了，还是我们的臭氧层真的完蛋了？也许是因为太阳黑子活动的缘故吧，总之提醒各位朋友：到海边，千万别不把太阳当回事，要采取一些防晒措施……

离开海滨时，心里留下了两个祝愿：愿这里的海滨能越来越清洁、越来越美丽，愿我们的生存环境越来越美好。

美丽的昆明，难忘的地方

2009年的"十一"长假，单位组织我们高管去云南度假，我们感到非常兴奋。短短10天，美丽的云南给我留下了终生难忘的美好印象，就在从云南回来多天后，我晚上还做梦身在云南看美丽的风景；回忆云南的美景，为其山水秀色和风土人情所倾倒，让我强烈地有了"不辞长作云南人"的想法。

云南的魅力是语言与文字难以描述尽至的，但又觉得我真的应该好好记述一下这座美丽的城市，即使有生之年实现不了"不辞长作云南人"的想法，等我多年后还可以在北方某个小城坐着摇椅，靠着回忆、靠着文字、靠着照片慢慢地回忆这座让人流连忘返的城市。

我们从哈尔滨乘坐飞机，几个小时后就降落在云南的昆明。昆明不愧叫做春城，气温出奇的好，大约在十几到二十度之间，可我们已觉得相当的凉爽。昆明早晚温差明显，有太阳和没太阳的温差也明显，所以衣服乱穿，走在昆明的马路上，从春秋衫到短袖，什么穿法的都有。

按行程安排，我们在昆明的时间并不多，但据说吃在昆明也是一绝。我和老陆放下行李，便走出宾馆。宾馆后街开着一溜饭店，我们走了一些地方，看起来的确吊人胃口，只是卫生环境略差，整个昆明的城市建设还是相对落后些，感觉与哈尔滨相比那是差了一点。

在一家老板娘操着东北口音的饭店我们坐了下来，只是刚喝了两瓶啤酒，就感觉头晕晕的。在我们怀疑啤酒有问题时，老板娘说话了，她问我们是不是从东北来的。当得知我们是东北人后，说这就对了，东北人长期生活在平原地区，而这里是高原，海拔平均在 2000 米，头晕是高原反应。至此，我们才意识到，我们来到了高原地区，怪不得与我们一起来的一位女行长，下了飞机就晕倒了，现在还在医院呢。

在昆明没有什么可游玩的地方，也没有留下什么深刻的印象，只是对吃留下了印象。旅游团组织我们去吃了一次大餐，而且吃得很夸张。这顿餐就是号称世界三大夜宴之一的"昆明世博吉鑫园夜宴"，其中的"宴舞"据说与法国红磨坊和泰国人妖的"艳舞"齐名。

没怎么搞明白，但是这儿的场面很宏大，歌舞也不错，如果不问晚餐的价格，倒是值得一去，还是用导游的话说，昆明的帅哥美女这儿都有了，只可惜这里吃得太随意，小吃各类不少，但主打的过桥米线还不如街上的做得精致。大门口迎宾的，先不论相貌，身材个个让人羡慕，那身高就高过我们之中的好多人，估计都是晚上演出的演员每天来客串的。大厅搞得和人民大会堂似的，据说当年江爷爷来时直夸这儿不错。老板是白族人，也算是国家大力扶植的，每天来的团队不少，否则这场面就冷清了。演出场面很宏大，有点类似杭州的"宋城千古情"，同时也有民族风情的介绍，整台戏的引子就是各民族向皇帝进贡的场面。演员好多好多，看起来真不比吃饭看演出的人少，热闹得可以。保安对场子管得紧，不许到台前去拍照，个人只能在座位上拍。

头道小吃就是这样送上来的，演员直接从台上跑下来，很出乎意料。然后就是一干的帅哥美女（说实话太远了看不清楚）在台上"疯"，跳着我们看不太懂但热闹异常的民族舞。每天这样卖力的演，真难为他（她）们了。终于美女下得台来和观众互动了——抓紧拍个近照，她长得还真不错，同行众人口水流流，想与她互动拍手，人家不理，白搭。

这是我看过的第一个"印象类"的演出，应该说当时有震撼的感觉，很唯美，后面的行程里还有"印象丽江"，充满了期待。

事实上，我们云南完美印象的真正开始是始于昆明的，也结束于昆明。

也许是因为昆明这第一站的印象良好，使得整个云南的印象都不错吧。而这个完美的印象却与一个人有关——一个在昆明本地的、也是我们这个旅行团的全程导游有关。

当我们刚下飞机的时候，这个导游的出现完全颠覆了我们头脑中原有的导游形象。首先你根本看不出他是男是女，其次他让我怀疑他是不是人类。但随着后来的接触，我们知道了她是女的，并感觉她很敬业。她是个少数民族，是什么族的记不住了。她告诉我们了许多有关少数民族的风俗和来云南的注意事项，对我们提出的这样那样的问题都给予详细解答。在整个云南期间得到她热情接待，陪逛并且详细专业地讲解景点，又有两次都是她在机场送别，很是感动。因为她的热情，因为她的讲解，他乡变得不陌生，让我对昆明了解了很多，也让我们对昆明的印象好了太多太多。

风花雪月　魂牵大理

此番我们大理之行的首站便是前往大理古城一游。伴着奔驰的汽车，只见一路上山清水秀，风光旖旎。快到下关时，西边突显一座黑苍苍的大山，需得仰头才能看到那巍峨雄伟的山顶，原来这就是著名的苍山，转身再往东瞧，眼前又显碧波万顷的洱海。置身于此等青山绿水和亮丽的蓝天白云间，内心便不由奔涌出许多的轻松和惬意，我仿佛进入了一个美丽神奇的仙境。

都说大理人杰地灵，素有"文献之邦"的美誉，外雄内秀的大理古城内外，悠久的历史和璀璨的文化处处闪现。大理崇圣寺三塔点缀于苍山洱海之间；大理的自然风光以"风、花、雪、月"四大奇景闻名天下；每当冬春时节，山茶花、馨兰争芳斗艳，傲雪开放，苍山如屏，山顶常年积雪；洱海如镜，碧波万顷，白帆点点。此外，蝴蝶泉深幽，清碧溪多变，还有如画如诗的田园风光、洱海畔的渔家情调，让我如入梦境。

车行在大理古城，两侧为"三坊一照壁"式典型白族民居。其以土木结构瓦房为主，巧于装饰的门楼，运用殿阁、飞檐等造型，再加以泥塑、木雕、彩绘、石刻、大理石屏、凸花青砖等组合成色彩斑斓的图案，既显富丽堂皇，又不失古朴大方的整体风格。白族民居多木雕修饰，并巧妙运用动植物图案造型，动静有序地将多层次的山水人物、花鸟鱼虫表现得淋漓尽致。古城东临洱海，西枕苍山，城楼雄伟，风光优美。古城规模壮阔，方圆12里，城墙高7.5米，厚6米，东西南北原有四座城门，上有城楼。古城的城区道路仍保持着明清时的棋盘式方格网结构，素有"九街十八巷"之称。南北两座城楼相对而立，城内由南到北，一条大街横贯其中，深街幽巷，由西到东纵横交错。全城清一色的青瓦屋面，鹅卵石堆砌的墙壁，显示着大理的古朴与别致。清澈的泉水由苍山流入城里，穿街绕巷，经过家家门前。大街小巷叮咚的水声不绝于耳，犹如一曲动听的三弦曲在耳边萦绕。城内的居民不论贫富，都喜欢在庭院内养花种草，"家家流水，户户养花"真是名不虚传。

当我行走在青石铺就的街巷间，只见两边商铺内的各类商品琳琅满目，从精雕细琢的玉石到极富白族特色的扎染，件件都可堪称精湛的工艺品。我流连忘返于古城中无法挪动双脚。但行色匆匆的我终究还是要带着那份无奈离开大理古城。古老的大理和我曾到过的许多名胜古迹是那么的不同，久远的历史，灿烂的文化，不但没有给人以敬畏和沉重的压迫感，反而以她那特有的美丽令人倾心不已。如果说，现代化的大都市给人以繁盛、喧闹的印象，那么大理古城则以其古朴和幽静深深地吸引着每一个走近她的人。有诗赞曰："苍山负雪，洱海流云，风花雪月地，山光水色城。"我想，这该是对大理古城最真实的写照了。

游完古城，我们又去领略了崇圣寺三塔的雄姿、蝴蝶泉的秀美和洱海的旖旎风光。

悠久的历史造就了大理众多的历史文化古迹，其一

神州走笔

的崇圣寺三塔距离大理古城 1 公里，位于大理古城西北角的应乐峰下，屹立在号称"百厦千佛"、规模宏大的崇圣寺山门前。雪峦万仞、镂银洒翠的苍山立其后，波涛万顷、横练蓄黛的洱海嵌于前；三塔鼎峙，撑天拄地；玉柱标空，雄浑壮丽，为苍洱胜景之一。"胜地标三塔，浮图秘鬼工。"在雄伟的苍山映衬下，三塔显得纤细玲珑。可当我站在三塔近前时，却感受更多的是她那俊秀之处的雄伟气势。主塔名曰千寻塔，为唐代典型建筑，方形十六层密檐式结构。据说主塔是仿西安小雁塔建造，虽经千年风霜雨露，古塔早已烙满岁月沧桑的印迹，但她的外形依然非常秀丽，那挺拔高耸的塔刹，使人有超出尘寰、划破云天的感受。主塔 69.13 米高耸塔身让你在慨叹它的美丽，同时不禁被它的宏伟气魄所折服。塔下仰望，直耸云端，云移塔驻似有倾倒之势。塔的基座呈方形，共三层。下层边长为 33.5 米，四周有石栏，栏的四角柱头雕有石狮；上层边长 21 米，其东面正中有石照壁，上有"永镇山川"四个大字，庄重雄奇，颇有气魄。后面的两座小塔从外形上虽稍逊一筹，但古旧而略显倾斜的塔体却传递出浓浓的历史沧桑感。从塔侧进园，园内有池水碧绿如玉，清澈见底，浪不惊，平如镜。潭内倒映三塔，塔影清晰如画，令人叹为观止。正如清代诗人杨炳锃《三塔倒影》所赞："佛都胜概肇中堂，三塔嶙嶙自放光。苍麓蟠根湖倒影，此中幻相说空王。"

此外，大理自古即以"下关风、上关花、苍山雪、洱海月"风花雪月四景著称。所谓"下关风"是因下关位于垭口，风季时狂风呼啸穿街扫巷，一出下关，则风烟寥寥，不见稻浪。而"上关花"则据《大理府志》

记载："山茶树高六丈，其质似桂，其花白，每朵十二瓣，应十二月，过闰月则多一瓣，俗以先人遗种，在大理府和山之麓，土人因其地名之。"苍山山势雄伟，南北长42公里，上有19峰、18溪，山顶积雪炎夏不化，银装素裹璀璨夺目，这便是大理三景苍山雪。洱海清澈如镜，宜泛舟漫游，每当皓月当空，苍山银峰粼粼闪烁，银光月色交相辉映，白族渔姑出没于波光树影之间——这就是大理四景洱海月。

久负盛名的大理苍山云素以变幻多姿为奇，或淡如轻烟，或浓似泼墨，在灵异的跳跃变幻中恣意演绎着醉人的韵致。远处不时出现玉带似的白云缭绕苍翠山峦，绵延百里，久久不散，似婀娜少女，又如娉婷佳人，极尽妩媚动人的身姿。巍峨耸立的苍山，旖旎秀丽的洱海，如高大威武的阿鹏，娇美柔弱的金花，刚柔并济于水天一色间。苍山位于洱海之西，又称"点苍山"，古时称"熊苍山""灵鹫山"。苍山是云岭山脉南端的主峰，北起洱源邓川，南止下关天生桥，长约50千米，东西宽20千米，东临洱海，西濒黑惠江。苍山有19峰，海拔都在3500米以上，最高的马龙峰海拔为4122米。苍山19峰，每两峰之间都有一条溪水，下泻东流，注入洱海。有18溪，溪水清澈，四季长流，形成飞瀑叠泉。巍峨雄伟的点苍山，向来以云、雪、泉、石四景著称。云——变幻多姿，独具特色；雪——山顶上终年积雪，熠熠生辉；泉——甘甜可口，四季奔流；石——更是苍山之魂，天下一绝，故得名"大理石"。

洱海是风光明媚的高原湖泊，呈狭长形，风平浪静时泛舟洱海，给人以宁静而悠远的感觉。云南本来是没有海的，可是云南人又非常喜欢海，所以他们就把许多湖泊命名为海。洱海堪称云南省著名的高原湖泊，海拔1972米，北起洱源县江尾乡，南止于大理市下关，面积为248平方公里。从空中往下看，洱海宛如一轮新月，静静地卧在苍山和大理坝子之间。我们一行数十人乘坐"大运号"泛舟于碧波荡漾的洱海，只见那湖水透明清澈，宛如明珠般镶嵌于绿荫环抱的群山中，又与晴空万里的蓝天相融于蔚蓝一色间。在洱海最南端的团山有一个洱海公园，是观赏苍山洱海景色的好处所。其东北部是一片种植着云南山茶、报春、雪莲等名贵花木的花苑苗圃；北面沙底浅海，围作海滨浴场；草坪之后，是用花岗石砌起200多级的登山石级，石级之上有飞檐出角的望海楼，望海楼又贯穿着一列画栋长廊，在林木葱葱的团山顶部构成一组古色古香的民族特色建筑。在望海楼上，漫步于长廊，极目眺望，苍山洱海的壮丽风光尽收眼底。

蝴蝶泉位于苍山云弄峰下，泉水清澈如镜。这里曾经有过一段动人的爱情故事，这就是有名的"蝴蝶会"。每年的农历四月十五蝴蝶会时，成千上万的蝴蝶从四面八方飞来，在泉边漫天飞舞。有的蝴蝶如巴掌那么大，也有的如铜钱那般小，无数蝴蝶还钩足连须，首尾相衔，一串串地从大合欢树上垂挂至水面，五彩斑斓，蔚为壮观。

大理真是一个美丽的地方，而我们仅是走马观花式匆匆走过。大理还有享誉东南亚的佛教圣地鸡足山、茶马古道上最后的集市寺登街等诸多名胜古迹，我们都未能一去，行色匆忙的我们终于带着那份遗憾不舍地离开了大理。正如导游说的，留份遗憾，为的是下回再来。是的，我想为了这份遗憾，我们一定还会再来。

神州走笔

蝴蝶泉边寻金花

很早以前我就知道，在大理的苍山脚下、洱海之滨，有一个美丽的地方叫蝴蝶泉。当然，是从电影《五朵金花》中得知。《五朵金花》中阿鹏和金花在蝴蝶泉边对唱情歌的那一幕，留给那个时候看过那部电影的男女青年的印象尤其深刻。也就是从难忘的那一幕中，我就喜欢上了远在千里之外的那个美丽的地方，记住了阿鹏和金花"蝴蝶恋"的故事，以及他们对唱的那首动听的情歌《蝴蝶泉边》。等长大后，又知道了与蝴蝶泉有关的香烟，如"蝴蝶泉""阿诗玛""五朵金花"等等。多少年来，我一直都盼望着有那么一天到那里去看一看。

这次云南之旅，算是圆上了多年的梦想。车快到大理的时候，我脑海里就不停地闪出几个词："阿鹏""金花""蝴蝶泉"。

导游交代说："依游程安排，这次是先游古城、洱海后，再带大家去游蝴蝶泉。"

蝴蝶泉位于苍山云弄峰下，南距古城27公里。如今，想象中的那个美丽的地方已辟为公园，叫"蝴蝶泉公园"。进得公园大门，分两条路走，一条供跑游览车，一条供步行。步行路主道叫"金花路"，另有一段旁路叫"蝴蝶路"，几十米长，后又连接到"金花路"。沿着金花路走，行约半里，便来到一座古香古色的石牌坊前，牌坊上方横额书写"蝴蝶泉"三个大字，是郭沫若1961年游大理时留下的墨迹。走过牌坊，迎面看到一块高约3米的大理石碑，碑略呈棱形。石碑正面右侧刻有郭沫若手书"蝴蝶泉"三个字，左侧刻有其咏蝴蝶泉诗的手迹；碑的背面，则刻有徐霞客游蝴蝶泉的一段日记。

沿林荫小道曲折前行三四十米，只见古树林立，浓荫蔽天，一方清泉嵌于其间，底铺青石，泉水明澈，这就是蝴蝶泉。泉旁有一棵弯弯的合欢树，覆盖在泉水上面，那泉水清澈无比，令人实在不忍心用手去触摸，唯恐玷污了她的纯洁与宁静。常有人掷金属钱币于池中，观其缓缓旋落，阳光从树顶筛下，池底银光闪烁，倍感泉水清冽。池边距地面二三尺的地方有一粗壮两人可合抱的树干伸过泉上，池旁建有小石凳，小坐生凉，十分清幽。而这里的游客云集，热闹异常。所以这里既能感受到凉，又能感受到热。泉池的下侧，有一出水口，游客争着用此泉洗手。洗一定的次数，表示一定的含义。我们按导游讲的去做了，洗了后感到凉爽宜人。这个景点的知名度如此之大，很大程度上是靠了一部热情讴歌金花和阿鹏浪漫爱情的影片《五朵金花》。现在这里挂有不少五朵金花电影的剧照，喇叭放着《五朵金花》电影的歌曲。泉水池上则有一个少数民族表演队，有的人演唱，有的人用二胡等乐器伴奏。当唱着《五朵金花》插曲时，仿佛让人走进了剧情。

蝴蝶泉为方形泉池，面积约有50平方米，周围用大理石砌成护栏，泉池底的沉沙上嵌着一个个鹅卵石。

泉水从地下冒出，一串串银色水泡泛起一片片水花。泉水来自苍山融雪，水量丰富稳定，水质清澈甘凉。泉池边有一棵古树横卧泉池上方，这是一棵古老的双香树，因其花形酷似蝴蝶，人们又称"蝴蝶树"。它一直守护着泉池，也不知与泉池共同度过了多少个春夏秋冬。泉池周围有一些建筑物，如"望海亭""八角亭"等，大概是供游客观景而建。泉池左面另有景点，即"情人湖""鸳鸯塘"等。"情人湖"旁边又设有"蝴蝶大世界""蝴蝶馆"等，景物大多都与蝴蝶有关。

这本是普通的一潭泉水，却被人起名叫"蝴蝶泉"，无疑定与蝴蝶有关。据说，每当夏季来临时，泉池边那棵双香树开花，苍洱一带的蝴蝶都会成群飞来采蜜、交配。这时成千上万的蝶群围着古树飞舞，而古树的花朵又酷似蝴蝶，树上泉边，真真假假尽是数不清的五颜六色的蝴蝶群，五彩缤纷，景色十分壮观，因此得名"蝴蝶泉"。蝴蝶聚会的时候，最奇美的景观是万千彩蝶交尾相衔地倒挂在横卧于泉潭上方的古树上，形成无数蝶串，垂至水面，人来不惊，投石不散。据说，专家和学者对此奇观进行过研究，认为形成这种奇观有几种原因：一是农历四月中旬，周围及远近数十里农村，夏收将尽，田园半空，气候开始变得炎热，而相比之下蝴蝶泉旁清凉湿润、草茂花繁，适于蝴蝶生长繁殖。二是蝴蝶泉边的双香树此时正值花期，花开满树，花形似蝶，且树叶分泌出的蜜汁黏液正为蝴蝶所食用，因此能招引蝴蝶前来采蜜。三是这时正值蝴蝶交尾产卵季节。原来如此，难怪蝴蝶泉成了一个"蝴蝶王国"。

其实，蝴蝶泉奇景古已有之。路上所见的那块石碑背面刻着明朝徐霞客一段日记，记的正是他300多年前游览蝴蝶泉时所看到的一些情景。日记说："泉上大树，当四月初，即发花如块蝶，须翅拥然，与生蝶无异。还有真蝶千万，连须钩足，自树颠倒悬而下，及于泉面，缤纷络绎，五色焕然。游人俱以此月，群而观之，过五月乃已。"有资料记载，清代诗人沙琛游览蝴蝶泉后曾写下一首观后感的诗篇《上关蝴蝶泉》，诗曰："迷离蝶树千蝴蝶，衔尾如缨拂翠浤。不到蝶泉谁肯信，幢影幡盖蝶庄严。"据介绍，蝴蝶泉奇观不止引来文人墨客游览，自古早就被当地群众以胜景看待。每年四月中旬蝶群飞来聚会之际，当地群众特别是青年男女成群结队前来观赏奇景。久而久之约定俗成，人们便将蝴蝶聚会最盛之时的农历四月十五日定为"蝴蝶会"。后来"蝴蝶会"名扬四海，届时不仅有当地群众还有附近各州县的群众，甚至全省、全国各地的游客都慕名赶来观赏。有趣的是，"蝴蝶会"时树上蝴蝶在"举行集体婚礼"，泉池边白族男女青年则在对歌跳舞、各自寻找自己的恋人，"蝴蝶会"演变成为"蝴蝶恋"盛会。也不知从什么时候起，蝴蝶泉中传出各种动人的"蝴蝶恋"故事。

有一个故事这么说：很久以前泉潭边有一恶蟒，专食人兽。一天，两位白族姑娘遇上恶蟒，害怕得大哭大叫。当地猎人杜朝选闻声赶来，杀死恶蟒。两位姑娘为报答救命之恩，执意要嫁与杜朝选为妻。杜朝选认为救人乃人之本分，不应借此邀功贪享两位姑娘的眷恋，因而婉言推谢。两位姑娘因此绝望而投潭自尽，杜朝选见此景懊悔不已，随即也跳入潭中。后来三人化为三只彩蝶，整天于潭边飞舞，各方蝴蝶闻讯也飞来相聚，形成热闹的"蝴蝶会"。还有一个故事说：孤女雯姑与猎手霞郎相互爱慕而相恋，坠入爱河。当地的恶霸垂涎于雯姑姑娘的美貌，为了霸占雯姑，他经常借机迫害霞郎，想把他们拆散。阿雯和阿霞不愿分开，最后被迫双双跳入蝴蝶泉，化作一对蝴蝶，年复一年不知疲倦地在泉上飞舞。又是一出"蝶恋"悲剧。郭沫若1961年游览蝴蝶泉时听了这个故事，很受感动，便挥笔把这个故事写成一首长达76行长诗《蝴蝶泉》，歌颂阿雯与阿霞纯洁忠贞的爱情。我们在路上那块石碑正面左侧看到的诗篇正是郭沫若当年写下的那首诗。这种"蝴蝶恋"故事，与"蝴蝶会"一起，一年传一年，经久不息。到20世纪60年代，在电影《五朵金花》中又传出阿鹏与金花现代版的蝴蝶泉边的"蝶恋"故事，不过不再是悲剧而是喜剧。这样一来，蝴蝶泉不仅以"蝴蝶会"奇景著称，还成了表达纯洁忠贞爱情的胜地，吸引着人们前来演绎蝶恋故事。

如此美丽迷人的地方，是多么令人向往。多少年来，人们总是带着各种期许，慕名前来寻访。可是，如今游览过后，人们不觉有所失望。因为人们在这里只听到蝶恋故事，却没看到"蝴蝶会"奇景。据当地人说，近年来周围环境遭到破坏，田里又大量使用农药误伤了不少蝴蝶，再没有成群的蝴蝶飞来蝴蝶泉，已经很久没有看到"蝴蝶会"盛景了。就是说，如今的蝴蝶泉再也没有蝴蝶盛会了，只剩下一池泉水，已经名不符实了。虽然当地政府为发展旅游业，建了"蝴蝶大世界"，盖了"蝴蝶馆"，努力把蝴蝶泉打造成"蝴蝶王国"。可是，没有看到"蝴蝶会"胜景，怎么说也难以满足人们的期望，难免会留下遗憾。

来云南前有朋友就曾告诉我，蝴蝶泉没意思，那里早已没有了传说中千千万万只蝴蝶围绕着泉水翩翩起舞的景象，只有一小池子泉水。此刻，亲临泉边，我却感到了一种从未曾有过的浪漫与感动，我们来到此处绝对不仅仅是为了一睹徐霞客描写的绚烂蝶舞，更多的是来寻找一种情感，真切地感受一下金花和阿鹏蝴蝶泉边美丽邂逅、私订终身的浪漫氛围。坐在蝴蝶泉边，只见远处巍峨的苍山、秀丽的洱海，一个威武如阿鹏，一个娇美如金花，刚柔相济，心底那根浪漫的琴弦似乎被轻轻拨动，令人不由联想起那段广为流传于蝴蝶泉边的缠绵悱恻的爱情故事。微闭上双眼，我似乎真的看见了金花和阿鹏正相会蝴蝶泉边缠缠绵绵、甜甜蜜蜜的动人画面。我似乎还看见了树叶上正有着无数五颜六色、灿烂耀眼的大蝴蝶，一边扑闪着翅膀，一边首尾相衔地倒挂着，时而又有许多光彩艳丽的蝴蝶围绕在泉边，围绕在金花和阿鹏身边翩翩起舞——啊，这是多么美丽的一幅爱情画卷！这便是蝴蝶泉的神奇与动人之处，令你的幻想飞翔神驰，可以使你的浪漫遐思像彩蝶一样自由缤纷——她的唯美，却是要你用一颗浪漫的心去细细品味！

离开蝴蝶泉时，见到了蝴蝶泉以南建的蝴蝶馆。这就是前面提到的为弥补游客来到蝴蝶泉却未能见到蝴蝶的遗憾而建，馆内人工养殖了许多的蝴蝶，据说可以真实地再现蝴蝶泉边百蝶争艳的奇异景象。我则认为不然，养殖于温室内的蝴蝶早已没有了那份天然与真实，又如何找得到郭沫若笔下那种"蝴蝶泉头蝴蝶树，蝴蝶飞来千万数。首尾连接数公尺，自树下垂疑花序"的动人境界，不看也罢。

向往中的香格里拉
现实中的世外桃源

——游丽江古城记

　　如果说，在一千个的读者心中会有一千个哈姆雷特，那么，在一千个丽江游客心中就会有一千个大研古城。在匆匆来去的游人心中，古城只是古色古香摆放各种民族工艺品的商业街；在建筑学者心中，古城是东方的威尼斯；在民俗学研究者心中，古城是东巴文化的精华和代表；而在我心中，古城更像是一座活着的香格里拉，现实中的世外桃源。

　　来到云南不能不去丽江，也许我们都是抱着一个共同的心愿：抛开一切烦恼和无奈，远离城市的喧嚣与嘈杂，前往那片纯净的心灵天堂，拥抱那远离世俗的美丽，静静地享受只属于自己的片刻宁静……

　　山川流水环抱的丽江县城，相传因形似一方大砚而得名"大研镇"。它由大研、白沙、束河三部分组成，而大研古城是它们的集中代表。

　　初到丽江古城，我们无比地惊讶和感慨，乃至一见钟情。整座古城一尘不染，清爽怡人。古色古香的建筑，同时搭配着各种造型的小桥，小桥下面是清澈见底的流水。流水赋予了这座古城以灵气和生机，各种造型的小桥又给这座古城增添了趣意。一座座幽雅的具有典型纳西风格的木楼，古朴而宁静，青砖屋顶的木格窗，鲜艳的照壁，青青的大石桥下杨柳依依……如此和谐的景观搭配，为丽江古城营造了一个极其温馨的居住环境。

整个古城的一街一景、一屋一巷、一砖一瓦搭配在一起，宛如一幅素洁典雅的水墨画。悠扬的纳西古乐，清新的自然景观和历史文化的反差交融在一起，竟然能够奏鸣出极度和谐的典雅音符。真想象不到高原山区竟然还有丽江这般具有江南遗风、清丽婉约、古朴迷人的地方。

街上风情各异的中外游人和青衣素服的纳西族人交相辉映，现代文明与古老久远的民俗文化相融共生。挂在一棵棵树上的大红灯笼，及灯笼下一对对吃饭聊天喝酒的客人，他们和我一样都在欣赏着古城美丽景色，品尝着地道的小吃，喝着淡雅的普洱茶，感受着远离世俗的气氛，享受着都市人向往的惬意生活……

丽江的宁静与悠闲，让我们这些整天承受着城市的喧嚣和嘈杂、混乱和压抑"洗礼"的人们，真正体味到了古人陶渊明所称羡的"世外桃源"。

刚来古城的时候，我们和大多数游客一样，流连忘返于四方街、东大街、新华街，一头扎进店铺里出不来了，这里可看可选可买的小玩意太多了。且不说蜡染、扎染的各式东巴文化衫、裙子、挂画、壁画、手提包，也不说丽江特产的牦牛肉干、海棠果、话梅、干玫瑰花、田七、西洋参、藏红花，单只是那些琳琅满目东巴木雕、木刻、银器、铜器、手镯、手链就够让人眼花缭乱了。我们是从大水车旁的双石桥走进古城，一路逛下

神州走笔

去，走到四方街。四方街是古城的心脏，是一个大约400平方米的四四方方的小广场，无论从哪条路逛古城，总会通到四方街。在四方街稍坐休息，再折进光义街或五一街，一直逛到"天雨流芳"（纳西语，去读书的意思）牌坊才回头，当然，没有一次是空手回来的。

探寻丽江的过去，人们发现这片曾被遗忘的"古纳西王国"，远古以来已有人类生息繁衍，今日的主人纳西民族，则是古代南迁羌人的后裔。在千百年的悠长岁月里，他们辛勤劳作，筑起自己美好的家园。

这里地处滇、川、藏交通要道，古时候频繁的商旅活动促使当地人丁兴旺，很快成为远近闻名的集市和重镇。一般认为，丽江建城始于宋末元初。公元1253年，忽必烈（元世祖）南徵大理国时曾驻军于此。由此开始，直至清初的近五百年里，丽江地区皆为中央王朝管辖下的纳西族木氏先祖及木氏土司（1382年设立）世袭统治。其间曾遍游云南的明代地理学家徐霞客（1587－1641年）在《滇游日记》中描述当时丽江城"民房群落，瓦屋栉比"，明末时古城居民已达千余户，可见城镇营建已颇具规模。从丽江北眺是高耸云天的玉龙雪山，景致雄奇变幻，民谣说它"一山有四季，十里不同天"。这里素有"动植物宝库"的美誉，又是巨大的天然水库。

大街逛多了，就钻进一些游客稀少的小巷子，于是我们惊奇地发现了另一个古城，不，应该说是真正的古城，去除了商业气息的安详的古城。我们好像走进了30年代的古镇，没有高楼大厦，没有车水马龙，只有青石板街、小桥流水、青砖绿瓦。古城的水无处不在，据说是玉龙雪山流淌下来的雪水从黑龙潭流出，在城内形成

神州走笔

东河、西河、中河，分三股入城后又分成无数支流，穿街绕巷流布全城，形成了"家家门前绕水流，户户屋后垂杨柳"的诗情画意。街道不拘于工整而自由分布，主街傍水，小巷临渠，300 多座古石桥与河水、绿树、古巷、古屋相依相映，只是这里和威尼斯、周庄"水城""水乡"不同的是，河流窄、浅、清，一般一米到两米深，水清澈见底，洁净无泥，清冷有声。家家户户的房屋依水而立，门口就是小河，一座小小石板桥通向大门。窗口伸出的三角梅一路盛开着，延伸到水面上。古城极具高原水乡"古树、小桥、流水、人家"的美学意韵。

登上丽江古城的万古楼，具有 800 多年历史的丽江古城——大妍，尽收眼底。丽江古城面积约 3.8 平方公里，始建于南宋末年，是元代丽江路宣抚司，明代丽江军民府和清代丽江府驻地。作为世界文化遗产之一，丽江是我国古城风貌整体保存完好的典范。依托三山而建的古城，与大自然产生了有机而完整的统一，古城瓦屋，鳞次栉比，四周苍翠的青山把紧连成片的古城紧紧环抱。

走进丽江彩石铺成的古老街道，漫游镇北商业中心四方街，便见河渠流水淙淙，河畔垂柳拂水，市肆民居或门前架桥或屋后有溪，街头巷尾无数涓涓细流穿墙绕户蜿蜒而去。这一股股清流，都来自城北象山脚下的玉泉。

城内早年依地下涌泉修建的白马龙潭和多处井泉至今尚存，人们创造出"一潭一井三塘水"的用水方法，即头塘饮水、二塘洗菜、三塘洗衣，清水顺流而下，既科学又卫生。居民还以水洗街，只要放闸堵河，水溢石板路面顺势下泄，便可涤尽污秽，保持街市清洁。

依山就水的丽江大研镇，既无高大围城，也无轩敞大道，但它古朴如画，处处透出自然和谐。镇内屋宇因地势和流水错落起伏，人们以木石与泥土构筑起美观适用的住宅，融入了汉、白、藏民居的传统，形成独特风格。当地常见的是"三坊一照壁"式民宅，即主房、厢房与壁围成的三合院。每房三间两层，朝南的正房供长辈居住，东西厢房一般由下辈住用。房屋多在两面山墙伸出的檐下，装饰一块鱼形或叶状木片，名曰"悬鱼"，以祈"吉庆有余"。许多庭院门楼雕饰精巧，院内以卵石、瓦片、花砖铺地面，正面堂屋一般有六扇格子门窗，窗心的雕刻大多是四季花卉或吉祥鸟兽。堂前廊檐大多比较宽，是一处温馨惬意的活动空间。

逛古城、了解纳西文化还有两个必不可少的内容就是参观土司木府，了解纳西族历史和欣赏纳西古乐。当年丽江先祖木氏归附元朝，在大研古城设立州治，并世代统治纳西族。木府就是纳西的统领居住的地方。木府的结构与故宫很相似，据说就是仿造故宫建造的。纳西族是一个只有几万人的小民族，为了民族的生存，木氏首领主动依附朝廷，每年进贡边疆宝物以求得朝廷的保护和信任，同时允许与外族通婚，使得纳西族能生存，并形成了独特的民族文化。纳西古乐是东巴文化的重要象征，在古城演奏纳西古乐最有名的是大研纳西古乐团队，团长是人称"鬼才"的丽江传奇人物宣科。纳西乐队演奏厅就在古城东大街，每天晚上演奏一场，票价40元。不知道你认为昂贵或者便宜，不过我想，对于知音来说天籁是无价的。纳西古乐乐曲老，演奏曲目源于唐朝、宋朝，如《霓裳曲》《清河老人》《山坡羊》《浣溪

神州走笔

沙》；演奏者老，有好几位 70 岁以上的老者；乐器老，他们手中的乐器至少是有几百年历史的古董。纳西乐队的老者把演奏古乐当作是与神交流，因此聆听纳西古乐的时候只有保持宁静的心情仔细体会，才能领略古乐神韵。

听完纳西古乐，走到东大街，高原的夜幕刚刚降临，河边有人正在放花灯。逛街的游人还意犹未尽，酒吧街的灯笼刚刚点亮。古城的夜，愈夜愈美丽，愈夜愈有味道。

高原的夜晚空气十分沁凉，午夜的街头行人寥寥，迟疑地走过长长的街、穿过窄窄的巷，突然眼前一亮，一条波光粼粼小河出现在面前，河边一排垂杨柳和一间间小酒吧一路延绵过去，酒吧外面挂着灯笼，摆着方桌，依靠着低垂的杨柳、潺潺的小河。每间酒吧里里外外几乎坐满了人，中国人或外国人，身着少数民族或现代服装，无猜拳斗酒的喧哗，只有浅浅低语和笑声，那情景分明像是桨声灯影里的秦淮河。我们好不容易才找到一家比较空的酒吧坐下来，店面很小，四周墙上挂着东巴象形文字写的对联，电视里放的却是 MTV。主人为我们点了丽江当地特产豌豆凉粉、风吹猪肝、菌子炖鸡，每道菜都是新鲜的感觉，大伙吃得不亦乐乎。走出酒吧，我们好像忘记了是长途跋涉而来的游客，倒好像是参加一个朋友休闲 PARTY 而聚，轻松惬意。

顶礼膜拜玉龙雪山

　　从丽江古城出发，一个小时的车程到了景点停车场，天才刚刚放亮。下得车来就能看到玉龙雪山的朦胧身影，远处看去简直就是一幅美丽的名家水墨画，天蓝得那样纯粹、白云缥缈。玉龙雪山的山顶是白色的，那是常年积雪不化的结果，玉龙雪山的山体是墨色的，整个画面显得如此的宁静、柔和、神秘。

　　导游看了看天色说我们的运气真好，很难得有今天这样好的天气。据说山上的观景点气温很低，要求每人租一件羽绒服（租金30元），我一向不怕冷。好像就我一人没租，现在想起来很后悔，并不是因为上面真的冷得受不了，而是导游说过的那句话：雪山这儿的村民还很穷，租金可以看成是对村民的捐助。

　　玉龙雪山位于丽江市玉龙纳西族自治县境内，共有13座山峰，山势连绵起伏，似银龙飞舞，故得名"玉龙雪山"。其主峰扇子陡海拔5596米，是北半球纬度最低的雪山，也是唯一没有被人类征服的雪山。以险、奇、美、秀著称于世的玉龙雪山，气势磅礴，玲珑秀丽，随着时令和阴晴的变化，有时云蒸霞蔚、玉龙时隐时现；有时碧空如水，群峰晶莹耀眼；有时云带束腰，云中雪峰皎洁，云下岗峦碧翠；有时霞光辉映，雪峰如披红纱，娇艳无比。

　　整个玉龙雪山集亚热带、温带及寒带的各种自然景观于一身，构成独特的"阳春白雪"主体景观。雨雪新晴之后，雪格外的白，松格外的绿，掩映生态，移步换形，很像是白雪和绿松在捉迷藏。故有"绿雪奇峰"之说，雪不白而显绿，蔚为奇观。

　　玉龙雪山，它是纳西族及丽江各民族心目中一座神圣之峰。据说，唐朝南诏国异牟寻时代，南诏国主异牟寻封岳拜山，曾封赠此山为"北岳"；元朝初年，元世祖忽必烈到丽江时，曾封此山为"大圣雪石北岳安邦景帝"。因此，拜山朝圣者不绝于途，其凭借迷人的景观、神秘的传说和至今尚无人征服的处女峰而令人心驰神往。

　　我们乘缆车至"云杉坪"观景区。"云杉坪"位于玉龙雪山脚下东面的一块林间草地，约 0.5 平方公里，海拔 3000 米左右。在云杉坪周围的密林中，树木参天，枯枝倒挂，枝上的树胡子，林间随处横卧的腐木，长满青苔，好像千百年来都没人打扰过，犹似一个天然的林间游乐园。此时的玉龙雪山在阳光的照射下尽收眼底，我贪婪地、快速地按动相机快门，尽情地将其一一收藏。满足感获得的同时，我回味着、搜寻着导游来时讲的关于玉龙雪山的传奇……

　　这里就是玉龙雪山，是一个神奇的地方，它离赤道很近，有终年不化的积雪，还有一个个美丽、古老的传说……这里就是我认为的"幻雪之都"！

　　远看雪山，他巍峨挺拔，你可以感受到赤道的炎热；近看雪山，他宽广敦厚，你可以感受到北极的寒冷。这里是一个既拥有赤道热，又拥有北极冷的好地方啊!

　　这里的人们有着最淳朴的热情，拥有独特的民族习惯，还流传着一个个美好、古老的神奇故事。

　　美丽的纳西女子开美久命金和朱补羽勒盘深深相爱，却遭到男方父母的极力反对，伤心绝望的开美久命金殉情而死。朱补羽勒盘冲破重重阻挠赶来，已是阴阳两隔。悲痛之中他燃起熊熊烈火，抱起情人的身体纵身投入火海，双双化为灰烬……传说殉情恋人的灵魂进入玉龙雪山第三国，得到永生幸福。

　　从此之后，有很多的相爱男女若遭受家族反对就会选择在这里殉情，传说殉情之后他们所到的地方犹如天堂。这里也就成了恋人们经常来的地方，传说相爱的恋人如果登上这座神奇的雪山，就能够拥有甜蜜的爱情。所以，有很多很多的恋人都会来到这里，希望能够在这里找到通往雪山的密道，但至今没有一个人走进这座神秘的雪山，没有人能够涉足于他，这倒让这座雪山永远的洁净、永远的清纯。

　　一个个传说，让这里变得神秘。就是因为神秘，让人们更向往之，也就是因为人们向往，他也变得更加神秘。这里就是云南丽江的玉龙雪山，是一座离赤道最近并且积雪终年不化的雪山!

　　后来民间相传，在丽江玉龙雪山顶上，每到秋分时节上天就会撒下万丈阳光，在这一天里所有被阳光照耀过的人们都会获得美丽的爱情和美满的生活。可这招致了风神的嫉妒，于是每到这天天空中总是乌云密布，人们的梦想也就被那厚厚的云层所遮盖了。

　　风神善良的女儿，因为同情渴望美好生活的人们，就在这天偷偷地把被遮在云层里、给人们带来希望和幸福的阳光剪下一米，洒在陡峭的悬崖峭壁上的一个山洞中，让那些对爱情执着同时又不惧怕困难和危险的勇者，可以得到这一米阳光的照耀，从此过上幸福美满的生活——这就是有关"一米阳光"的美丽传说。

电瓶车代步绕行至玉龙雪山景区的又一奇观"蓝月谷"。导游边领队边讲述着：这是一条幽深的山谷，谷内林木森森，清溪长流。谷底这条清泉长流的河水。因其河床、台地都由白色大理石、石灰石碎块组成，呈一片灰白色，清泉从石上流过亦呈白色，故得名"白水河"。白水河之水来源于四五千米高处的冰川雪原融水，清冽凉爽，水质纯净。因水中含有较多的钙、铜等金属元素，所以河水又呈现出美丽的蓝色，因此其河谷又叫蓝月谷。

这里沿途风景无限，我们仿佛置身于童话仙境：蓝蓝的湖，洁白的天鹅，美丽的姑娘，湖泊犹如颜料刷洗过一般，蓝得简单而纯粹。它静静地流淌着，迂曲穿梭于树木与灌木丛之间。湖中高低不一的河床，形成阶梯状，湖水从上往下流过，这里有点像九寨沟，又有点像黄龙景区，圆润而跳动的小瀑布就这样扑现在眼前。低洼处，几头牦牛在水里漫足休憩，它们可是游人镜头里有型的模特。徐徐漫步，忽见湖面上笼罩着一层淡淡的薄雾呈宝蓝色，蓝得十分可爱！慢慢靠近这片蓝，才知道是到了"蓝月谷"，怪不得那蓝是那么的引人！将温热的手掌轻轻伸入那层蓝，沁人的清凉立刻浸透全身，凡尘的劳累霎时间得到抚慰。慢慢闭上双眼，感受这天与地、地与水之间的宁静与清爽，我们臣服于这几千米高山上雪与水的交融……

蓝月谷也有美丽的传说。相传很久以前，嫦娥偷吃

神州走笔

了仙丹成仙后升天并住进了月亮宫，时间一长整天无事可做，虽有玉兔为伴，但也寂寞无聊。她想起自己的丈夫后羿，偷偷地下界来到了凡间寻找自己的丈夫。她哪里知道"天上一日，人间一年"，她的丈夫早已辞世。

一天嫦娥寻到丽江畔，看到了玉龙雪山秀丽多姿、雄伟挺拔的美景，深深被这里的奇妙环境和四季景色所吸引所迷恋，后又联想到自己一人孤苦伶仃的，又没有丈夫后羿的音信，于是流下了伤感的泪水。时间一久，嫦娥伴随着泪水一齐化作蓝蓝清澈而冰凉的谷水，再也没有返回她所居住的月亮宫，后来形成了今天的玉龙雪山脚下的蓝月谷。

但是，我知道"蓝月谷"这一名称，最早是出自外国友人的一部小说——《消失的地平线》。

玉龙雪山景区最后一个人文景观《印象·丽江》，即大型歌舞表演，由著名导演张艺谋、王潮歌和樊跃共同执导。《印象·丽江》"雪山篇"将剧场设在海拔3100米玉龙雪山的怀抱，四周高山草甸、白云缭绕，将观众带到了雪域高原天人合一的纯美背景中。在可容纳1200余人的360度全视角剧场中，用象征着云贵高原红土的红色沙石砌成了12米高、迂回艰险的"茶马古道"，实景以玉龙雪山的自然风光为天然背景，以纳西民族为主的当地民俗民风构成了演出场景。动用演员达500余人，皆为当地人，力图表现散居丽江的十个少数民族的基本生活形态。整个剧情分为：茶马古道、对酒雪山、天上人间、打跳组歌、鼓舞祭天、祈福仪式。一个多小时的表演，1000多人随着表演者忧伤而忧伤、激情而激情、亢奋而亢奋——鼓舞声如潮，喝彩声如潮，口号声如雷，击掌声如雷。如今还回荡在耳边，那山、

神州走笔

那水、那景、那歌、那舞，特别是那奔放起舞的人们，我真的不愿离开！

玉龙雪山，真是一个令人神往的地方。在这里，你可以双手交叉，放在额头，让你的目光辽远；或向着天的方向，双手合十，展开你的双臂，高举过头，许下你美好的愿望。

站在这神奇的玉龙雪山前的我们，虔诚地为从四面八方而来的你祈愿，祈求天为你实现心愿、为你喜降福气。我们在这里虔诚地为你祈愿，等你再来。

玉龙雪山是情侣们的极乐世界，是天上人间。面前的玉龙雪山，更是纳西人无限崇敬的十二欢乐山，是多少痴情男女殉情的山。这里遍地开满鲜花，没有痛苦忧愁；在这里"白鹿当坐骑，红虎当犁牛，野鸡来报效，狐狸当猎犬"；在这里人可以自由结合，青春的生命永不消逝，情侣们永无人世的悲伤……

玉龙雪山又被称为殉情之都。在《东巴经》里曾经记载了感人的玉龙第三国的传说。传说中的"久命"是第一个为爱情而死去的人，后来"羽勒"也殉情而来，他们从此便在开满鲜花的爱情国度里生活。殉情的男女一路追寻，那一声声呼唤"阿姐，你别走；阿姐，你别走……"凄楚的声音仿佛回荡在山谷，催人泪下。

在震撼人心的鼓声中，在老东巴振振有词的唱经声中，我们仿佛已经感受到了一个生生不息的纳西民族。

纳西人是天的儿子，纳西人是自然的兄弟。

这又是一个神奇的地方，叫天，天答应，叫地，地应答。

每个人都有他心中的雪山。明朝丽江第八代知府木公写下了《题雪山》："郡北无双岳，南滇第一峰。四时光皎洁，万古势龙从。绝顶星河转，危巅日月通。寒威千里望，玉立雪山崇。"多么有气势啊！今天能够欣赏雪山冰川无限风光，也不虚此行了。

　　游玉龙雪山，我彻底被它的"险、奇、美、秀"征服了，完全被震撼了！同时也想到了江南。人们被那小桥流水所迷倒，他们细雨柳丝共缠绵，固然诗情画意，但那里的人们也许不知道大自然还有另一种美，凄凉的美、荒漠的美、低调的美、悲壮的美！我惊叹，大自然造物主是怎样的精心塑造：加上一点，加上那一点，再加上另一点……才让她——玉龙雪山变得如此妩媚。这些正是我最欣赏的美，我崇拜的气势，我赞赏的恢宏大自然，我顶礼膜拜"玉龙雪山"！

神州走笔

探访石林
寻觅心中的阿诗玛

神州走笔

　　石林，最早知道他还是在香烟盒上，以后又在电影、电视上多次见过。每次见到的石林，都是那个石头高高耸立，其中一块大石头上写着红色的"石林"二字。现在终于可以见到真正的石林了。

　　我们的导游是一位少妇，热情而好客。一路上她讲解着号称"植物王国""药材王国""动物王国"的云南，讲解云南所谓"十八怪"的故事，她讲解着"石林是彝族聚居地，这里的女子叫阿诗玛，男儿唤作阿黑哥……"一路上伴着风景和她的讲解，大家听得津津有味。

　　石林位于云南省石林彝族自治县境内，是我国著名的风景胜地，有"天下第一奇观"的美誉。石林具有世界上最奇特的喀斯特地貌，这里在约3亿年前还是一片泽国，经过漫长的地质演变，终于形成了现今极为珍贵的地质遗迹。景区是一座名副其实的由岩石组成的"森林"，穿行其间，见怪石林立、突兀峥嵘、姿态各异；壁峰之间，翠蔓挂石，金竹挺秀，山花香溢，灵禽和鸣，一派生机盎然。石林以其无与伦比的天造奇观，吸引着海内外无数游客。

石林景区以被称为"剑状喀斯特地形"的熔岩地貌（喀斯特地貌）为主要特色。景区包括西北的步哨山、中心的大石林和小石林、南面的万年灵芝和东面的李子园箐五个片区，面积约 12 平方公里。其中的万年灵芝、李子园箐和步哨山是新开发的景点。深、幽、险、奇是石林景区的景观特征。导游带我们进入景区内，但见石柱、石壁、石峰千姿百态，竞相争奇。我们这些游人也入乡随俗，开始改变了称呼，女的都改称阿诗玛，男的改称阿黑哥了。参观石林最好是阴天，因为都是石头，没有遮阴的地方。云南紫外线特别强，如果是晴空万里，那就得挨晒。我们的运气还不错，因天气基本上是阴天，有时还下着小雨，我们都带了伞，偶尔还可以遮太阳。

到了景区，导游指着桥下的流水向我们介绍说："1962 年周总理陪同外宾来石林，看到这么好的山石没有水，提议说有山，就该有水，于是便有了这个当代老百姓称为'恩来湖'的水域。"

步入石林，在一根巨大的石柱上题写着"石林"两个鲜红的大字，牵动无数人的心弦。这两个大字是 1949 年前曾任云南省政府主席彝族干部龙云所题。穿过天访屏风的桂华林，更有无数巨石顶天立地，巨石上留下很多名人墨宝，为石林增光增色。其中"群峰壁立""千嶂叠翠"八个钢劲有力的大字是 1962 年 6 月朱德委员会长挥毫题写的。再回头看还有"天造奇观""南天砥柱""大气磅礴""天下第一奇观"等石壁墨书。

继续沿路前行，在一旁坐落于石坑基部内凹的石屋里，设有石床、石桌、石凳。石壁上书"且住为佳"四

神州走笔

个大字，传说只要在石床上一坐就可百病全消。屋外有水一泓，清明透亮，迷人心扉。

行进中仰望高处，望峰亭上风光无限，于是攀过天桥，再蹬莲花峰。此峰出水十余丈，石片叠翘，瓣瓣向心，簇成盛放的素洁莲花，素闻"巧夺天工"，其实天工之巧又岂是人力可夺？自峰底向东，曲径通幽，移形换位、象距石台、孔雀梳翅、双马渡食、羔羊跪乳，直入异境。更有那妙趣横生的钟石，游客叩击时回响着悠远的钟鸣，令人心动神驰。当我们终于蹬上高亭时，蓝天白云、长剑指天、天光云影，尽收眼底。

我们跟着导游进入了光怪陆离的奇石世界，各式各样的石头像松林一般密集，成片展开。我们经过剑池，池中有一块像剑一样的石头，在池的中央是"剑"的上半部，据说另一半断掉了。在另一处石群中，我们看到了石下写着"象据石下"的前方高处一个石头十分像一只小象，据说这里的人把象看做吉祥物，来到这里一定要与吉祥物照相的。

当路过一处四周长满绿色植物幽深阴冷的地方时，导游让我们止住脚步回忆，对这块地方是不是似曾相识？看着脚下绿绿的植物潮湿的感觉，不远处一座山整个都爬满了绿色植物，相隔很近有一座山正对着它，可是山上什么也没有，是一座石山，一块圆石悬于山顶边缘。导游指着圆石说，那就是《红楼梦》片头里那块石头。

接着导游给我们讲了一个美丽的传说：勇敢的阿黑哥（小伙子）和美丽的阿诗玛（姑娘）相爱了，但是，凶恶的土司看上了阿诗玛，并抢走了她，关在刀山火海的深处。可是，爱情让阿黑哥勇敢无比，闯过了万重险难，救出了心爱的姑娘。然而可恶的土司打开了闸门，放出了滔滔的水，冲散了相爱的人。阿黑哥和阿诗玛化为大石林和小石林，守候在一起，永恒了爱情。我们都知道电影里阿诗玛的传说，但在石林那传说仿佛就是真的，有石头为证。

大石林是遍布着上百个巨石群，有的独立成景，有的纵横交错，连成一片。只见奇石拔地而起，参差峥嵘，千姿百态，巧夺天工，真可谓"天下第一奇观"。石林的排布并不齐整，忽而险峻，忽而平坦，有的是小象依偎着大象妈妈，有的是尖尖的刀山，衬托着勇敢的阿黑哥，有的是熊熊的烈火，仿佛让我们感受到爱情的力量。由于云南刚经历了地震，所以石林的姿态越发的险峻，平添了石林的魅力。

小石林显得秀美多了，小石林里有阿诗玛等待阿黑哥化为石头的石像，侧着脸庞，背着背篓，翘首盼望的姿态。导游介绍说，大石林的气势就好比阿黑哥，充满阳刚之气。小石林则代表了阿诗玛端庄美丽。在石缝间处处可见花草树木，姿态也是迤逦无比。如果说，大石林是刚强俊美的话，那么小石林就是纤秀柔美，尤其是阿诗玛的化石，仿佛看到阿诗玛头带秀丽的包头，身背美丽的背篓，穿着瑰丽的民族服装，在遥望着她心爱的阿黑哥，脉脉深情的双眼是那么的吸引人……此情此景撼动人心，在这块绮丽的石头下，我们许下美好的愿望，愿与心爱的人永远相爱、相守一生。我站在石林下，感觉更像是在熙攘的舞台上，一个个穿着彝族艳丽服饰、背着花篮的阿诗玛们——都是游客的换装打扮，都想成为美丽的撒尼姑娘。在褐色的石峰作背景下，我们同行的几位女行长差不多每人租了衣服、背着背篓，打扮成阿诗玛，让导游帮她们拍了集体照、个人照，每个人都留下一了张张嫣然笑脸。看着这里装扮成阿诗玛和阿黑哥的一群群游客，我深刻地感受到，这里的石头确实与众不同，它不仅是一幅绝妙的画卷，每天吸引着五湖四海的游人前来驻足观赏；它更是一首优美的诗篇，古往今来有无数骚人墨客为它咏叹吟诵；它又是有灵性和生命的：有双马渡食、孔雀梳翅、凤凰灵仪、象距石台、犀牛望月，有唐僧石、悟空石、八戒石、沙僧石、观音石、将军石、士兵俑、诗人行吟、母子偕游、阿诗玛等无数像生石，无不栩栩如生，惟妙惟肖，令人叹为观止。除了动物外，还有许多酷似植物，如雨后春笋、蘑菇、玉管花等。有一处"钟石"，能敲出许多种不同的音调……整个石林就是一座巨大的自然石景艺术宝库，任凭游客去观察，去发现，去自由想象。

中午时分，我们登上望峰亭远眺，群石尽收眼底。这里可以 360 度全方位地欣赏石林的风景，山石间突出的绿树突然间转化了红花绿叶中的角色，以自己的阴柔衬托着山石的阳刚。而每一块石头都在似与不似之间，延伸着我们的想象……

南国璀璨的明珠
神秘的动植物王国

——探秘西双版纳

　　旅行，一路过来，累却拥有大美，苦却得来好心情！

　　美丽的西双版纳，早在上中学时就在地理课本上知道了，我们祖国南疆有这么一个神秘的地方，只是到了今日才有机会去亲自揭开它的神秘面纱。我们是从昆明晚上乘飞机，于次日早晨在西双版纳落地。出了机场放眼望去，就仿佛置身于国外，更多的感觉是泰国情调。

　　西双版纳傣族自治州，是云南省下辖自治州，位于云南省南端。西双版纳，古代傣语为"勐巴拉那西"，意为"理想而神奇的乐土"，这里以美丽的热带雨林自然景观和少数民族风情而闻名于世，是镶嵌在祖国南疆的一颗璀璨明珠。在这片富饶的土地上，有占全国四分之一的动物和六分之一的植物，是名副其实的"动物王国"和"植物王国"，更是闻名于世的普洱茶生产基地。

　　由于我们对南国美景的贪婪，在吃过草墩罗非鱼之后，不顾劳乏，便马不停蹄地来到版纳的这片热带花卉园。进得门来便被一池莲所吸引，200 余平方米弯形如

神州走笔

月的小湖中，近处星星点点的半塘睡莲小巧婀娜、姹紫嫣红。在新绿的荷叶衬托下艳丽得晃人眼目，水珠流离闪烁其间，一时间引人驻足观望。河塘的另一半却又是别样的风景，十数个状如大盘，直径两米余的王莲浮于水面，晶亮如翠，如盘篚罗列，遮掩住半塘，清水如镜，只能闪着光从缝隙间挤出星芒，丝丝光亮滑过叶脉上的红刺，传入眼帘的竟是一派祥和。在荷叶交错之间，留有一处水色如墨翠，鱼儿浅游，一朵白莲赫然生出，色如羊脂，大如斗盘。我有些晃乎，甚至怀疑我是不是和朋友们已步入瑶池，身在仙境了。

顺着小路向公园深入走去，刚才我步入仙境的意念仍在脑中徘徊。百花园中五彩缤纷的奇特花儿竞相斗艳，稀树草坪让人流连忘返。人们在空中花园留影纪念，也在百药园赏识百草，游人随处拾捡落在地上的各种果实。当数株参天古树耸立在人们眼前的时候，当地的朋友介绍说，这是版纳最早引进的橡胶树，可算是景洪的橡树王，至今老树脚下仍留有国家领导人题词的碑刻。

当夕阳的余晖洒在瑶池的荷叶上时，我们才不舍地离开园子。

第二天的行程是植物园与傣族园，早上 8 点钟，沿着版纳至勐腊的高速公路向东百余里，先去参观中科院植物园，沿途风景煞是振奋游人的心绪。逶迤的澜沧江从这里穿流而过，巍峨的怒山山脉在这里延伸，山峦起伏，云雾弥漫，聚天地交合之气，孕育出无尽的宝藏。

热带花卉园与中科院植物园相较，前者精致而后者博大！

逛寨子是件非常开心的事情，西双版纳的开门节与闭门节，还有傣家的泼水节，让你从单调的淡漠中逃离，走进原生态的傣寨，感受内心淳朴、挚诚的一面，体会清晨被蝴蝶叫醒，捡起一串红豆的相思，再呼唤朋友牵着大象畅游在天然氧吧里的惬意，让你在一个安静、祥和的村寨里，摇有一段富有热带雨林少数民族风情的美好时光——这就是我们下午游傣族园时触及内心的一些感想。最重要的是，我们一行人中竟然只有我一人被傣家人泼了一身凉水，也许这象征着一种好运吧。

神秘的热带雨林，繁花交织，瀑布飞泻，树上长树，叶上长草，层层叠叠，仿佛走进一座绿色的迷宫，密林中奇闻与惊险相伴随行。在这片神奇、美丽的土地上，在崇山峻岭、青山绿水的环绕下，两岸雨林郁郁葱葱，竹楼屋顶若隐若现，阳光下的澜沧江像一条闪光的银链，弯弯曲曲地摆放在翡翠丛中。如果能在野象谷邂逅野象将是不错的收获——或许当你一觉醒来它们已在竹楼下小憩。

山长水远地逃离都市的繁华与喧闹，只为了将一路的山光水色收进小小的相机吗？不，我想要的是另外的一种生活，能够自由呼吸、抚平伤口，能够回归自然、充满刺激，能够隐逸山林、舒适恬淡。西双版纳，是一种向往，是一种心情！

上苍造物，孕育了西双版纳这一方神土。

西双版纳的野象谷是中国唯一可以看到亚洲野象的地方，很诱人神往。野象谷距西双版纳傣族自治州州府景洪市仅35公里。汽车在茫茫的林海中穿行，连绵起伏的崇山峻岭中到处喷洒浓浓的绿意。在绿海中时隐时现的傣族村寨，依山傍水，竹篱环绕，果树掩映，自成院落。树上挂满了五颜六色的瓜果，令人舌根生津。一

神州走笔

个多小时后便来到了群山环抱、溪水流淌的野象谷公园。

走进野象谷我们首先参观四个园：蛇蜥园、蝴蝶园、猴园、百鸟园。我最喜欢的还是蝴蝶园。不大的一个棚，里面草木繁茂，空气清新，枝头上开着些叫得出叫不出的花儿，三三两两的蝴蝶在花丛中翩翩起舞，游人们纷纷举起相机，追随着它们美丽的身影。

我们来到大象表演场，这里已经有很多游客在等待。野象谷有中国第一所大象驯养表演学校，所以在这里可以观赏到大象精彩的演出。大象表演开始，节目内容很丰富，有大象牵"手"、大象鞠躬、大象叠罗汉、大象倒立、大象跳舞、大象走独木桥、大象踢球等等。

离开大象表演场地，蜿蜒前行，就到了野象谷。我们坐上索道，开始向野象生活的地区接近。全长2630米的索道，我们行驶了40分钟，上升到海拔1000多米高的谷里，也就是野象生活的森林地区，索道椅犹如水面泛舟飘飘悠悠地载着我们在苍茫林海之上，凭空俯瞰北半球沙漠中唯一仅存的绿色翡翠——西双版纳热带雨林了。

眼观那连绵的山峰，翠绿的松林，山花烂漫，郁郁葱葱，那里就是藤蔓交错的热带雨林。绿色在脚下流淌，浓浓地让人心醉。这里层峦叠翠，绿色主宰一切。只听那鸟唱蝉鸣、溪流淙淙，心情豁然开朗。然而山下出没在绿树枝杈间弯曲的河水却是红色的，这与我们原来的想象截然相反，出人意料。不是碧水青山，而是红水青山，野象谷也应该称作"红河谷"。

终于从空中到达了4公里之外的绿色山巅，下索道，步入原始热带雨林，就像一下子扑入绿色的海洋之中。徜徉在绿色的山间小道上，可以不用担心炙热的太阳直射的烘烤，因为到处都是直插云霄的亭亭巨树，像一把把巨伞为人们遮阳挡光，提供烈日下的清凉。而那些巨树森林里，就生长着许许多多世上罕见的奇树。如盘根错节、气根垂笤、似孔雀开屏般的孔雀树，惹人争相在树下拍照留念；因一枝折断，而仅靠另一棵树支撑并吸取养分而存活的高高的"夫妻树"，让人产生无限遐想；枝干光滑，直上云端，形如巨伞的"一箭封喉"树，让人既敬畏又唯恐躲之不及，因为它的汁液如果恰好渗入人体，10分钟之内可使人倒毙而无可救药。导游说，这里的植物有很多有毒的，不能轻易触摸。还有一种像荷叶般的植物，也是剧毒类，看上去，其硕大的叶子上有许多圆圆的空点。导游让我们猜那是如何形成的，无人知晓。导游说，那是聪明的鸟儿为了切断毒素的源流，先在叶面上啄一个圆圈，等叶面圆圈中间断绝毒素输送快要枯萎时，再来啄食享用。大自然之神奇，真是一物降一物。

　　但在野象谷大象却丝毫未见踪影，我们只在路旁看到了野象出没留下的痕迹：几堆大象的粪便和大象上山时滑倒所形成的泥坑及压倒的林木等。导游说，大象虽是林中之王，但却是一种很害羞、很温顺的动物，也害怕人类。每天下午6点到次日早晨8点才是野象频繁出没的时间。如果遇到人类的骚扰，或觉得人们对它有敌意，或认为抢占了它的领地，它也会主动发起进攻的。前年，有一个美国摄影师来此拍摄野生大象时，曾遭到一群野象的攻击，其锋利无比的象牙挑开了摄影师的肚子。好在抢救及时，才使摄影师得以脱险。还有一对看山的夫妇，晚上妇人小解时听到大象来了，就从厕所里慌里慌张地跑出来被藤萝绊倒，被大象乱脚踩死。自此以后这里加强了对大象的防卫，路边按时给大象发放食物，沿路设置两层木结构的躲象台，并安排专人为游人放哨以防止人象冲突。看看路边的设施和时时看到的几个巡逻队员，我们也不禁有点紧张，一方面盼望着野象的出现，一方面又惧怕野象的出现，总之生命是最重要的，不能因好奇而失去生命。

从野象谷出来便是大象博物馆。走进博物馆，两具高大的野象骨骼耸立在正中央，仿佛还在迈着悠闲的步伐。两个展厅都是关于野象的图文介绍，但在这原始热带丛林中，实在静不下心来细细研读。那神秘的丛林、诡异的植物绞杀、仿佛因野象的嬉闹而变得浑浊的溪流，还在脑海里盘旋。

野象谷的神奇与美丽不在其形体，而在其内在的特质，那就是她的宽厚、大度和睿智。正是她的独特气质和许多平淡无奇的和谐组合，成就了野象谷这般神奇与美丽，使我难舍、难弃，让我留恋、回味。

神州走笔

湖光山色无穷美
烟波浩渺诗意浓

——滇池游记

上中学的时候，经常读到一本叫做《滇池》的文学杂志，于是便知道了在祖国的南疆有一处高原湖泊名为"滇池"。对于滇池的美丽与神奇，在脑海中不知幻化过多少次，也曾于梦中与其相见过，所以本次云南之游，对滇池的向往就更加迫不及待了。

滇池位于昆明市西南一隅，占地面积306.3平方公里，历史上这里一直是度假观光和避暑胜地。滇池古名滇南泽，又称昆明湖，是中国第六大内陆淡水湖。沿岸有秀美的西山立于一侧，中有四大名楼之一的大观楼。于景，西山壁立千仞与人以奇美，烟波浩渺的湖面给人以开阔；于情，大观楼有天下第一长联，附近的民族村聚集了几十个民族的风情。在未见滇池之前，有一种不可名状的情绪驱使我去一睹滇池的风采——是吸引孙髯翁写下百字长联的深厚的文化底蕴？还是映于滇池中的西山秀美？

滇池名称的由来可归纳为三种说法。一是从地理形态上看，晋人常璩《华阳国志·南中志》中说："滇池县，郡治，故滇国也；有泽，水周围二百里，所出深广，下流浅狭，如倒流，故曰滇池。"另一种说法是寻音考义，认为"滇颠也，言最高之顶"。也有人认为是彝语的"甸"，即大坝子之意。第三种说法，是从民族称谓来考证，《史记·西南夷列传》有记载："滇"在古代是这一地区最大的部落名称，楚将庄蹻进滇后，变服随俗称滇王。故有滇池部落才有滇池名。

滇池水域，群山环抱，河流纵横，良田万顷，人称"高原江南"。特别是在绿波荡漾的彼岸，巍峨雄壮的西山之巅，水浮云掩。那湖泊的秀丽与大海般玄境即呈现在你的眼前。滇池既有湖泊的秀丽，亦有大海的气魄。

滇池，水面宽阔，湖光山色十分壮丽。站在龙门上，居高临下，滇池全貌尽收眼底，有"高原明珠"之称。其迷人之处更在于它一日之内，随着天际日色、云彩的变化而变幻无穷。

我们沿着大观河乘车缓缓前行，有缓缓流动的河水，有停泊靠岸轻轻荡漾的小舟，有依岸而建的、开着花窗的围墙，墙内有探出的簇簇灿烂的叶子花，沿岸低垂婀娜的杨柳在风中扭动着细细的腰肢，那一瞬间我有一丝恍惚，好像来到江南水乡，而不是云贵高原的一隅。

车在大观公园南门停下，穿过荷花争妍的庆园，径往滇池而去。传说中的"高原明珠"终于在我眼前铺开了它的一角，像一位矜持的少女，羞赧的，只让我站在岸边偷偷地看看她俊俏的模样：滇池的水在高原肆虐的风的逼迫下，凶猛地拍打着湖岸，发出响亮的声音；溅起的水沫和着淡淡的腥味，毫无羞涩地朝我扑来；码头的对面，杨柳依依，掩映着古色古香的水榭亭台，任杨柳是怎样的葱郁婀娜，也掩不住池岸闻名于世的大观楼的清雅端庄；举目望去，在水天相接之处依稀可辨西山的模糊影子，像一幅水墨画静静地挂在天端。

终于等到了船。上了船，我只能坐在船中央紧紧地抓住船舷不敢乱动，生怕被一个接一个的浪在松手时打落水中。船渐渐离开了码头，向湖心驶去，码头上喧闹的人声渐渐远了，船家摇着橹儿发出的"吱呀、吱呀"的声音，浪涌来时带着极富节奏的"哗哗"声，和上风掠过耳际时的尖锐呼啸声，在空旷的湖面上奏出了一曲那时那景最适宜的曲子——有几分寂寥，有几分优雅，几分豁然；岸边的杨柳、水榭亭台，渐渐地只留下模糊的影子。环顾四周，只有水茫茫的一片，也许是眼前空无一物了我这才注意到船下流淌的水，那不是清澈的水，而是浑浊不堪的水，水面漂浮着不明的块状杂质，不时地还可以看到丛生的水葫芦。又有风吹来，我嗅到了空气中浓浓的腥味，不是让人精神为之一振的清爽腥味，而是夹杂着令人掩鼻的臭味，心情又被手中的木桨撞开的一团垃圾腾起的污水破坏掉了。

前面，已经可以隐约瞧见西山模糊的轮廓了。人们都说从西山顶上俯瞰滇池时，滇池是最美的。西山就在眼前，我却再也无心前行了，心底有一丝莫名的悲哀。

上了岸，又回头望了一眼仰慕已久、今日终于得以一见的滇池，湖水依然被风鼓动欢快地跳跃着，矗立了百年的大观楼依然立在滇池的角上。我想起了三百年前孙髯翁在大观楼题的中国第一长联：

　　　　五百里滇池，奔来眼底。披襟岸帻，喜茫茫空阔无边。看：东骧神骏；西翥灵仪；北走

神州走笔

蜿蜒；南翔缟素。高人韵士，何妨选胜登临。趁蟹屿螺州，梳裹就风鬟雾鬓。更频天苇地，点缀些翠羽丹霞。莫辜负：四周香稻；万顷晴沙；九夏芙蓉；三春杨柳。

数千年往事，注到心头。把酒凌虚，叹滚滚英雄何在。想：汉习楼船；唐标铁柱；宋挥玉斧；元跨革囊。伟烈丰功，费尽移山心力。尽珠帘画栋，卷不及暮雨朝云。便断碣残碑，都付与苍烟落照。只赢得：几杵疏钟；半江渔火；两行秋雁；一枕清霜。

船家说30年前滇池水清可见底，鱼虾成群，今天呢？我不忍再看一眼梦中的滇池，匆匆踏上了回程的路。昆明市政府每年耗资10亿元治理滇池，同时也加大了对环境保护的宣传，30年后，我们能否再睹滇池昔日的风采？

神州走笔

十里银滩话阳江

阳江市地处广东西南沿海，东距广州219公里，毗邻珠江三角洲和港澳地区，属于亚热带海洋季风气候，年平均温度22℃，冬暖夏凉，四季常青。阳江市共有总长约达35.4公里的海滨沙滩，其中以海陵岛的闸坡国家级风景名胜区和十里银滩游区最负盛名。

2010年8月17日，吃过午饭，我们考察组在广州分行王总审计师和办公室小周的陪同下，驱车近4个小时来到了向往已久的阳江市十里银滩。

十里银滩位于海陵镇西南，是海陵岛最大的海滩，滩长7.4公里，宽60~250米。登大角山俯瞰，金色长滩，一望无际，流雪涌翠，十分壮观。湛蓝的海面不时翻涌起雪一样的巨浪，海面零星点缀着一些下海踏浪的游人，尤其是身着五颜六色泳衣的女游人，远远看去像散落在海面上的花瓣。海的远方不时有白帆经过，海鸥欢快地高低飞翔，蓝色的天空堆积着几朵厚厚的白云，海天一色、相映生辉，无论你从哪个角度看去，都是一幅动人心魄的风景画面。

金子似的沙滩何止十里，一望无际。坐在海边静静倾听海浪翻滚的声音，"哗——哗——"，像婴儿学步来来回回重复那几个动作，还自得其乐。我的心也仿佛和大自然一起翻滚着。突然一阵嬉闹声打断了我的思绪，我回头一看，是一群小孩，他们没有多愁善感只有欢乐，他们在沙滩上奔跑着、跳跃着、追逐着，寻找漂亮的贝壳。他们是春天的阳光，温暖并快乐着，走过的沙滩上留下了一窝窝快乐的嬉闹声。夕阳西下，落日的余晖染红了沙滩，玩累了的孩子们都回家了。海浪依旧不停地扑向沙滩，傍晚的十里银滩静了下来，偶尔还能听见从远处传来几声海鸥的叫声。

来到阳江市，就不能不提到曾震动全球考古界的一项伟大奇迹——我国成功地打捞出"南海一号"。"南海一号"是一艘南宋时期的木质古沉船，沉没于广东省阳江市东平港以南约 20 海里处。1987 年 8 月，广州市救捞局与英国的海上探险和救捞公司在上下川岛海域寻找东印度公司沉船莱茵堡号时，意外发现了沉埋在 23 米之下的另一条古代沉船，并打捞出一批珍贵文物。由于发现沉船的海域位于传统的海上丝绸之路航运线，专家认为其历史价值不可估量，当时将这艘偶然发现的沉船命名为"川山群岛海域宋元沉船"，"南海一号"是后来由中国水下考古事业创始人俞伟超先生于 20 世纪 90 年代初命名的。

"南海一号"古船是尖头船，整艘船长 30.4 米，宽 9.8 米，船身（不算桅杆）高约 4 米，排水量可达 600 吨，载重近 800 吨，是目前世界上发现的海下沉船中船体最大、年代最早、保存最完整的远洋商贸船。它在海底躺了 800 年，对它的打捞持续了 20 年。由此中国水下考古事业伴随它，从开始已步入成熟。这艘船的出现，对我国古代造船工艺、航海技术研究，以及木质文物长久保存的科学规律研究，提供了最典型的标本。

"南海一号"于20年前就被发现，直到最近几年人们才想清楚如何处置它——将它整体平移到海岸边那座正在兴建的博物馆中，放在一个巨型的玻璃缸体内一边展览一边发掘。这个计划如此宏大，以至于世界考古之父乔治·巴斯看到这个方案连声说"不可想象……这只能在中国才能发生的事情"。的确是这样，到目前为止，世界范围内还没有其他国家做过类似的实践，这也是中国水下考古事业的最新开拓。从1987年到2010年的20余年间，这艘被命名为"南海一号"的沉船已经成为中国水下考古史的里程碑。

　　说到阳江，还要说到它的手工艺。阳江是广东四大传统手工艺基地之一，小刀、漆器、豆豉被称作"阳江三宝"，在这三宝中人们可能更关注的是刀具。阳江生产刀具有150年的历史，阳江小刀以其锋利、美观、耐用而享誉海内外，近半个世纪以来，国内外人士一致称阳江小刀是"小刀之王"，有"十八子""盛达""三人""厨乐"等知名刀具品牌。1988年，"中国菜刀中心"落户阳江，刀具就成为阳江市重要的出口创汇产品了。

　　说到饮食，阳江菜以海产品为主，这其中当数阳江名菜"油泡一夜情"，吃到嘴里别有一番"情思"在心头……

　　说阳江话阳江，说不尽阳江的人情风土，道不尽阳江的艳丽多姿……当你有闲暇时，一定要到阳江去走一走、看一看。相信我，你一定会不虚此行！

神州走笔

走进"清明上河园"

2010年8月20日至22日，我们考察组来到河南省省会城市郑州。郑州分行给予了我们热情的接待，使我有了回家的感觉。在考察学习之余，东道主为我们安排了丰富的民俗采风活动，先后来到黄河岸边、登封少林寺、洛阳龙门石窟、白马寺，以及开封的清明上河园，使我们的考察学习活动丰富多彩，收获大增。

8月22日，我们考察组一行人头顶着蒙蒙细雨、怀揣着对古人的敬仰踏入了清明上河园。清明上河园是我国著名古都开封的一座以大型历史文化为主题的公园，占地600亩，坐落在开封城风光秀丽的龙亭湖西岸。它是依照北宋著名画家张择端的传世之作《清明上河图》为蓝本建造的。1998年10月28日正式对外开放。

《清明上河图》是中国十大传世名画之一，是北宋画家张择端存世的仅见的一幅精品。画中所反映的是中国北宋时期作为古都开封的社会生活、市井风情和城建格局。作品生动地记录了中国十二世纪城市生活面貌，这在中国乃至世界绘画史上都是独一无二的。可惜这样一幅传世之作，真品竟然没藏于大陆，而是被蒋介石的"国民政府"带去了台湾，期待真品早日重现大陆以飨观众。

神州走笔

《清明上河图》虽然反映的只是当时开封的一角，但管中窥豹可见一斑，由此也不难推想其余街市的大略形貌。有趣的是，一千年前张择端把它从现实搬进了画卷，一千年后开封人又把它从画卷移入了现实。徜徉其间，常令人有"一朝步入画卷，一日梦回千年"的时光倒流之感。

　　走进清明上河园，迎面是一座巨大的张择端石雕像，他正用千年深邃的目光注视着走进园区的人们。园区中心是由一座虹形大桥和桥头大街的街面组成，粗粗一看，人头攒动，杂乱无章，细细一瞧，除了游人，街面上到处都是从事不同行业的人们。大桥西侧有一些摊贩，货摊上摆有刀、剪、杂货等。许多游客凭着桥侧的栏杆，或指指点点，或在观望河中往来的船只。笔者刚走下桥，就听到一阵炊饼的叫卖声，循声望去，果见"武大郎"正蹲在那里起劲叫卖着，更想不到的是"潘金莲"婷婷地立于一侧。笔者有幸与妖媚多姿的"潘金莲"亲密合影，并请"武大郎"亲自拍摄，这会儿不但找到了一回当西门庆的感觉，还差点把隐藏内心深处多年既见不得人又有些缺德的嗜好给暴露出来。后来得知，"潘金莲"是在校大学生，利用课余时间发挥自身姿色的优势出来挣点小费，这却使笔者真正感受到了文化的贬值。

　　贯穿整个园区的河流叫汴河，是古代开封很有名的一条河流。河上来往的船只很多，可谓千帆竞发、百舸争流，有的停在码头，有的正在河中行驶。热闹的市区街道，屋宇鳞次栉比，有茶房、酒肆、脚店、肉铺、庙宇等林立。各商铺中有绫罗绸缎、珠宝香料、香火纸马等经营。笔者一行驻足于"王员外"家门前，观看"王员外"家小姐抛绣球招亲一幕。看来"王员外"也不似古时的寓公，过得也不是很富裕，自己家的两个门市也在经营着杂货，应该是"租"出去了。"王小姐"倒是大家闺秀一般，长得清新靓丽，只可惜我们站得太远，与绣球无缘。

清明上河园全面展示了北宋的皇家园林，宫廷娱乐，徘徊于其间可以领略皇城内庭的甬道、宫殿，感悟神圣、巍峨。信步皇家园林的亭台楼榭，水光潋滟，旌旗招展。更令人叹为观止的是，北宋时期东京汴梁的宏伟气魄，风发风流，壮丽壮观。

沉淀历史的积累，历经全新的扩建，清明上河园目前已经是中国首屈一指的都市游览胜地。在青山绿水间，在花丛柳绿间，在雕梁画栋、鳞次栉比的房屋间，让人们深刻领略着中国文化的博大精深，从而更加热爱这一方热土，并发自内心地去保护她、爱护她。

神州走笔

探寻洛阳龙门石窟

2010 年 8 月 21 日，我们考察组一行在郑州分行张总审计师和风险部崔经理的陪同下，踏上了赴洛阳探寻龙门石窟之路。早在上中学的时候，就从历史教科书上知道了，龙门石窟是我国四大著名石窟之一。但今日走进龙门石窟，仍然被其雄伟、壮观和深厚的文化底蕴所震撼，伸手触摸那一尊尊精美的雕像，仿佛穿越时空与千年古人进行心灵沟通，感应古人博大精深的思想精髓。

龙门石窟位于洛阳市城南 13 公里处，这里香山和龙门山两山对峙，伊河水从中穿流而过，远远看去犹如一座天然的门阙，故有"伊阙"之称。隋朝时，隋炀帝杨广曾登上洛阳北面的邙山，远远望见了洛阳南面的伊阙，就对侍从说，这不是真龙天子的门户吗？古人为什么不在这里建都？一位大臣献媚地答道，古人非不知，只是在等陛下您哪。隋炀帝听了龙颜大悦，就在洛阳建起了东都城，把皇宫的门对着伊阙。从此，"伊阙"便被人们习惯地称作"龙门"。

龙门山清水秀，景色宜人，万象生辉。自古以来，龙门山色就被列为洛阳八大景之冠。唐代大诗人白居易曾说："洛都四郊，山水之胜，龙门首焉。"龙门石窟就开凿于这山水相依的峭壁间。它始凿于北魏孝文帝时期。孝文帝由平城（今山西大同）迁都洛阳，同时拉开了营造龙门石窟的序幕。龙门石窟历经东魏、西魏、北齐、北周、隋、唐和北宋等朝代，雕琢断断续续长达400年之久，其中北魏和唐代大规模营建有140多年。因而，在龙门石窟中，北魏石窟约占30%，唐代石窟约占60%，其他朝代仅占10%左右。据统计，东西两山现存窟龛2345个，佛塔70余座。龙门石窟是我国现存古碑刻最多的一处，有"古碑林"之称，共有碑刻题记2860多块，其中久负盛名的"龙门十二品"和褚遂良的"伊阙佛龛之碑"，分别是魏碑体和唐楷的典范，堪称中国书法艺术的上乘之作。龙门全山造像11万尊，最大的佛像通高17.14米，最小的佛像只有2厘米。

我们一行人，走进了龙门，沿着潜溪寺、宾阳中洞、摩崖三佛龛、万佛洞、莲花洞和奉先洞依次观赏。从中我们深刻感受到中国文化和古先人的智慧，博大精深，震人心魄，2000多个洞窟中佛像雕塑得千姿百态，栩栩如生，别有洞天。

潜溪寺是龙门西北端第一个大窟，它高、宽各9米多，深近7米，大约建于1300多年前的唐代初期。窟顶为一朵潜刻的大莲花。主佛阿弥陀佛端坐在须弥台上，面颊丰满，身体各部位比例匀称，神情睿智，整个姿态给人以静穆慈祥之感。主佛左侧为大弟子迦叶，右侧为小弟子阿难，两弟子旁边分别是观世音菩萨和大势至菩萨。阿弥陀佛与上述两位菩萨共称为"西方三圣"，掌管着西方极乐世界。若有信仰或学习佛教净土宗的善男信女，可在此顶礼膜拜。

宾阳中洞是北魏时期代表性的洞窟。"宾阳"意为迎接初升的太阳。宾阳三洞是北魏的宣武帝为其父孝文帝歌功颂德而建。它开工于公元500年，历时24年，用工达80余万人，后因发生宫廷政变，以及主持人刘腾病故等原因，计划中的三所洞窟（宾阳中洞、南洞、北洞）仅完成了一所即宾阳中洞，南洞和北洞都是到初唐时期才完成了主要造像。宾阳中洞内为马蹄形平面，穹隆顶，中央为雕刻重瓣大莲花构成的莲花宝盖，莲花周围是八个技乐天和两个供养天人。他们衣带飘飘，迎风翱翔在莲花宝盖周围，姿态优美动人。洞内为三世佛题材，即过去、现在、未来三世佛。主佛为释迦牟尼，他是佛教创始人，原名乔达摩·悉达多。他与我国的孔子生活在同一时期，比孔子大12岁。他在29岁时出家修行，经过6年，悟道成佛，创立了佛教。由于北魏时期崇尚以瘦为美，所以主佛释迦牟尼面目清瘦，脖颈细长，身材修长，衣纹密集。由于北魏孝文帝迁都洛阳后施行了一系列的汉化政策，所以洞窟中的主佛服饰一改云冈石窟佛像那种偏袒右肩袈裟，而是身着宽袍大袖袈裟。可见佛像要想融入社会也需与时俱进。

摩崖三窟佛龛共有七尊造像，其中三身坐像，四身立佛，这种造像组合在我国石窟寺中极为罕见。中间主佛为弥勒，坐于方台上，头顶破损，仅雕出轮廓，未经打磨。据佛经记载，弥勒佛是"未来佛"，是作为现在释迦牟尼的接班人而出现的。武则天利用弥勒信仰为其登基制造舆论，登基后又自称"慈氏"（即弥勒），推动了弥勒信仰的风行。摩崖三佛龛的开凿正是在这样的历史背景下出现的，随着周武政权的垮台，摩崖三佛龛也因此停工。虽然这组造像是半成品，却为我们了解石窟造像的开凿程序，提供了一份宝贵的实物资料。

万佛洞因南北两侧雕有整齐排列的 1.5 万尊小佛像而得名。洞窟呈前后室结构，是龙门石窟造像组合中最完整的石窟。窟顶有一朵雕刻精美的莲花，洞内主佛是阿弥陀佛像，端坐在双层莲花座上，面相丰满圆润，两肩宽厚，简单流畅的衣纹运用了唐代浑圆刀的雕刻手法。主佛施"无畏印"，表示在天地之间无所畏惧，唯我独尊。在主佛束腰部位雕刻了四位金刚力士，金刚那奋力向上的雄姿与主佛的沉稳形成了鲜明对比，更加衬托出主佛的安详。主佛背后还有 52 朵莲花，每朵莲花上都有一位供养菩萨，她们或坐卧或侧立，有的手持莲花，有的窃窃私语，神情各异，像是一组不同少女的群体像。数字"52"代表着菩萨从开始修行到最后成佛的阶段，即十信、十住、十行、十回向、十地、等觉、妙觉。万佛洞南北壁上的 1.5 万尊小佛像，每尊只有 4 厘米。整个洞窟金碧辉煌，向人们展示了西方极乐世界的理想国土，烘托出一种热烈欢快、万众成佛的气氛。

莲花洞因窟顶雕有一朵高浮的大莲花而得名，大约开凿于北魏年间。莲花是佛教的象征，意为出淤泥而不染，因此佛教石窟多以莲花作装饰。但像莲花洞窟顶这样硕大精美的高浮雕大莲花，在龙门石窟也不多见，莲花周围的飞天体态轻盈，细腰长裙，姿态自如。龙门石窟中最小的佛像，仅有 2 厘米高，这些高不盈寸的千尊小佛就位于莲花洞的南壁上方，生动细致，栩栩如生。

再往前，就是我们探寻龙门石窟的最后一站地——奉先寺。有些同志已经感到了疲劳，出现了体力不支，在要不要往前走的问题上，大家出现了分歧，因为到奉先寺还要再蹬 90 多级台阶。经过短暂休息，一部分人留了下来，而我必须向最后一站登去。

沿着 90 多级的石阶而上，我们终于气喘吁吁地登上了最后一阶。来到了奉先寺，眼前是一个硕大的广场，使我们的心顿时清爽起来，庄严肃穆的氛围，以至于我们都不敢高声喧哗。奉先寺是龙门石窟规模最大、艺术最精湛的一组摩崖型群雕，因它当时隶属皇家寺院奉先寺管理，所以被俗称为"奉先寺"。此窟开凿于唐高宗初年，公元 672 年武则天赞助脂粉钱两万贯，公元 675 年建成，长宽各 30 余米。洞中佛像体现了唐代佛像艺术特点，面形丰肥、两耳下垂、形态圆满、安详、温存、亲切，极为动人。主佛莲花座北侧的题记称为"大卢舍那像龛"。这里共有九躯大像，中间主佛为卢舍那大佛，为释迦牟尼的报身佛。据佛经讲，"卢舍那"意为光明普照。这尊佛通高 17.14 米，头高 4 米，耳朵长1.9 米，佛像面部丰满圆润，头顶微波形状的发纹，双眉弯如新月，附着一双秀目，微微凝视着下方；高直的鼻梁，小小的嘴巴，露出祥和的笑意，双耳长且略向下垂，下颏圆且略向前突。佛像圆融和谐，自在安详，身着通式袈裟，衣纹简朴无华，一圈圈同心圆式的衣纹，把佛像烘托得异常鲜明而圣洁。整尊佛像，宛如一位睿智而慈祥的中年妇女，令人敬而不惧。有专家评论说，在塑造这尊佛像时，把人类高尚的情操、丰富的感情、开阔的胸怀和典雅的外貌完美地结合起来，因此她具有巨大的魅力。饱经沧桑、老成持重的大弟子迦叶，温顺聪慧的小弟子阿难，表情矜持、雍容华贵的菩萨，英武雄键的天王，咄咄逼人的力士，与卢舍那佛像一起构成了一组极富情态质感的艺术群体像。看到此，我们情不自禁地生起恭敬之心，特别是我个人，感觉自己离佛菩萨是那么近，近到可以聆听到佛菩萨在对我说话，这种心灵之间穿越时空的交流，不是什么时候都能得到的。天本来是下着雨的，但此刻却晴空万里，在湛蓝的天空下，在佛陀的世界里，追求和平、倡导和谐的人们才真正体会到了祥和与安宁。

在卢舍那佛像前，我怀着恭敬的心，向佛陀许愿：

恭请本师在教化众生的同时，
保佑我们的国家和人民。
愿我们的国家国泰民安，
强大稳定，繁荣昌盛；
愿我们的人民安居乐业，
幸福美满，聪慧健康。

参拜"中国第一古刹"
洛阳白马寺

离开了龙门石窟，我们一行人又匆匆踏上了参拜白马寺的路程。白马寺坐落在洛阳市东郊一片郁郁葱葱的长林之中，被称为"中国第一古刹"。这座1900多年前建造在忙山、洛水之间的寺院，以它巍峨的殿阁和高崎的宝塔，吸引着一批又一批的信徒和游人。

白马寺是佛教传入中国后，由官方营建的第一寺院。它的营建与我国佛教史上著名的"永平求法"紧密相连。相传东汉明帝刘庄夜寝南宫，梦见神头放白光，飞绕殿堂。次日得曰梦为佛，遂遣使臣蔡音、秦景前往西域求佛法。蔡、秦等人在大月氏（今阿富汗一带）遇上了在该地游化宣教的天竺（古印度）高僧迦什摩腾、竺兰法。蔡、秦于是邀请高僧到中国宣讲佛法，并用白马驮载佛经、佛像，跋山涉水，于永平十年（67年）来到京城洛阳。汉明帝敕令仿天竺式样修建寺院，为铭记白马驮经之功，遂将该寺院取名为"白马寺"。从白马寺始，我国僧院便泛称为"寺"，白马寺也因此被认为是我国佛教的发源地。历代高僧甚至国外名僧前来此地览经求法，于是白马寺又被尊称为"祖庭"和"释源"。

我们一行人来到白马寺，首先见到的是一个大广场，广场南有近年新修建的石牌坊、放生池、石拱桥，其左右两侧为绿地。白马寺门前左右两侧相对有两匹石马像，大小和真马相当，形象温和驯良——这是两匹宋代的青石雕白马，极为珍贵。白马寺的山门为明代所重建，并排为三座拱门。"山门"是中国佛寺的正门，一般由三个门组成，象征佛教的"三解脱门"："空门"，"无相门"，"无作门"。过去寺院多居山林之间，故称"山门"，又称"涅槃门"。由于中国许多寺院建在山林里，故又有"山门"之称。眼前的山门是明代嘉靖二十五年（1546年）重建的。红色的门楣上嵌着"白马寺"的青石题刻，它同接引殿通往清凉台的桥洞拱桥上的字迹一样，是东汉遗物，为白马寺最早的古迹。由于时间紧张的关系，我们不能在此做细致的研究，只是在山门前照了一张集体照，并匆匆走进了白马寺。

白马寺建筑规模极其雄伟，历代又曾多次重修，但因屡遭战乱，数度兴衰，古建筑所剩无几。现在白马寺建筑多为明清两代修建，整个寺庙坐北朝南，是一个长方形的院落，总面积约4万平方米。主要建筑有天王殿、大佛殿、大雄宝殿、接引殿、毗卢阁等，均列于南北的中心轴线上。虽然不是创建时的"悉依天竺旧式"，但寺址都从未迁动过，因而汉时的台、井仍依稀可见。整个寺庙布局规整，风格古朴。院内古树成荫，四时落英缤纷，增添了佛国净土的清宁气氛。

走进山门，西侧有一座"重修西京白马寺"石碑，这是宋太宗赵光义下令重修白马寺时由苏易简撰写，淳化三年（992 年）刻碑立于寺内。山门东侧有一座"洛京白马寺祖庭记"石碑，这是元太祖忽必烈两次下诏修建白马寺，由当时白马寺文才和尚撰写。走过东西对称的两碑，便是白马寺的第一殿——天王殿。

天王殿系元代建筑，明清两代均重修，殿基高 0.9 米，长 20.5 米，宽 14.5 米，是明朝由原山门殿改建而成的。整体建筑面阔五间，进深三间，四周绕以回廊。屋顶正脊有"风调雨顺"、后脊有"国泰民安"几个大字。殿内两侧是四大天王塑像，中央佛龛是明代雕塑的弥勒笑佛。在佛教传说中，弥勒菩萨将继承释迦牟尼佛位，成为未来佛。可是白马寺天王殿这尊笑口常开的弥勒菩萨，却以另一传说为蓝本。相传五代时，浙江一带有位名叫契化的和尚，他经常手持一柳锡杖、肩背一个布袋往来于市，人们称他"布袋和尚"。这位和尚逢人乞讨，随地睡觉，形似疯癫。他在临死时说了这样一偈："弥勒真弥勒，分身千万亿。时时示人时，时人不认识。"于是人们就把他当作弥勒的化身，并根据他的形象塑造了一尊佛像，供奉在寺内天王殿里，这是印度佛教中国化的一个缩影。

天王殿后面是一座大佛殿，殿内通长 22.6 米，宽 16.3 米，殿脊前部有"佛光普照"，后脊有"法轮常转"四个字。殿的中央供奉着三尊塑像：中为释迦牟尼像，左为摩柯迦叶像，右为阿难像，这三尊佛像构成了"释迦灵山会说法"传说。这取材于一个佛教禅宗典故。据说有一次释迦牟尼在灵山法会上面对众弟子闭口不说一个字，只是手拈鲜花面带微笑。众弟子十分惘然，只有摩柯迦叶发出了会心的微笑。释迦牟尼见此，就说："我有正眼法藏，涅槃妙心，实相无相，微妙法门，不立文字，教外别传。"之后，摩柯迦叶就成了"不立文字，教外别传"的禅宗传人，中国佛教禅宗也奉摩柯迦叶为西土第一祖师。白马寺大佛殿的"释迦灵山会说法"佛像图就是根据此传说塑造而成的。最引人注目的是，殿内存放的一口大钟，它高1.65米，重达1500千克，上饰盘龙花纹，刻有"风调雨顺　国泰民安"等字样，并附诗一首："钟声响彻梵王宫，下通地府震幽冥。西送金马天边去，急催东方玉兔升。"据传，此口大钟与当时洛阳城内钟楼上的大钟遥相呼应。每天清晨寺僧焚香诵经、撞钟报时，洛阳城内的大钟也跟着响起。因此，白马寺钟声被誉为当时"洛阳八景"之一。

经过了大佛殿，我们沿阶而上，眼前就是大雄宝殿。这是一座悬空建筑，长22.8米，宽4.2米，殿前有一个月台，这是本寺院最大的殿宇。殿内贴金雕花的大佛龛内塑的是三世佛：中为娑娑世界的释迦牟尼，左为东方净琉璃世界的药师佛，右为西方极乐世界的阿弥陀佛。在三尊佛像前，站着韦驮、韦力两位护法天将，执持法器，威严肃立。两侧排列十八尊神态各异、眉目俊朗的罗汉像。这十八尊罗汉像都是使用漆、麻、丝、绸在泥胎上层层裱裹，然后揭出泥胎，制成塑像。这种"脱胎漆"工艺在国内是独一无二的，乃是寺中塑像之精品。背后的殿壁上，还排列整齐地镂刻着5000余尊微型壁佛。在殿外，我跟随习俗，学众游客的样子也"请"了本寺的三炷高香。在缭绕弥漫的香火中，我在心中默默祈祷，愿苍天保佑我的父母身体健康、晚年幸福，愿苍天保佑我的孩子学业有成、茁壮成长，保佑我的家庭美满和睦、幸福安康，保佑天下众生安居乐业、无灾无难。

大雄宝殿后有个接引殿，为一般寺院所罕见，殿内通长 14 米，进深 10.7 米，为双层殿基，是寺内最小的建筑。殿内供奉西方三圣，均为清代泥塑。

毗卢阁是白马寺内最后一座佛殿，坐落于清凉台上，系一组庭院式建筑。清凉台原是明帝少时读书乘凉之处，后为摄摩腾、竺法兰译经之处，在寺中位置最高。殿内正中有一座砖台座，设一木龛，龛内供奉一尊毗卢遮那佛像，左为文殊、右为普贤，这一佛两菩萨在佛教界合称为"华严三圣"。

白马寺东南有一座齐云塔，为方形砖塔，塔身边长 7.8 米，共 13 层。每层南边开一拱门，可以登塔眺望。旧时齐云塔与清凉台、腾兰墓、断文碑、夜半钟、焚经台合称为"白马寺六景"。千百年来，民间流传两句谚语："洛阳有座齐云塔，离天只有一丈八。"原是五代后唐李存慧修建的九级木结构佛塔，高 500 尺。

寺院南面还有两座夯筑的高土台，台上立有一块"东汉释道焚经台"字样的通碑，这就是"白马寺六景"之一的焚经台。这个焚经台记录了佛教徒与中国方士之间的一场角逐，以佛教取胜而终，汉朝佛教自此兴盛。

"明月见古寺，林外登高楼。南风开长廊，夏日凉如秋。"这是唐代诗人王昌龄笔下的白马寺。今天，这座千年古刹仍名扬海内外，巍然屹立在忙山脚下。

我在没来白马寺之前，早就听说过，白马寺有一副非常好的对联，叫做"经声佛号警醒世间逐利客，晨钟暮鼓换回苦海迷路人"。今天参拜白马寺却没有发现这副对联，看来此联不是出自此白马寺。

拜偈中国禅宗与武功发祥地

——探访嵩山少林寺

2010年8月20日，结束了对郑州分行的学习考察任务，郑州分行安排我们考察组去拜偈登封市少林寺，我们都非常高兴。要知道，少林寺对于我们来说可谓慕名已久啊。

吃过午饭，在郑州分行张总审计师和风险部崔经理的陪同下，我们的车行驶在郑少公路上。公路两侧随处可见与少林武术有关的浮雕壁画，还有各种鼎、柱及少林武僧的雕塑等，令人应接不暇。渐渐地，连绵起伏的中岳嵩山呈现眼前，自然风貌与人文景观交相辉映，仿佛身处古典山水画中，好一片卓尔不凡的中原风光！

转出高速路，便看见比邻而居的武术学校，车继续向前开，类似的武术学校、研究院越来越多，规模也大起来。我暗自感叹，难怪有人说"天下功夫出少林"，的确是尚武之乡啊。大约经过了30余家武术学校，便到了停车场。登封市分行的行长、副行长闻讯赶来接待，他们说此处距景点已不远，可步行前往，这正合我们的意愿。

· 连绵山峦峰峰相依 ·

不亲临此处，怎知何为深山藏古寺？举目望去，到处是高高低低的山峦，峰峰相连，蔚为壮观。导游指着远处的山脉，告诉我们那儿就是少室山，少林寺便处于少室山的密林之中，因而得名。言谈间已经到了一牌楼下，牌楼上书四个大字"嵩山少林"，这几个字苍劲有力，颇见风骨，一看便知是出自我国当代著名书法家启功先生。在此，导游安排我们乘坐电瓶车。原来离寺院还有 2 公里呢，一路驱车，直奔少林寺正院。

少林寺，又称僧人寺，有"禅宗祖庭，天下第一名刹"之誉，是中国汉传佛教的禅宗祖庭。公元 495 年北魏孝文帝为安顿天竺僧人跋陀，敕令在少室山为佛陀立寺，供给衣食。佛祖第二十八代弟子天竺僧人菩提达摩大师到中国，颇得孝文帝礼遇，于此首传禅宗而名扬天下。据佛教传说，禅宗初祖菩提达摩在华以 4 卷《楞伽经》教授学者，后渡江北上，于寺内面壁 9 年，传法慧可。此后，少林禅法传承不绝，传播海内外。

来到少林寺正院，迎面就是少林寺的山门。山门是一座单檐歇山顶建筑，正门坐落在 2 米高台上，上方横悬着长方形黑底金字匾额，书有"少林寺"三字，导游说此匾额是康熙皇帝亲笔书写。仔细打量，发现山门两侧还有石狮和石坊各一对，威武雄浑，将山门衬托得越发庄重。

过了山门，便是甬道，两侧有许多石碑。我对碑文感兴趣，欲要仔细看，导游说，这里有百余碑呢，挑著名的看吧。说话间来到碑廊，细细看了几个古老的碑文。此处植有千竿竹，殿阁掩映，古碑林立，幽静怡人。导游引我们来到青石道上，只见路中间雕刻着莲花图案，许多人正踏着莲花走，据说这样会大吉大利。于是，我们也步莲而上，来到了白衣殿。

·僧佛塑像栩栩如生·

白衣殿也叫锤谱堂，殿内供奉着观世音菩萨，有回廊42间。廊内安放着200余尊雕像，有的在坐禅，有的在打拳，还有一些群像记录着历史故事。听导游说："俗话说'锤谱堂里五分钟，出来一身少林功'，大家比照这些雕像姿势就可以练习少林功。"不禁莞尔而笑，这些雕像的确栩栩如生。经甬路过碑林，我们来到天王殿，殿门外站有两大金刚，相传是《封神演义》中的哼哈二将，店内供奉着的是四大天王，威武异常。天王殿后是大雄宝殿。少林寺的大雄宝殿与别的地方有所不同，除了供奉三世佛外，在其左右还塑有达摩祖师和被称为少林寺棍术创始人的紧那罗王。我想，这大概就是佛教与中国当地文化相融合的表现吧。大雄宝殿前有钟楼和鼓楼，也有石碑，其中便有"皇帝嵩岳少林寺碑"，碑文记述着十三棍僧救秦王的故事，影片《少林寺》也是依据此事拍摄的。

大雄宝殿的东侧是紧那罗殿，供奉着少林寺特有的护法神——紧那罗王。相传元朝时红巾军围攻少林寺，众僧人不敌，突然一烧火僧显圣，立于二山头上，身高十丈，自称紧那罗王，这才逼退红巾军，后人遂尊其为护法神。

大雄宝殿西侧是六祖堂，正面供奉几尊菩萨，两侧

神州走笔

是自初祖达摩到六祖慧能的禅宗六祖像，西壁还有彩塑，描绘着达摩只履西归的故事。大雄宝殿是藏经阁，又名法堂，殿内供奉白玉卧佛，月台下还有一口大铁锅，据说是明代僧人炒菜用的，由此可见当年的繁荣。原殿在1920年被军阀石友三焚毁，经卷典籍多被烧毁，现存部分多为清代木刻版佛经。我们看了铁锅，又来看简介，未免感慨许多，少林寺经历了千余年的沧桑，可谓几经沉浮。

·二祖慧可断臂求法·

过了法堂便来到方丈室，大清皇帝乾隆也曾下榻于此。方丈室后是达摩亭，又叫立雪亭，是纪念二祖慧可断臂求法而建。当年僧人神光诚心学法，在一个雪夜请达摩祖师传法。达摩说："要我传你佛法，除非天降红雪。"神光马上抽出戒刀，一刀砍断自己的左臂，鲜血染红了雪地。达摩很是感动，就把衣钵法器传给了他，赐名慧可，这就是禅宗的二祖。神龛上方悬挂着"雪印心珠"的匾额，是清朝乾隆皇帝亲笔所题。达摩的东侧是文殊殿，殿内除了供奉文殊菩萨，还有少林寺的镇寺之宝——达摩面壁石。据说达摩祖师面壁九年，而他的影子被印在对面的岩石上。

寺院的最后一座大殿是千佛殿，殿内供奉着毗卢佛，神龛后面墙壁上绘有"五百罗汉朝毗卢"的画面。导游说这是明代民间画家的杰作，极其珍贵。细看之下，只见云海浮动，波涛汹涌，五百罗汉腾云驾雾，形象神态栩栩如生，整个画面气势磅礴，果然不凡。店内还有48个脚坑，据说清代朝廷禁止民间习武，少林寺武僧只好在最隐秘的千佛殿习武，天长日久，竟然在砖铺的地面上踩出 20 厘米深的陷坑来。

走出少林寺，我们直奔塔林，塔林是历代少林高僧的坟茔。远远地就能看到一片林立的砖石塔。据导游说此处有 200 余座古塔，占地面积约 2 万平方米。行走其间，但见依山傍水的翠绿中，一座座砖石塔昂然挺立，造型典雅优美，砖上的雕刻也十分精湛。

·禅武结合走入国际·

从塔林出来，再看初祖庵和达摩洞。初祖庵里供奉着达摩祖师像，它是一座木质结构建筑，三面临壑，景色幽雅秀丽。达摩洞即是达摩祖师面壁九年处，洞外有一座石坊，洞内有达摩及弟子的石像，十分幽暗僻静。我虔诚地向这位中国禅宗创始人顶礼，其后有尼僧文雅端庄的答礼。

告别少林古刹，在归途的车上，我联想到少林寺在中国宗教史上的丰功伟绩——其巧妙地把印度佛教文化和中国传统文化天衣无缝地结合在一起，成为佛教的禅宗理念，也造就了今天佛教的崇高地位。更令我惊叹的是，少林寺把禅武融合到现实生活中，经千余年的流传，依然富有顽强的生命力。到了 21 世纪，少林精神依旧是禅为魂、武为衣，习武修禅，以禅入武，禅武双修。少林寺先贤提出的理念"进则护寺报国救众生，退则参禅习武修道行"，仍然是今天少林寺的座右铭。

行走在斑斓的色彩间

——黑龙江省五常凤凰山游记

2011 年 7 月间，我和几位同事利用周末游览了一次哈市近郊的凤凰山，置身于自然风光之中，尽情地饱览凤凰山的风姿神韵，平日里的烦恼与焦虑，顷刻间顿然消散。

天下名曰凤凰山的如恒河沙数。黑龙江省境内的凤凰山，位于五常市南部，距五常市区有 120 公里，距哈尔滨市区有 220 公里，其占地面积约 5 公顷，主峰海拔 1683 米，是黑龙江省境内的最高峰。凤凰山处在黑龙江和吉林两省的分界线上，是长白山余脉张广才岭的主峰，有空中花园、大峡谷两大知名景区，高山湿地堪称一绝。除此之外，五常凤凰山还因 1984 年的"UFO"事件而驰名中外。我们这次来就有个不被人知的秘密，那就是抱着一种侥幸心理，看能否碰上"外星人"。

我们这次郊游的两处景点，就是大峡谷和空中花园。大峡谷景区的万米大峡谷是黄河以北 14 省份中垂直落差最大、延伸度最长的第一大峡谷，有落差百米的瀑布，还有一白一黑的两条溪水，纵深长度为 5 公里。峡谷内山势陡峭，深壑幽谷，河流湍急，飞瀑连缀。四周群山高耸，或巍峨雄浑，或峻峭秀丽，分布得错落有致，天然巧成，犹如长长的风景画廊。

去大峡谷爬山，需要经历四五个小时。我们始终围绕着山间小溪去攀爬，开始是简单的山地丛林攀升，接着是不规则的崖壁下降，然后再上升、再从陡峭的石缝中穿行，有些地方我们不得不"四轮驱动"回归远祖的爬行方式。忘却了共经过多少次这样的上升和下降，只记得凤凰山那秀美的景色愉悦了我们的视线，嶙峋的风骨磨砺着我们的脚板，险峻的山势刺激着我们的神经，幽静的山林诗化着我们的心境，挺拔的苍松激发着我们的豪迈，清爽的山峰涤荡着我们的胸怀，团队的协作温暖着我们的灵魂。

7月的天空总是那么矫情，不经意间便挤破云层，肆意宣泄自己的情绪，时而淅淅沥沥、缠缠绵绵，时而酣畅淋漓、一发不可收拾；有时又像腼腆的小女孩，小声哭泣之后便露出绯红的脸庞，笑咧着嘴巴洒下一抹阳光，让众人驻足不惑。

不知不觉中，我们仿佛融化在博大无边神力四射的自然怀抱里。我们这些人在一次次费力的攀爬和小胜的窃喜中前进着，每每问及从山上下来的游客还有多远时，他们总是微笑着告诉我们还有10分钟就到了。当我们再前行，体力和毅力都进一步接受挑战时，再问山上下来的游客，他们还是微笑着善意地告诉我们再有10分钟就到了。我知道，人们是用眼神、表情和语言在鼓励我们继续前行。

为了少听到一些同行者的抱怨声，也是为增强我们继续前行的信心，我和老陆撇下同行的同事，向着人影稀少的山路踽踽而上。纷扰的世界里，繁杂琐碎的俗事绊身，难有机会独自漫步在如此幽静的山麓。偶尔从树林里传出的几声鸟叫声，像是在愉悦地欢迎我这稀客，抑或是嘲笑我之前的不曾问津。氤氲的树影间，不知名的花儿正迎着渐渐萧瑟的风默然盛开，以一种不可阻挡的态势诠释着对生命的执着，淡淡的花香沾着丝丝阳光的味道，又带点雨过的清新，顿时让人心旷神怡，涤净了心底里囤积的忧郁。

透过郁葱的树林，斜视挂在天边那抹若显若无的光芒，说是太阳，更像是朦胧月色下的皓月……站在较高的石阶上，眺望远方，对面的山脊在苍白的阳光下显得有点憔悴，朦胧的轻烟里萦绕着些许白雾，略显娇柔，却多了一份不可得的柔和之美。恍惚之中，感觉那正是弥漫仙气的修道佳地，偶尔一两声胜似天籁的古弦声划过天际向我袭来，脑海里瞬间闪过鹤发童颜的仙人抚弦捻丝的场景，让人流连。

凤凰山绝少有裸露地面，林下都是茂密的草本植物，这是最完好的高山湿地生态环境。凌空架起的木栈道将游人与湿地植被拉开了一点距离，绿草下是厚厚的落叶腐殖层，对植被的保护作用非常明显。侧耳倾听有汩汩的流水声，溪流不时从林间钻出来，在栈道下左右穿行。林隙间洒落的阳光在溪流中跳跃着，就像顽皮孩子的眼睛。

游兴正浓时，突然天空下起了雨，人们常说，"在山区一片云彩一片雨"，果真如此。雨点如洒珠落玉般地滴落在小溪中，霎时平坦如镜的水面溅起朵朵涟漪。细密的雨点，如鼓槌般敲打着栈道的青石板，发出悦耳的"叮咚"音响。此时山雾弥漫，幽静的山谷中如同上演一场和谐的乐章。听着这烟雨中的旋律，内心早以释然，烦恼正悄悄地放逐在涓涓流淌的小溪中。

神州走笔

爬了一段石阶，无意间看到半山腰有一座观山亭，鲜黄色的木柱，淡白色的亭檐，加上暗红色的木栏，显得古香古色，散发着一丝古韵的味道。置身其间，有种身回前朝的感觉，恍如正轻抚木柱、按剑远眺，任宽大的衣袖随风起舞，轻斟几杯佳酿，学人将栏杆拍遍，大呼胸襟之情。或许这就是大自然的魅力吧，让人抛离杂念，回归真我，大抒我情，何其乐哉！

一路慢行于山间，偶遇三两行人，时而驻足凝视，时而远眺冥思，不知不觉之中便已到山顶。"凤凰山"三个大字，便是对成功者的恩赐。凤凰山，只有登上了峰顶才能目睹它的绝美英姿。

驻足山顶俯视大地，周边景象尽收眼底。时不时阵阵清风袭来，盛夏的7月感受着清爽。孤立山巅，形单影只，又见满山渐渐萧瑟的态势，心中一阵慨叹青春不再之情涌上心房。睹物生情，在自然景物面前，黯然销魂也好，愁思满怀也罢，却也是最真实的自我。自然风光的一大妙处便是在无形之中，焕发出最真实的感受，释然地面对暗藏在心里的情绪。

站在高处倚栏远眺，凤凰山下旖旎风光尽收眼底。远方高耸的大山像是独立在平地的石像，对视着从我眸光射出的光芒，感受着来自高处散发的气息。周边的树林像是缀在繁华里的草坪，无须剪裁，自长成形，默默地奉献自身的那抹绿色，以求祥和安定。

午餐是在山顶上举办的野餐形式，大家席地而坐，塑料布上摆满了农家菜，各种副食、饮料、啤酒和五颜六色的应季水果。看着这些丰盛的食品，早以让人垂涎欲滴，食欲大增。同事们围坐在一起举杯畅饮之余，索性边喝边唱，此时早以忘记了登山的疲劳，只有歌声在

神州走笔

山中回荡。

午餐过后，开始去往空中花园。山路是一条由木板在蜿蜒的山路中铺成的林间栈道，路两旁或是密林遮日，或是突然开阔，或是急下幽谷，或是危临悬崖。此时天空一扫阴郁，阳光洒脱地透过林间照射下来，令人心情更加明媚。一路嗅着树林的清香，远远地看见山上一簇簇虬枝曲曲延延的奇桦园，让人感觉好像来到了世外桃源。

空中花园坐落在凤凰山顶，占地面积 500 公顷，宽阔的空中花园似乎让你感受不到是位于 1600 多米的高山上，只有到了"江山一览"的悬崖边，到了满山巨石翻滚的石海上，看到那"龙江第一峰"的石刻，看到连绵不断的群山，看到山间飘浮的云海，你才会发现你正位于龙江第一山的高山之巅。这块看似平原，长满了各种奇怪植物的山顶，便是传说中的凤凰山美丽的空中花园。

空中花园里有着珍贵的高山湿地、高山稻田，长着神奇的高山奇桦、高山偃松、高山杜鹃，还有被称作高山奇观的高山石海。

高山湿地，又称"高山稻田"，它们是张广才岭的"肾"，是拉林河源头的重要水源，要不然高山峡谷怎么会有那么多的瀑布呢，原来源泉来自于此。与"黄山松"齐名的"凤凰桦"，似梅、似菊，如禽、如兽，千形百态。这少有的桦种是许多摄影家、画家采风追逐的对象；那只有一米左右高的松树就是高山偃松，不但具有观赏的艺术价值，还可以入药治肺病；高山杜鹃是早春的野花，属牛皮杜鹃花科，它的花是黄色的，香气袭人。遗憾的是，初秋之时便无法与高山杜鹃邂逅了。而杜鹃花和偃松之下，遍布着数十厘米的万年苔藓，非常珍稀；最为壮观的是上万顷的岩石堆叠着、簇拥着浩浩荡荡地由山顶延伸下去，在石海缝隙之中生长着稀有植物——高山红景天，这是宇航员饮料中的重要元素，具有抗衰老、抗疲劳、防辐射等神奇功效。

从空中花园下来时已是傍晚，此时放眼望去，被群山环抱的凤凰山小镇已经华灯大放，白墙红瓦的农家小院，错落有致。已经有先前返回的游客用过晚餐，点燃了篝火，放着音乐正载歌载舞。小镇街道没有大城市的车水马龙，路边的山货店、各种特色小吃店、烧烤店，在霓虹灯的掩映下，吸引了许多游客。我们的晚餐是文艺演出加烤全羊，大家坐在露天餐厅悠闲地吃着烧烤，喝着啤酒，有的喝到尽兴还跟着吼上几句自己熟悉的"二人转"，博得大家阵阵的掌声和笑声。经过一天的野外洗礼，大家忘记了疲惫，将晚餐一直进行到深夜。

次日，在回程的车上，心情还是难以平静的。此行虽然没有遇见外星人，就这样茫然若失间结束了行程，但不管怎样收获还是很大的。凤凰山，这座耸立在郊区的小山，没有缠绵数百里的伟岸博大，却正是因为它的小而显得精美小巧，像件艺术品供人观赏。凤凰山无疑又是朴素的，没有万紫千红的娇艳之美，没有值得高呼过瘾的大型游玩场所，而正是因为它的朴素才显得难能可贵。远离城市的喧嚣，独立在世俗功利之外，空闲之时闲庭信步，且歌且行在山间，没有他人干扰的片刻宁静，尽可放浪形骸回归自我……偶然释放，不信不妙哉！

神州走笔

五彩缤纷，魅力新疆

不到新疆，不知祖国之大。2011 年"十一"长假期间，市分行组织我们这些高管分两批去新疆考察。几天的时间，我们早出晚归，也只在北疆很小的一块地方转了个圈，走访了乌鲁木齐、吐鲁番、布尔津、喀什等几个具有代表性的城市。我有幸成为这里无数匆匆过客中的一位，而"风吹草低见牛羊"的那拉提大草原，以及喀什的塞外美景，却无缘一见。

也许这是为我们下一次再来新疆，留下的最好的理由吧。

新疆，最原始的称谓是柱州，今天新疆大部分地区从中国西汉一直到魏晋南北朝都属于中国版图，唐朝再次纳入中国版图，元朝时为蒙古族察合台汗国地，清朝至今一直为中国领土。汉时称西域，意思是中国西部的疆域，这一名称自西汉便出现于我国史籍中。不时被北方游牧民族侵占，最后一次被侵占是在明清交替时期。公元 1757 年，清乾隆帝再次收复故土，于乾隆二十四年合并天山北麓及天山南麓，改称伊犁。1884 年设立新疆省。新疆自古是中国固有领土，但因为是新从阿古柏和沙俄手中收复的失地，故以新疆定为省名，有取"故土新归"之意，饱含着爱国志士对这片土地的感情。

神州走笔

新疆的"疆"字——左边的"弓"字内含一个小"土"字，右边三横夹着两个"田"，很形象地勾勒出了新疆的地形。新疆是我国陆路边界线最长的省区，全长5600公里，与蒙古、哈萨克斯坦、吉尔吉斯、塔吉克斯坦、俄罗斯、阿富汗、巴基斯坦、印度等8个国家接壤。"弓"字代表了新疆蜿蜒绵长的边界线；"弓"字内含的"土"字，可以理解为在历史上被迫签署的不平等条约中割让的国土——外国列强强行侵占土地。右边的"畺"，三横代表了新疆北部的阿尔泰山、中部的天山和南部的昆仑山三大山脉。夹在"山"之间的两个"田"，恰好是塔里木盆地和准噶尔盆地。

虽然新疆的名字描绘了它的整体，却不代表它的全部。新疆，有太多的惊喜等着人们去发掘，有太多的传说留给人们去回味。

人说新疆除了海洋，什么美景都有。然而我要说，在这里我所得到的感受却是全都像海——海一样纯净的蓝天，海一样静穆的群山，海一样澎湃的林涛，海一样奔腾的河流，海一样辽阔的草原，海一样磅礴的天山之秋！还有少女那海一般湛蓝的明眸，大嫂那海一般博大的爱意，老人那海一般深邃的眼神……绘制成姿态万千、姹紫嫣红的画卷，深邃的蓝、圣洁的白、沉思的褐、忧郁的紫、诡异的橙、神秘的黄、飞扬的绿……造物主在这里奋力涂抹、尽情挥洒着他不可思议的想象力，若没有海洋一般辽阔壮美的调色板，怎能造就出这史诗般的壮丽？是的，徜徉在新疆这广袤的天地里，就像徜徉在天山之巅，对话雪峰雄鹰，亲近蓝天白云，体验一种超凡脱俗的品质和悠然自得的精神。

新疆约占全国陆地面积的六分之一，总面积166万平方公里，素有"三山夹两盆"之说。"三山"即阿尔泰山、天山和昆仑山，"两盆"即准噶尔盆地和塔里木盆地，这是新疆地质形态的主体框架。天山山脉从东到西，绵延2500多公里，又将新疆分为南疆和北疆。

南疆有中国最大的内陆盆地——塔里木盆地；有中国第一、世界第二的流动沙漠——塔克拉玛干沙漠；有中国最大的内陆河——塔里木河；有中国面积最大的胡杨林……还有库尔勒、库车、喀什、和田、阿克苏、莎车、且末、若羌等南疆城市。

北疆准噶尔盆地的古尔班通古特沙漠是中国的第二大沙漠；有被誉为人间仙境的喀纳斯；有新疆境内最大的高山湖泊赛里木湖；有那拉提草原、巴音布鲁克草原；有中国唯一注入北冰洋的额尔齐斯河……还有石油基地克拉玛依，军垦新城石河子等北疆城市。

通常情况下，有些东西我们并不觉得有什么特别，可是在艺术家的笔触下就会熠熠生辉。这天上午，我们的车经过达坂城风力发电站，我们在高速公路上远眺传说中的达坂城，顿时浮想联翩，耳边仿佛又响起了王洛宾的那首《达坂城姑娘》："你要是嫁人，不要嫁给别人，一定要嫁给我……"然而导游的话却把我们拉回到了现实——"达坂城的姑娘不仅不漂亮，而且还长得很丑，在新疆的人都知道"。

当看到我们带有疑惑的目光时，导游又进一步解释："其实你们从歌词里就能感觉到，'你要是嫁人，不要嫁给别人，一定要嫁给我，带着你的嫁妆，赶着你的马车，带着你的妹妹来……'你们听听，自己嫁人还要把妹妹搭进去，这不是买一赠一吗？你们想想，买一赠一那能有什么好东西?!"

神州走笔

当然，这只是笑话。现实中的达坂城，居住的不是维吾尔族人，而是回族人。回族人天性精明，当年他们在丝绸之路上发现了达坂城这块戈壁滩上的绿洲，便带领一批族民驻扎在这里。但是，这里交通闭塞，外面的人进不来、里面的人也出不去，导致近亲结婚的现象非常严重，这也直接导致达坂城的人长相不似从前。

可是王洛宾先生为什么写了那么动听的歌，来"欺骗"全国人民呢？据说，当年王洛宾因为各种政治原因被冤枉，导致家破人亡。在他万念俱灰的时候，一个人骑着单车往外跑，想死在外面。由于天气炎热、长途劳累和心力交瘁，他骑到达坂城附近就昏倒在路上了。后来王先生被两个好心的回族姑娘救了，他醒来之后就写下了《达坂城姑娘》这首歌。

不知道王洛宾是在精神恍惚的情况下觉得达坂城姑娘美丽，还是感动于她们美好的心灵？历史和真相留给那些考古的人，传说就让它继续美丽下去吧。

素闻天山天池四季景色宜人，春天山花遍野，入夏绿草如茵，秋至满山嫣红，隆冬冰封雪盖。我们在 10 月份来到了天池，实际上在几天的行程里，我们举目远眺看到的都是绵延起伏的黑色山脉——我们一直走不出天山的怀抱，现在终于近距离地看天山了。群山环绕下的天池，风平浪静。关于天山天池，有太多的景点，太多的文人骚客在这里留下诗篇，几乎每一个目光停留的地方都有一段故事。可惜我们行程安排得紧凑，只在这里停留了一个多小时，还没来得及细细品味，就要匆匆离开。

几天的时间很快就过去了。这期间，新疆维吾尔自治区邮政公司党组书记、总经理王春力出面，热情地款待了我们。王春力是从我们黑龙江调过去的，已经在新疆工作了多年，此次能够在新疆见到老领导，倍感亲切。

在新疆，我们看得最多的地方是戈壁滩，看得最多的树是白杨树。比起江南的水草丰美，大西北显得荒芜，但却别有一番风味。只要是有植物生长的地方，我们几乎都能看到茅盾先生笔下挺拔屹立的白杨树。走到了祖国边疆，才更能体会到《白杨礼赞》表达的情感。新疆的建设需要更多像生产建设兵团一样、像白杨树一样坚毅的人们。也许我们做不了什么，但我仍然衷心希望，下一次来新疆的时候，新疆的同胞们在戈壁滩上建起更多像石河子一样生机勃勃的城市。

新疆的景色魅力无限，
新疆的地貌复杂多样，
新疆的气候变化多端，
新疆的文化色彩纷呈，
……
老人家说过：不到长城非好汉。
我来补充一句：不到新疆真遗憾！

神州走笔

天堂很远，喀纳斯湖很近

乘小飞机跋涉来到布尔津住宿，就是为了看一看喀纳斯湖。

早上7点钟我们就出发了，笔直的公路，看不到头，一路走来，两边景色已由戈壁滩变成了草原，四处散落的蒙古包，还有成群的牛羊马。我们在路上还经过了一个野生动物保护区，据说里面有野马和野骆驼，要是能拍到野骆驼的照片，当地政府一张就给500万元，不过至今没有人能拿到这笔奖金，因为它太难寻觅。

翻越三座大山，经过一大段蜿蜒的山路终于来到喀纳斯——人间最后一块净土。从门口统一换乘巴士进山，要1个多小时的时间才能到达喀纳斯村。这段距离约有30公里。不过我看见一个老外就背着包裹徒步进山了。这里是北疆，从地图上看，是中国的最西北，已是早上9点多了，气温还是很低，不少工作人员都穿上棉大衣，前往喀纳斯村的路上景色很漂亮。

喀纳斯湖是坐落于阿尔泰深山密林中的高山湖泊，湖水来源于阿尔泰山上的冰川融雪，通过布尔津河流出，汇入额尔齐斯河。导游向我们介绍了这里的"云海佛光""变色湖""枯木长堤""水怪之谜"，这些景色可遇而不可求，我并不抱太大希望。然而当我们坐着车盘山而上时，蓦然间在山顶看到一泓蓝绿色半透明的水，我被这奇特的景色震慑住了——这就是初见布尔津河的惊喜。

右手边是桦树和山坡，左手边却是奔腾的喀纳斯河。河水是纯净的蓝，是在画册上才见过的颜色，直到亲眼看见，才知道原来水真的有这样的色彩。在喀纳斯大桥上要仔细地看两边的水，靠村子方向的水很平静，而另一边靠外的水湍急，这里就是喀纳斯湖和喀纳斯河的交汇处。

布尔津河流经三道湾——卧龙湾、月亮湾和神仙湾，每一道湾都有特殊的景观，每一个景观都有一段美丽的传说。第一个是卧龙湾，此名源于湖中的几个小绿洲，排列在一起很像剑龙，洲上的几排树木，恰似剑龙的背脊。湖水的颜色也是那样的蓝，因为有天山雪水的滋润，水中呈现出如玉脂般滑腻的质感。第二道湾是月亮湾，湖水形状正像一弯月牙，更神奇的是水中有两个"大脚印"——那是绿洲天然形成的脚印状。村里人说，相传这是成吉思汗当年留下的脚印；也有人说，那是天上神仙留下的仙人印。不管是谁的脚印，都要佩服大自然的魔力。第三道湾是神仙湾，因为每天早上 10 点以前，湖面上总是雾气腾腾的，宛若仙境，好像神仙居住的地方，所以人们美其名曰：神仙湾。但是 10 点以后，雾气散尽，它便是最不出色的一个景点了。

我们走近喀纳斯湖。人们形容它是深山密林中的一块翡翠，非常形象。从 3000 米的观鱼台向下望去，喀纳斯湖就像一块镶嵌在绿草地上的碧玉。湖水由于含有丰富的矿物质而呈现出特别的颜色——乳白，同时又透

神州走笔

着蓝和绿。远远地看去，它纹丝不动，就像是一面巨大的镜子。她的美艳不仅让我们震惊，而且简直让我无法用语言来形容。

喀纳斯被誉为"人类最后一块净土"。当初开发喀纳斯作为旅游区时，有位外国人说："我们开发喀纳斯的意义在于，让人们知道，人类曾拥有如此美丽的家园。"很久之前就听说过喀纳斯水怪，对喀纳斯湖有点畏惧。今天身临其境，我宁愿相信，水怪是留恋人间美景。

这里有美丽广阔的草原，犹如绿毯一般的山脉。我们大部分人参加了自费项目——乘船环湖，100元/人。除此之外，我和老陆还选择了沿湖边栈道步行。喀纳斯湖离我们这么近，真不敢相信这就是传说中的喀纳斯湖！就是这美丽的喀纳斯湖有着神秘的"湖怪"传说，的确有人看见过十几米大的鱼怪跃出水面，公开的说法是哲罗鱼，俗称大红鱼，但是至今没有定论。

漫步栈道，我们走走停停，一边欣赏湖水，一边看小树林——雪岭云杉，呼吸着新鲜的空气感觉也很棒。喀纳斯湖状如一弯明月，四周群山环抱，峰峦叠嶂，峰顶银装素裹，森林密布，草场茂盛；山坡一片葱绿，绿草如茵，百花争艳；湖面碧波荡漾，群山倒映湖中。蓝天、白云、雪岭、青山与绿水浑然一体，湖光山色美不胜收。

欣赏了湖水，我们又徒步去看图瓦村。图瓦人自称是成吉思汗的后代，是当年成吉思汗远征异邦时留下的族人繁衍至今的。图瓦族是我国最小的一个部族，因为只有2000多人，无法申请成为我国的第五十七个民族。他们住在小木屋中，这种小木屋全部用木头制成，没有一颗钉子，也是当地的一个特色。图瓦人以游牧为生，每年10月到次年5月都因大雪而封山，那时无事可做，只有喝酒娱乐。6月至9月的旅游季节，是他们主要的收入时间。

看完图瓦人的小木屋，我们坐区间车奔向三个湾。网络攻略说神仙湾最不好看，于是我们选择在卧龙湾下车。如果一定要给喀纳斯湖景色找一个高潮的话，那么卧龙湾是当之无愧的。卧龙湾距喀纳斯湖村9公里，因河湾中有以酷似龙形的河心滩而得名。最让人心醉神迷的，也恰似这龙形的河心滩，滩中央树林苍翠，树下碧草茵茵，而岛的四周，细细的、白白的沙滩款款地伸入湖水。而那细细的、白白的沙子，就像神来之笔，把卧龙湾勾勒得精致至极、曼妙至极。

晚上7点中，集合下山，来到距离30公里的贾嶝峪住宿。峪是山谷的意思。传说当年有个叫贾嶝的老人在这个地方盖了房子，帮助过往的行人，当老人死后，为了纪念他，人们称这里为贾嶝峪。这里有一片大草原，一些哈萨克族和回族的牧民在此居住。

晚饭是烤全羊和烤羊肉串，大家集资买的活羊，现杀现烤，我虽不吃肉，但也参加了集资。吃过晚饭，我和老陆漫步在草原上，看着太阳的余晖渐渐散去，凉风习习，炊烟袅袅，感觉非常好。在草原上，我们看见牧民要赶羊进圈，很有意思。领头的羊怎么也不愿意进去，其他的羊都跟它学。于是需要五六个人一起包围羊群，驱赶头羊。赶牛也是如此，我远远地看着，生怕那领头的牛羊会往我这儿跑。草原上的夜晚很冷，眼看天色渐晚，抬眼望去，星星都出来了，太多了，布满夜空，繁星点点，好久没有看见这么多这么大这么亮的星星了，久违的北斗七星就在头上，太美了！美丽的新疆，神秘的喀纳斯湖，将永远是我魂牵梦绕的地方。

天堂很远，喀纳斯湖很近。

神州走笔

激情燃烧　忘返流连

——难忘新疆吐鲁番

从喀纳斯回来的第二天，我们大家向吐鲁番葡萄沟这一线路进发，开始真正了解维吾尔人生活。

导游一路上慷慨激昂，她说吐鲁番自古就是古丝绸之路上的重镇，这里的历史约有 4000 年之久，文化积淀很深厚，著名的交河故城、高昌故城、坎儿井、苏公塔、维吾尔古村落，已出土了从史前到近代的 4 万多件文物。她还说吐鲁番是东西方文化的交汇点，即世界上影响深远的中国文化、印度文化、希腊文化、伊斯兰文化四大文化体系的交融，以及萨满教、佛教、道教、景教、摩尼教、伊斯兰教等宗教的交汇处。

车行驶途中先经过了一个全是风车的地方，听说这里是新疆最大的风力发电站，无数的风车布满山谷。下了车，即使是今天的大晴天，也可感受到风力很大，站不稳脚跟。人们都说，在新疆乌鲁木齐是最凉爽的城市，那是因为有这么多大风车一起朝着它的方向吹风，能不凉爽吗？

由于去往吐鲁番是下坡路，车行驶得很快。吐鲁番市所在盆地是世界第二低地，平均海拔低于地平面 150 公里，仅次于死海，所以汽车一路行驶都是下坡。吐鲁番盆地内干燥少雨，日照充足，优越的光热条件和独特的气候使这里盛产葡萄、哈密瓜等经济作物，被誉为"葡萄和瓜果之乡"。我们好期待早点吃到这里的瓜果啊！

不一会儿，我们就到了维吾尔人聚居的地方，看到了民族风情浓郁的房屋、铁大门和晾晒葡萄的荫房。多数维吾尔族房屋外壁上都有手绘的图案，也许是为了搞活旅游而特意营造的文化氛围吧。

汽车在维吾尔族古村落停了下来，我们开始参观了。景区内维吾尔族民俗陈列馆与传统民居交相辉映，立体地展示了维吾尔人历史变迁、生产劳动、民居建筑、风土人情、宗教信仰等风貌，其中不少是已经消失和正在消失的原生态文化。

走在吐鲁番的大街小巷，我们这些远方的游客，沿途经过的戈壁荒漠已是无法想象，也已忘记了倒在河滩上的胡杨，倒是《凉州词》里一句"葡萄美酒夜光杯"的诗句浮上心头，这大约就是对吐鲁番的最初印象吧！

吐鲁番这座小城，与一般的城市没什么区别，只是不宽的街道上常见维吾尔族老乡赶着毛驴车雄赳赳、气昂昂地排列整齐的队伍，不畏街上的机动车，不紧不慢有节奏地走着。我以为坐毛驴车会很颠簸，事实上坐上去后才发现很舒服，晃晃悠悠地似在摇篮里，真不想下来了。城中还有一道独特的风景，那就是像马蜂窝似的凉房，四周透气，是晒葡萄干用的房子。因为城里很热，葡萄在这样的房子里很快就能把水分蒸发掉，而且葡萄也不会发霉变坏。

吐鲁番有着与著名的万里长城、京杭大运河并列齐名的中国古代三大工程之一的骄傲——坎儿井。坎儿井是吐鲁番的名胜，到了吐鲁番不看坎儿井，就等于没到吐鲁番。坎儿井是中国劳动人民为了提高自身的生存能力，根据本地气候、水文特点等生态资源，创造出来的一种地下水道工程。

在乘坐的汽车临近吐鲁番时，那远处郁郁葱葱的绿洲外围戈壁滩上，可以看见顺着高坡而下的一堆一堆的圆土包，形如小火山堆，错落有序地伸向绿洲。那就是坎儿井的竖井口。

吐鲁番地区素有"火洲""风库"之称，气候极其干燥，但很久以来就出现大片的绿洲。这奥秘之一，就是在吐鲁番盆地上分布着四通八达、犹如人体血脉似的坎儿井群和潜流网络。新疆大约有坎儿井 1600 多条，分布在吐鲁番盆地及其他地方，其中以吐鲁番盆地最多，也最为集中，最盛时达 1237 条，实际使用的 853 条，总长超过 5000 公里。看到这一浩瀚工程，我们无不为它设计构思的巧妙，工程的艰巨而赞叹。

坎儿井是一种结构巧妙的特殊灌溉系统，它由竖井、暗渠、明渠和涝坝（一种小型蓄水池）四部分组成。竖井是为了通风和挖掘、修理坎儿井时提土之用的。竖井最深的在 90 米以上。暗渠的出水口和地面的明渠连接，可以把几十米深处的地下水引到地面上来。

坎儿井之所以能在吐鲁番大量修建，是与这里的地理条件分不开的。首先，吐鲁番盆地北部的博格达山和西部的喀拉乌成山，为坎儿井提供了大量的水资源。每当夏季来临，大量的积雪和雨水流向盆地，当水流出山口后，很快渗入戈壁滩地下变为潜流。积聚日久，戈壁滩下面含水层加厚，水的储量变大，使挖掘坎儿井成为可能。其次，吐鲁番盆地与北部雪山有巨大的落差，这

神州走笔

就可以利用地势引水，使北部水源按地势走向汇聚盆地。当确定了水的流向，通过挖掘疏导，使水源流向盆地。第三，吐鲁番大漠底下深处的土层，是由砂砾石和黏土或钙质胶结，质地坚实，因此坎儿井挖好后不易坍塌。吐鲁番干旱酷热，水分蒸发量大，没风季节尘沙漫天，成为主要自然灾害。而坎儿井是由地下暗渠输水，影响非常小，水分蒸发量小，流量稳定，可以长年自流灌溉。所以，坎儿井非常适合当地的自然条件。

坎儿井的历史源远流长，早在2000年前的汉代就已初现雏形。以后，随着丝绸之路的发展，逐渐向西传到中亚和波斯。吐鲁番地区现存的坎儿井多为清代以来陆续兴建的。据史料记载，由于清政府的倡导和屯垦措施的采用，坎儿井曾得到大力发展。清末因坚决禁烟活动而遭贬并充军新疆的爱国大臣林则徐在吐鲁番时对坎儿井大加赞赏。坎儿井的清泉浇灌滋润着吐鲁番大地，使火洲戈壁滩变为绿洲良田。

我们随导游来到地下，看见清澈的井水在四通八达的水渠里欢快地流淌，气温也较地面凉爽了很多。导游说坎儿井的水含有许多微量元素，对人体非常有益。吐鲁番的百岁老人很多，除了有良好的饮食习惯，还与喝这里的水有关。听了导游的话，我赶快倒掉瓶里的纯净水，灌上坎儿井的水，一喝，果然与一般的水稍有不同，略带点甜味，很清凉。喝过之后，似乎感觉自己的身体里也增添了不少微量元素。我在想，如果没有坎儿井，或许就没有吐鲁番，更没有享誉全国的吐鲁番葡萄了。

现在，尽管吐鲁番已新修了大渠、水库，但是坎儿井在现代化建设中仍发挥着生命之泉的特殊作用。

从坎儿井出来，我们准备去交河古城参观。新疆的吐鲁番有两座中国现存最完整的古城遗址，分别是高昌古城和交河古城，被称为吐鲁番盆地中一对风格不同的"姐妹城"。它们在经历了几千年的风风雨雨后，如今虽然只留下断壁残垣，然而当年高耸的城墙依然气势恢宏，深陷的护城河轮廓依稀可见。我们带着访古探秘的心情，参观了交河古城。交河故城历史上是丝绸之路的交通重镇，是古代西域三十六国之一的车师前国的都城，唐朝安西都护府最早的府治所在地。汉代班超父子、唐代玄奘法师及边塞诗人岑参等都曾到过这里，留下千古佳话和不朽诗篇。"交河城边飞鸟绝，轮台路上马蹄滑"，昔日繁华的交河城，如今仅存城基及断壁残垣，但当年的市井格局及官署、寺院、佛塔、坊曲街巷等仍历历可辨。

　　交河古城处于雅尔乃孜沟中 30 米高的巨大黄土高台上，东西环水，状如柳叶，为一河心小洲，远望更像一艘军舰。古城四周为高达 30 余米的壁立如削的崖岸，崖下是已近干涸的河床。古城建筑主要在崖的南端，因此当地人也称其为"崖儿城"。交河系车师人所建，建筑年代早于秦汉，距今已有两三千年。车师又称姑师，是最早生活在这里的原始居民。公元前 108 年（汉元帝元封三年），汉将赵破奴攻破姑师，分立车师前、后国，交河就是车师前国的国都。公元 450 年，车师前国被北凉所灭。车师前国灭亡后直至唐初，交河地区一直是历代高昌王国辖下的交河郡治。唐太宗派兵灭高昌王国后，在此设交河县，并于贞观十四年（640 年）在交河城设置了安西都护府，交河地区成了西域军事要地。公元 8 世纪中叶至 9 世纪中叶，交河城曾一度为吐蕃人所据，后又成为回鹘高昌王国属地，设交河州。公元13世纪下半叶，西北蒙古贵族发动战争，率领铁骑12万进攻交河城，交河城损失惨重。公元1383年，交河城在战火中消亡。

从时间上来看，交河故城早在原始社会时期就有先民在此居住，从古城中发掘出的残存陶片即可证明车师人已从原始狩猎、采集的生活方式逐步过渡到定居和农业生产的基本格局。

我们登上交河古城城墙，纵观古城的建筑布局，别开生面，独具一格。这不禁令人想起了明代吏部员外郎陈诚出使西域来到交河，登临古城写下的那首诗："沙河三水自交流，天设危城水上头，断壁悬崖多险要，荒台废址几春秋。"

阅览交河古城分布图，全城只有南门、东门两座城门。古城中央有一条连接南门和佛教大寺院的南北向子午大道，城内建筑以大街为中轴线可分为三个区，东区为官署区，西区为手工作坊和居民住宅区，北区为佛教寺院区。我们沿着中心大道走入古城进行参观。

中心大道两侧被纵横交错的短巷分割成一个个高原土垣的坊市，展现了千百年前这里作为车师前国的国都曾经有过作坊众多、商市繁华的盛景。同时还可以看到，城内全部的房屋院宇一半在地下挖掘，一半在地面板筑而成，这种别出心裁的建筑格式，是为了防御外来侵略？还是为了抵挡炎夏的酷热高温？这给我们留下了千古之谜。

我们先参观东区，只见东门高高矗立在十几米高的黄土崖岸上，城门遗址保存完好，两侧岩壁上设置的门额方孔、放哨瞭望的角楼哨所遗址清晰可辨，几口大型深井星罗棋布。东门南方，有一座地下庭院，气宇不凡，顶上有天井，天井东门通道设有四重门栅。天井北面有一条地道，与南北交通干道相连通。

再看西区，建筑比较密集，从发现的陶窑遗存来看，可能曾是车师前国的手工作坊区和居民住宅区。城中纵横连接的街巷把建筑群分割为若干小区，颇似中原地区宋代以前城市的作坊和街巷。这种建筑布局足以说明，交河城在唐代曾进行过一次有规划的重修改建。如今我们到此，仍可以走街串巷，穿堂入室——像这样历史悠久、保存完整的古城遗址，在国内可以说是首屈一指的。

此行程没有安排参观高昌古城，很是遗憾，那里有唐僧玄奘的真实故事。

参观完交河古城，我们下一站要去的地方就是火焰山了。上小学时因为《西游记》就知道火焰山的存在，直到年过半百才终于亲眼所见。由于地质原因，只要一出太阳，火焰山的气流滚滚上升，宛如万道烈焰熊熊燃烧，"火焰山"之名即由此而来。火焰山在古书上称为赤石山，维吾尔语中称它为"克孜勒塔格"，意思是"红山"。唐代诗人岑参经过火焰山曾写下了"火山突兀赤亭口，火山五月火云厚。火山满山凝未开，飞鸟千里不敢来"的诗句。明代旅行家陈诚也曾写诗描述："一片青烟一片红，炎炎气焰欲烧空。春光未半浑如夏，谁道西方有祝融。"此句可以称得上是对火焰山的生动写照。别看火焰山外表寸草不生，由于地壳运动断裂与河水切割，在山体深处却隐藏着许多道浓阴蔽日、田园如画的沟坎峡谷，著名的有葡萄沟、吐峪沟、桃儿沟、木头沟、胜金口峡谷等。在这些峡谷中，溪涧萦回，瓜果飘香，花木葱茏，景色迷人，俨然一派"火洲"中的花果坞景象。

《西游记》唐僧师徒西天取经受阻火焰山，孙悟空智斗铁扇公主的故事就是其中之一。《西游记》第五十九回和第六十回"唐三藏路阻火焰山，孙行者三调芭蕉扇"中写道："西方路上有个斯哈哩国，乃日落之处，俗呼'天尽头'。这里有座火焰山，无春无秋，四季皆热。那火焰山有八百里火焰，四周围寸草不生。若过得山，就是铜脑壳，铁身躯，也要化成汁哩。"这段描述虽系夸张，但四季皆热、寸草不生这些基本特征，与火焰山的实际状况完全吻合，可见作者不是凭空臆造的。

在老百姓的眼里，善是最崇高的美，因而发生在火焰山的故事结局仍是正义必将战胜邪恶，这在维吾尔族民间传说中有了更详尽的表述。相传在很早以前，天山深处有条恶龙，专吃童男童女，为此人们惶恐不安。当地的最高首领决心为民除害，屠杀恶龙，于是派一位名叫哈拉和卓的勇士去降伏恶龙。经过一番惊心动魄的激战，哈拉和卓挥剑力劈恶龙，将恶龙降服。恶龙带着受伤体沿山势盘旋，鲜血将整座山染成了红色。此后，维吾尔人便把此山称作"红山"。

我们先在火焰山的一个大峡谷处，开始了准备攀登炽热的火焰山。但是，山体的气温实在是太高了，无奈之下只能在一片"咔嚓、咔嚓"声中留下几张纪念影像，便匆匆地离开了这散发滚滚热浪的地方。

离开了火焰山，我们向果子沟景区进发。吐鲁番的特色，还在于它的连绵成片的果子沟。新疆有句民谣："吐鲁番的葡萄哈密的瓜，库尔勒的香梨人人夸，叶城的石榴顶呱呱"，道出了新疆有名的四大水果之乡，吐鲁番独居榜首。整个吐鲁番就是一个果子沟，到处可见的葡萄架连绵数十公里。游人累了、渴了、热了，可以站在葡萄架下乘凉，摘下一串葡萄慢慢品尝，或倒在架下美美地睡上一觉，也是十分惬意的。

果子沟位于一个峡谷中，是一条不太深的切蚀沟。果子沟河从中间穿过，沟谷两岸是高高的悬崖，沟中绿荫蔽日，全是层层叠叠的葡萄架。另外还有桃、杏、梨、石榴、无花果、桑葚等花果树木点缀其间，村舍农家错落有致，像一幅精致的田园画卷。还有衣裙鲜艳的维吾尔族少女，三五成群，手挽筐篮，活跃在葡萄园里，给葡萄沟注入了更加斑斓的色彩。

果子沟里到处都有形似"蝈蝈笼"的奇特建筑，这就是晾葡萄干的房子，维吾尔语称作"群结"，汉语叫作"荫房"。

果子沟，是火洲的"桃花源"。这里的接待站是为中外宾客开辟的游览场所，依山傍水，安静、幽雅，景物天成，数条葡萄长廊深邃、幽静。

在导游的安排下，我们来到维吾尔人买买提家里做客，自然歌舞是少不了的，桌上还有好几种水果，其中我最爱吃他们的无核白了，维吾尔姑娘还教给我们一起跳维吾尔族舞蹈。在买买提家里，我们品尝了瓜果、欣赏了歌舞表演，然后拎着满手的葡萄干，结束了一天的行程。

吐鲁番的这次行程，让我们真正看到了维吾尔人民的伟大和勤劳，他们为我们种出了最甜美的葡萄，却付出了很多代价，真是不易！我想，以后吃新疆葡萄的时候，我一定会有更多的感受……

神州走笔

寻找心中的"古兰丹姆"

我们的行程中有去帕米尔高原的计划，我一直期待着。真的轮到了日程，我又变得十分激动，因为在我的心中，一直有个"古兰丹姆情结"。很小的时候，一部电影《冰山上的来客》给我留下了深刻印象，从此帕米尔、古兰丹姆、阿米尔就一直植根于我的心中。在那里，我看到了最晶莹的雪山，近在咫尺；在那里，我看到了最灿烂的星河，触手可及；在那里，有着世上最淳朴的民族，塔吉克人用他们最真诚的微笑，长久地温暖着我的心，帕米尔——你是人间最终的净土，最后的乐园……

我们这趟南疆之行正值 10 月份，一个大地撒满了金子的季节、一个大块大块色彩斑斓的日子，那是一个收获的时刻。回来后，每每翻看这些记录当时影像的老照片，还是有一种令我难以平复的澎湃心情。

这是一个梦一样的高原。"帕米尔"是塔吉克语"世界屋脊"之意，高原海拔 4000 - 7700 米，拥有许多高峰。帕米尔高原早在中国汉代就以"葱岭"相称，因多野葱或山崖葱翠而得名。帕米尔高原实际上不是一个平坦的高原面，而是由几组山脉和山脉之间宽阔的谷地和盆地构成。

神州走笔

帕米尔是古丝绸之路上最为艰险和神秘的一段。当地有民谣：一二三雪封山，四五六雨淋头，七八九正好走，十冬腊月刚开头。帕米尔属高寒气候，是现代冰川构成的一个强大中心，约有1000多条山地冰川，自然景观垂直变化明显、形状独特，气候生态多样，山脚下到处是奇山怪石，奇花异草，喷泉、温泉、湖泊、牧场点缀雪岭山谷，石头城、公主堡等距今数千年古文化遗址散布于巍峨冰川之间。

临上路之前，导游考虑到我们可能不适应高原气候，建议我们花100元买个氧气袋。同行的女同事几乎都买了，我和老陆没买，我们就是来体验这高原气候的，带个氧气袋算什么？因此，就这样上路了。

人在车上，车在路上。公路两旁高山重叠、山峦起伏，或险峻或平缓，映入眼帘的是满目的奇山怪石、奇形怪景，多彩多姿，目不暇接。有黑黑的乌金山、有红红的火烧山和白白的大雪山，与深秋的花草树木和民居牛羊组成了一幅色彩丰富、令人浮想联翩、拍案叫绝的美图。

车在帕米尔高原上穿行着。眼前仿佛出现了古兰丹姆那美丽的脸庞和深邃的眼神，心中不时响起《冰山上的来客》主题曲和《怀念战友》《花儿为什么这样红》……

翻过一个又一个达坂，路上车不多，基本上看不到人烟。车抵达途中的一处美景叫卡拉库里湖，这是盖孜河的源头。卡拉库里湖位于冰山之父——慕士塔格峰的山脚下，距离喀什191公里，这里离攀登慕士塔格峰的大本营不远。"卡拉库里湖"意为"黑海"，海拔3600米，湖深30米，总面积10平方公里，是一座高山冰蚀

神州走笔

冰碛湖。环顾四周,十月的深秋艳阳高照,卡拉库里湖水面映衬着巍峨又神秘的慕士塔格峰,一个白雪皑皑,一个碧水涟漪,碧水倒映银峰,湖光山色浑然一体,与金秋的草原和湖边的牛羊畜群,构成了一幅如诗如画的景致,美轮美奂,使人沉醉迷恋。此刻,群山簇拥下的卡拉库里湖,就像是一个爱动感情的娇弱女子。也许,她有黯然神伤的时候,但更多的是散发着青春的明媚和朝气蓬勃的芬芳。此景,也洗涤了我那蛰伏深处的一丝些许的忧伤。离开喧嚣闹市,走到这遥远的渺无人烟之地,目的似乎就是要寻找这更广阔的寂寞……单靠寻常的理解力,我们是看不懂山的静默,水的无奈;我们不知风对云的依恋,亦不理解雾和花的纠缠,更不明白雪与水的通融。但是,心却能感受和领悟这些拨动孤寂情感的弦音,有一种冥冥的声音常常对我轻轻耳语:"人生苦短,何乐而不为呢"。

离天太近紫外线太强,一阵微风悄然拂过面颊。回眸看时,慕士塔格峰在正午骄阳的照耀下,显得熠熠生辉,并展露出它的强劲,默默地将卡拉库里湖拥入胸怀。凝望着这幅画面,我拿出相机"咔嚓"了一下,并倾听着湖水的翻卷声音。豁然间,感到此刻正是卡拉库里湖与慕士塔格峰两颗被苍天贬谪下凡的心重新相聚在一起的时分,犹如群山隔开这一泓碧水,为的就是让这两个深爱的人相聚。湖面轻柔,是清风把深情写在水上?还是碧水轻抚着清风在怀里?湖面偶有飞鸟低旋,却不忍心搅扰这对久别重逢的恋人。湖畔,一群群牛羊正在缓缓移动。此情此景,我才相信一句话:伟大的超然物外的真情实感,是无法通过人类相通的语言在人与人之间相传,而只能靠心心相印,默无一言。

车在帕米尔高原上继续穿行着。我们从离口岸最近的塔县穿城而过，塔县位于天山、帕米尔高原、喀喇昆仑山三面环绕之中，东部是一望无际摄人心弦的塔克拉玛干大沙漠。塔什库尔干是西域境内古丝绸之路上的一个著名古遗址，已经有1300多年的历史。整个城堡建在高丘上，形势极为险峻，城外建有多层或断或续的城垣，隔墙之间石丘重叠，乱石成堆，构成独特的石头城风光。汉代时，这里是西域三十六国之一的蒲犁国的王城。唐朝统一西域后，这里设有葱岭守捉所。元朝初期，大兴土木扩建城郭，旧的石头城换新颜。光绪二十八年，清朝在此建立薄犁厅，对旧城堡又进行了适当的维修和增补。这里，曾经有过繁华的岁月，也有遭受战争的创伤……整个石头城立身在一个大岩石上，而脚下又是阿拉尔草滩，著名的塔什库尔干河在这里蜿蜒而过……面对顶天立地的山峰冰川直指的苍穹，我才意识到是来到了世界的屋脊。神秘巍峨的雪域冰峰，超凡脱俗的地貌，使人感叹宇宙的造化和超自然的神力，人类是如此渺小和微不足道，原先的或胸怀大志或刚愎自用在此时都会荡然无存，看来人不应该也不能无可敬畏。

这样想着，塔县已被我们的车远远地甩在了后面，我们的目的地是帕米尔的终点站——红旗拉普。红旗拉普就在眼前了，这是个通巴国的口岸。从喀什到红旗拉普这条线路，即中巴公路，曾是古代的丝绸之路，相距约有500余公里。我们进山走了一段距离，就在一个河谷观赏到了如画的山景。那山是一座沙石山，在日光和云影的拨弄下，山色神奇地变幻着，时而洁白，时而金黄，像极了油画中的大色块的运用。宽阔的河床，蓝天，白云，山顶的积雪，变幻的山色，那就是一幅美丽

神州走笔

的油画。一直以为油画是画家的艺术夸张，到此方知仅仅是人类对大自然笨拙的临摹。

红旗拉普，这是一个多情的世界，这是一片充满诗意的疆土，这是一条名誉天下的"丝绸之路"——一个雄伟的口岸，一条连接中国与中亚、西亚、北非的要塞，无数商贾驼队曾将东西方的文明与发达在这里融会贯通。千百年来，这个离太阳最近的红旗拉普沿线，一直是宁静与和谐、清新与祥和、美丽如画的人间天堂。如果你有机会去帕米尔高原的话，你一定会被那里的蓝天和白云、雪山和冰峰所折服。你一定会感受到宇宙边际的天幕下，那湛蓝的湖水、碧绿的原野、肥壮的牛羊、勤劳的民族，那里有一种无法想象的在世界屋脊之上的潇洒与奔放。

站在红旗拉普高原上，我在想，能来到此地真是我们的福气，以往工作中的那点挫折、生活中的那点艰辛又算什么？与大自然相比，人类的一切都是浮云。在这里无拘无束的生活，犹如随风飘浮的神仙。

朋友，如果你有雅兴出去采风，有闲情出去旅游，那么我建议你，一定要去帕米尔高原走一走、看一看，到那里与神奇的雪山和美丽的湖泊来个零距离的拥抱，或是想在宇宙"矮矮"的天幕下美美地晒个太阳浴，或是坐在"通透"的湖边默默地数着漫天的星星，或是站在"高高"的哑口让灵魂与自然坐在一起交流，那里都能一一满足你的梦想。

来吧，雪山等着你，帕木尔高原等着你，心中的古兰丹姆也在等着你……

东方"小麦加"
一座古老的圣地

—— 喀什印象

都说不到喀什等于白来新疆。喀什地处塔里木盆地以西，帕米尔高原以东。到喀什是我们此次新疆之行的最后一站。

我们飞到喀什，已经接近傍晚。从飞机上望去——大地平平的，城市大大的，大楼高高的，道路直直的，喀什噶尔河水清清的，伊斯兰风味浓浓的——飞机徐徐进港，旅客络绎不绝，接机的大巴车把我们从郊外拉到宾馆。此时天色还不黑、路灯也还没亮，看喀什晴空万里，微风习习，秋色已落，飞鸟远去，大街上灯火辉煌，车水马龙，商贸繁华，人流攒动，看来这里与大城市一样，睡意很晚。疯狂的音乐，热闹而喧嚣、红红绿绿，满眼银光闪烁，热气腾腾四处飘香的美味……都在不断地提升这个城市、夸张这个城市、经营这个城市。我的第一感觉是这里的开发建设事业像初春一样生机勃勃，这里的各族人民像仲夏一样热情奔放，路边上的法国梧桐树叶子还绿油油的，十分茂盛。天气一点也不冷，传说中的沙尘暴没有降临，空气也是蛮新鲜的、清爽的。

在宾馆稍作休息，我和老陆便迫不及待地走上街头。走在喀什的街头，看着一座座高楼和宽阔的马路，我们明显感到有着两千多年文明的历史古城，如今却在悄悄改变着自己的风貌。

来到人民广场，只见偌大的广场中央是一幅巨大的雕塑：毛泽东主席在挥手致意，伟人亲切、和蔼的笑容与库尔班大叔朴实的形象相映生辉，栩栩如生，不禁令人想到了许多。

行走在喀什的街上，到处都是穿着民族服装的维吾尔人，口里说出的是怎么也听不懂的维吾尔语。在这里，我们感觉汉人却成了真正意义上的少数民族了，人家看我们就像欣赏一只不同血统的外来犬一样，从头到脚地打量着，时不时地用鼻子嗅嗅我身上奇异的气味。毕竟猪臊和羊膻不是一个气味，二者可以共存，但不可以共融。既然如此，那就我臊我的、你膻你的，彼此敬而远之，倒也相安无事。猪和羊本来就不是带有攻击性的动物，所以比较好相处，除非遇上凶恶的动物才会有凶险，那不是羊，是狼，遇上狼，猪和羊同样有凶险，羊不要怪猪，猪也不要骂羊，这个世界本来就是豺狼当道，虎豹横行的世界，适者生存是自然法则，没有谁对谁错。狭隘的排外、排异现象哪儿都有，谁叫你是"外"是"异"呢？

虔诚的伊斯兰教女子，信奉面容只有丈夫可以看见的教条，一到路上都是清一色用棕褐色的大围巾从头顶直接披盖下来，围巾一直拖到腰部以下。我想，透过围巾，她们看见的应该是一个模糊而又暗淡的世界吧。据我观察，虽然这些当地妇女都将自己裹得严严实实的，可眼睛却死死地紧盯着别人身上裸露的地方。当地风俗是男女有别授受不亲，视性爱为洪水猛兽，可家家都是儿孙满堂、子女成群，是伦理标准过高？还是思想愚昧闭塞？我哪知道！中原汉人倒退一百年不也是这样吗?!时代在发展，存在就是硬道理。当喀什妇女满大街都穿比基尼时，中原汉人可能又穿起中山装了，世界五彩缤纷地多好，何必抬杠呢！

如果说北疆首府是乌鲁木齐，那么南疆首府就非喀什莫属了。来到喀什其实就是看两个"马扎"（维吾尔语：墓）：香妃墓和玉素甫的墓，一个"巴扎"：大商场，一个寺庙：艾提尕尔清真寺。伊斯兰教信奉生在摇篮里、死在摇篮下，生不带来死不带去。因此，它们的墓地都是露出地面部分建成类似摇篮状，在其下入地二三米埋葬尸骨，没有陪葬品。两个"马扎"主要是看它们的建筑风格，很有民族特色，那外墙的瓦、弧线形的顶，还有细致的窗框，都和汉族的建筑风格截然不同。游览清真寺主要也是看建筑，了解一些伊斯兰人的礼拜习俗。大巴扎适合逛逛，在这里可以买到当地的一些土特产。

次日，经过一夜休整的我们，驱车来到艾提尕尔清真寺广场。喀什古城没有中轴线，艾提尕尔清真寺便是喀什城著名的标志，整个城市以艾提尕尔清真寺向外扩展，也充分地说明了伊斯兰教在这座城市的重要位置。清真寺内，格外肃穆庄严。过了"摩天轮"向左拐，便是亚瓦格街的高台民居，这个旅游区有点像北京老胡同一样的景观区。

走进小巷，简洁而幽静，一间挨着一间的土屋，为民居增添了几分古朴和厚重，仿佛进入了另外一个时间和空间。如果不是同事的催促，我真想在这个古老而幽

神州走笔

静的小巷里慢慢晃荡、消磨一下午的时光。

喀什最出名的就是巴扎。两千多年前易货易贸的巴扎延续至今仍然不衰，显示着无穷的魅力。

编织品巴扎被图案多变、颜色炫目的现代纺织品冲击着，大部分地毯的染料不含化学成分，是从动植物中提炼出来的，古朴质真。穿过嘈杂、震耳的匠人一条街，便进入了热闹非凡的食品巴扎，一堆堆的油馕整齐地罗列在一起，散发着诱人的香味。据说维吾尔人很少患胃病，就是长期食用馕饼的原因。看似粗糙的馕饼，也许正是沿着丝绸之路传至意大利，由意大利人稍作修饰再传回中国，成为当今流行的比萨饼。

名刀巴扎，展示着各类琳琅满目的维吾尔族名刀，其中最著名的是英吉沙刀。该刀产于南疆的一小镇，因刀口锋利，最佳的淬火，精巧的工艺而闻名于世。我一向喜欢各类刀具的收藏，从几分钱的削铅笔刀到昂贵的瑞士军刀，我都有收藏。经过一番讨价还价，我终于买上了一把漂亮的英吉沙刀。

走出巴扎，在都市的一角，发现街上有许多古老的驴车，它们与现代化的建筑出现在同一画面之中，这在许多内地城市是不敢想象的，可是在喀什却似乎再平常不过了。

千百年来，这座城市发生了许多变化，可是有些东西却不曾改变过，也许这就是我们称之为特色的东西吧。

在参观伊斯兰墓地项目上，只安排了香妃墓去处。随着还珠格格的热播，香妃已经家喻户晓。香妃墓就是香妃家族的墓，而香妃的衣冠冢就在下面这座建筑的里面，处于其中很靠边的位置。说实话，香妃墓没多大意思，不过是一个墓址群，唯一值得称道的是其建筑风格，普通人也看不出什么门道。

喀什的老城是很出名的，孤身处在其中开始还是有一种紧张感的，完全没有丽江古城的自在惬意，进入古城要买 30 元门票。但你也可以绕着古城转，看到"此处禁止游客进入景区"的牌子就是不收钱入口的标志，进去无人过问，城内只有一个人验票，绕过去就行了，毕竟这种坐地收钱的方式太不厚道了。因为我们是随团走的，当然是买票进入的。

进去以后看见门上挂着汉语牌子的房子可以随便进入，他们每年领取 300 元的费用，但大部分已变成了家庭作坊，商业气息很重。古城内最让人开心的是小朋友，他们见了你，通常都会和你打招呼，但大部分只限于"Hello"，"你好!"和"你叫什么名字?"三句，再多的就不会说了。如果你给他们照相，他们会很高兴，并且围过来看你的相机。有很多游客怕他们抢相机——其实不会的。我在古城中给很多小孩照了相，并教他们如何使用相机，他们非常兴奋。虽然他们说的我听不懂，我说的他们也听不懂，但彼此都非常高兴，我彻底体会了外国人到中国，彼此用自己懂的少得可怜的几句对方的话交流的感觉。还有那种不停地表达自己的语言，对方从你的神情和动作中猜出你的意思的感觉也很好，建议大家都体会一下。

在喀什还有一件有趣的事，那就是这里到处都有烤串的，而且非常地道。想象着，一手拿肉串，一手拿啤酒，喝一大口啤酒，撸一串烤肉，该是多么的惬意啊!为此，我和老陆不知走了多少条街，见饭店就进，但没有一家卖酒的，后来想想，这里尊奉伊斯兰教，只好攒着肚子，等到下一站再说吧。

丝路古道，沙漠奇观

——鸣沙山月牙泉散记

　　从来没有来过甘肃，敦煌沙漠给我留下的印象，应该还是停留在武侠小说里，苍凉一片，荒无人烟，神秘莫测。我们从乌鲁木齐坐火车到敦煌，一路上还是在不停地揣测着这里的神秘。

　　从历史书上了解到，甘肃历史悠久，大地湾遗址证明，这里是中华文化发祥地之一，人文始祖伏羲氏就诞生在渭河上游，并在这里推八卦、授渔猎。三千多年前，周人先祖发祥于陈龙一带。汉唐以来，甘肃成为中西文化交流、商贸往来的丝绸之路，留下了丰富的文物古迹。地域辽阔的甘肃，自然风光优美，茫茫的戈壁，淳朴的黄土高原，广袤无垠的草原，洁白莹润的冰川，共同构成了一幅雄浑壮丽的画卷。

　　我们游览的第一站是鸣沙山月牙泉。对于生活在城市中的我们而言，大漠终究是充满着神秘和奇幻，甚至有一丝丝的恐怖。我们这一队人马中以市行党委书记郑海英为首的女高管们，一个个全副武装，将在新疆"大巴扎"买来的丝巾，能缠的都缠绕到自己身上了，倒是把自己捂个严严实实，帽子、手套一应俱全，再戴上一副眼镜。这样一来，怎么也看不出是银行高管了，怎么

神州走笔

看都是一群扫大街的人在聚会。

鸣沙山月牙泉，位于敦煌城南 5 公里处，沙泉共依，妙造天成，古往今来以"沙漠奇观"著称于世。鸣沙山以沙动成响而得名。东汉时称沙角山，俗名神河山，晋代始称鸣沙山。其山东西长 40 余公里，南北宽约 20 公里，主峰海拔 1715 米。峰峦危峭，山脊如刀，经宿复初；人乘沙流，有鼓角之声，轻若丝竹，重若雷鸣，此即"沙岭晴鸣"。通俗点说就是：在沙堆上，白天游客可以玩滑沙、沙地飙车等游戏，无论你把沙堆折腾成什么样子，到了夜里风都会将坠落的沙子吹回山顶，沙子是由下向上流动的，风会把沙子梳理得整整齐齐，此种景观也实属世上罕见。

在沙漠中行走极其困难，细沙如流水，看似轻柔渺小，可当他们汇聚成山后，就如练就了吸星大法，把你的力量化于无形。走在沙山上，你越是用力，就越容易下陷，往往走三步退两步，直把人的体力和意志消耗殆尽。还好沙漠中有一种神奇的交通工具叫骆驼，人们亲切地唤它为"沙漠之舟"，极其温顺，受得起苦，沙漠中行走全然靠他。

我们骑上租来的高大的骆驼，便晃晃悠悠地在驼背上颠簸着，慢慢地朝着鸣沙山山麓摇去。此刻正是下午三四点钟，蓝莹莹的天空一碧如洗，西下的夕阳，已收敛了它强大的威力，只是曾经洒碎如金的日光，还在这荒芜的沙漠里留下了些许的余热。眼前的鸣沙山，如同一道黄金屏，横亘于这漠漠的沙原里。我心中有些惊奇，不知大自然这位能工巧匠是用了怎样的神功，才使这平滑细腻、柔弱得风一吹就漫天飘舞的黄沙，聚集成一道道绵延无垠的山梁。山虽不高，然而却有棱有角。

神州走笔

骆驼队四人一组，那情景，让我觉得颇似古代行走在沙漠里的商贾。我骑着头驼，由当地一妇人牵引着。它昂着头，迈着碎步，驮着我不紧不慢一步一个脚印地向上走。不想，这沙漠里的风却很有几分力度，常常将我头上的旅行帽吹落，于是只好不时地用手按住。而驼背上的颠簸起伏，却让我有一种似乎随时都会掉下去的感觉，只好用另一只手紧紧地抓住扶手，不敢放松。行进在这无边无际的大漠沙原里，那蜿蜒起伏的沙纹，重重叠叠，宛如大海里泛起的微波粼粼。人常说："沙漠里行路，走一步退半步"，这话说得着实不错。即便是这素有"沙漠之舟"之称的骆驼，在这漫漫黄沙面前，此刻也只能是喘着粗气，慢慢地向前移动着。

　　走到高处，回首望着来时的路，却见身后那一溜骆驼踏出的沙道里，刻着无数的印痕，却分不清哪一行足迹，是我们的坐骑留下的。立于这沙山之巅，放眼望去，夕阳的余晖映照着一马平川的荒原，浩瀚广漠的沙海，黄澄澄地一直连接到天边。远处的敦煌，恰似沙漠里一颗耀眼的明珠，在夕阳的残照里、葱郁的绿荫下，呈现出勃勃生机。眼前虽无"千峰涌绿涛"的秀丽景色，然而这迷人的大漠风光却也让人领略到"大漠孤烟直，长河落日圆"的奇丽和壮阔。

　　登到沙山的顶端，眼前突现更加开阔，一个个沙山连绵排开，没有尽头，而一轮轮山脊的曲线却将整个沙漠贯穿于蓝天白云之下，这线条与色块组成为最震撼人心的场景。难怪古往今来那么多文人墨客、侠士僧侣出没于此，此时只愿自己亦化成一粒细沙，融进这片波澜壮阔。

　　夕阳渐渐西移，早早地便将笑意盈盈的脸儿躲到了鸣沙山的背后。看看时间将晚，便骑了骆驼下山，匆忙赶往月牙泉。

月牙泉处于鸣沙山环抱之中，素有"沙漠第一泉"之称，其形酷似一弯新月而得名。古称沙井，又名药泉，清代始称月牙泉。水质甘洌，澄清如镜，绵力古今，沙不进泉，水不浊涸。铁鱼鼓浪，星草含芒，水静印月，荟萃一方，故称"月泉晓澈"。据当地人介绍，月牙泉有四奇：月牙之型千古如旧，恶经之地清流成泉，沙山之中不淹于沙，古潭老鱼食之不老。"古潭老鱼"即是指泉中铁背鱼，说是有药用价值。

我们去月牙山并未感觉远，下了山，拐过两道山湾，便见一泓清泉，似一弯如镰的新月，微波粼粼地荡漾于金黄色的沙丘间。泉水清澈而明净，碧蓝如茵。幽深的碧水，如同圣洁的仙女，纯净得不染一丝的纤尘。晚风拂过水面，那泛起的层层涟漪，便让人觉得心醉不已。

月牙泉看似渺小，然她那不竭的甘露滋润了这片土地，养育着人们。她的出现，无疑给来往于戈壁沙漠的商旅迁客带来了无限的希望和生机。月牙泉，实在是沙漠里的生命之泉。

月牙泉四周，有一片小小的绿地。绿地面积不大，然那葱郁而盎然的绿意，映衬着漫天的黄沙，令人觉得格外的可喜。而其中的亭台楼阁，却又恍若给人一种人间仙境的感觉。"月牙泉"，她美在纯真，美在自然。

当西边的晚霞，收敛了它最后的一抹余光，夜幕即将来临时，我们匆匆地离开了月牙泉，去寻找我们来时的坐骑。骑上等候多时的骆驼，回首望着鸣沙山山麓，却见深蓝色的天幕中已是皓月当空。清冷的月光，照耀

神州走笔

着这广袤的沙原，忽然令我想起了唐代诗人王昌龄的诗句："撩乱边愁听不尽，高高秋月照长城。"虽说眼下的季节不同，然而那份清冷和孤寂的意境，竟让我觉得颇为相似。

神州走笔

佛教经典之宝库
建筑艺术之辉煌

——走进敦煌莫高窟

　　如果说我把鸣沙山月牙泉当作一个纯粹用来体验大漠风情的景点看待，那么来到蜚声世界的莫高窟，绝对是带着对历史的极其崇敬和对王道士，以及清朝昏庸政府的极端愤恨的心情来此瞻仰的。

　　这是一段不堪的历史，一个巨大的民族悲剧。一位道士掌管着一片佛教圣地；一个无名小丑把持着中国最灿烂的文化经典；而一个昏庸的政府不闻不问，无能的官员竟把经卷当成礼物相互贿赂攀比……于是，一车车国之瑰宝就这样低廉地离开故土，却高傲地出现在各国博物馆。敦煌研究院的解说员无奈地告诉我们，如今敦煌藏经洞的文物藏于英国的最多，藏于法国的最精，藏于俄国的最杂，藏于日本的最隐秘，藏于中国的最散乱……无可奈何，权当他们替我们先保存着吧。

　　莫高窟俗称千佛洞，被誉为20世纪最有价值的文化发现。莫高窟位于甘肃省敦煌市东南25公里的鸣沙山东麓崖壁上，上下5层，南北长约1600米。始凿于366年，后经十六国至元等几个朝代的开凿，形成一座

神州走笔

内容丰富、规模宏大的石窟群。现存洞窟 492 个，壁画45000 平方米，彩塑 2400 余身，飞天 4000 余身，唐宋木结构建筑 5 座，莲花柱石和铺地花砖数千块，是一处由建筑、绘画、雕塑组成的博大精深的综合艺术殿堂，是世界上现存规模最宏大、保存最完好的佛教艺术宝库，被誉为"东方艺术明珠"。现存有的壁画和雕塑大体可分为四个时期：北朝、隋唐、五代和宋、西夏和元。

　　莫高窟是一座融绘画、雕塑和建筑艺术于一体，以壁画为主、塑像为辅的大型石窟寺。它的石窟形制主要有禅窟、中心塔柱窟、殿堂窟、中心佛坛窟、四壁三龛窟、大像窟、涅槃窟等。各窟大小相差甚远，最大的第十六窟达 268 平方米，最小的第三十七窟高不盈尺。窟外原有木造殿宇，并与走廊、栈道等相连，现多已不存。

　　踏上这块土地，立刻让人感受到北风卷地、黄沙漫漫，情不自禁地使人想到岑参的诗句："轮台九月风夜吼，一川碎石大如斗，随风满地石乱走。"这不是夸张，莫高窟坐落在敦煌市鸣沙山东麓的断崖上，想想鸣沙山这个名字吧，就是狂风怒吼吹起的黄沙堆积而成的山。由此可以想象这儿风有多大了吧。

　　听讲解员说，莫高窟的开凿始于公元 366 年。一位德行高超的和尚乐尊拄杖西游至此，那时太阳西下，夕阳照射在对面的三危山上，他举目观望，忽然间看到山顶上金光万道，仿佛有千万尊佛陀在金光中闪烁，又好像香音神在金光中飘舞，一心修行的乐尊被这夕阳映照的沙漠奇景感动了，认为这就是佛光显现，此地就是佛祖的圣地。于是乐尊顶礼膜拜，便请来工匠，在悬崖峭壁上开凿了第一个洞窟。以后经过十几代的修建，规模越来越大。

现在的莫高窟，南北长约 1600 米，上下排列五层，492 个洞窟像蜂窝似的在断崖绝壁上排着，高低错落有致、鳞次栉比，形如蜂房鸽舍，壮观异常。它以塑像和精美的壁画闻名于世，被称为东方的罗浮宫。

1500 年来，乐尊的那个石窟早已无法分辨得出，而莫高窟经过风沙侵蚀仍保存着十个朝代的 750 多个洞窟。窟内壁画 45000 平方米，彩塑 3000 余身和唐宋窟檐木结构建筑 5 座。此外，还在藏经洞发现的四五万件手写本文献及各种文物，其中有上千件绢画、版画、刺绣和大量书法作品。如果把所有艺术作品一件件阵列起来，便是一座超过 25 公里长的世界大画廊。莫高窟的彩塑多属佛教人物及其修行涅槃事迹的造像，因为莫高窟的岩质疏松，无法进行雕刻，工匠们用的是泥塑，唐朝以前的泥塑在其他地方很少保存下来，因此莫高窟的大量彩塑更为珍贵难得。

莫高窟艺术的主体是彩塑，至今洞窟中保存着两千多尊彩塑，这些彩塑个性鲜明，神态各异，有慈眉善目的菩萨，有威风凛凛的天王，还有强壮勇猛的力士。我们参观了八个洞窟，其中印象最深的卧佛长达 16 米，他侧身卧着，眼睛微闭，神态安详。看到这尊惟妙惟肖的彩塑，我们同游的人无不啧啧赞叹。

洞窟编号第九十六号，为九层楼。据说始建时仅有四层楼，后五层是后来修建的，内有一尊弥勒大佛，唐代初建，宋代修复，现高 34.5 米（一说 35.5 米），是我国第三大佛，也是世界"室内第一大佛"。

还有第四十五窟的唐代彩塑，其中的菩萨像，"人物祖上身，佩璎珞，斜披络腋，下着彩裙。头微侧，重心落于一腿，构成了 S 形曲线，体态婀娜，身姿优美动人。神情绝少有世俗情调，圣洁清纯，庄严中更多了几分舒缓自在"。大弟子迦叶，面貌清瘦，额头突出，眉头紧锁，双目俯视，口唇紧闭，一副老成智慧的高僧模样。小弟子阿难跟随佛的时间最长，与佛的最年长弟子迦叶相对，五官清秀、匀称，是一位天真敏锐、风度潇洒的青年形象。总之，彩塑人物体态丰满，神情端庄宁静，风格朴实厚重，壁画色彩瑰丽，可见美术技巧已达到空前的水平。

再往后参观，到了五代和宋朝以后的塑像，虽然都沿袭了晚唐的风格，但愈到后期，其形式就愈显公式化，美术技法水平也有所降低。

莫高窟不仅有精妙绝伦的彩塑，还有 45000 多平方米宏伟瑰丽的壁画。从壁画中，我们可以看到各民族各阶层的社会活动，如帝王出行、农耕渔猎、冶铁酿酒、婚丧嫁娶、商旅往来、使者交会、弹琴奏乐、歌舞百戏……世间万象，林林总总。莫高窟作为艺术的宝库，不同时代的艺术风尚在这里汇集成斑斓景观。唐代敦煌艺术代表了中国佛教艺术最璀璨的时代，外来的艺术与中国的民族艺术水乳交融，使敦煌艺术空前丰富多彩。那雄伟浑厚高达十几米的巨大佛像，灵巧精致仅有十余厘米的小菩萨，场面宏大、人物繁密的巨幅经变，形象生动、性格鲜明的单幅人物画等等，无不使人印象深刻。此外，其中最引人注目的当数"飞天"了。

飞天，是佛教中称为香音之神的能奏乐、善飞舞，满身异香而美丽的菩萨。唐代飞天更为丰富多彩，气韵生动，她既不像希腊插翅的天使，也不像古代印度腾云驾雾的天女，中国艺术家用绵长的飘带使她们优美轻捷的女性身躯漫天飞舞。"飞天"都是民族艺术的一个绚

神州走笔

丽形象，提起敦煌，人们就会想到神奇的飞天。

墙壁之上，飞天在无边无际的茫茫宇宙中飘舞，有的手捧莲蕾，直冲云霄；有的从空中俯冲下来，势若流星；有的穿过重楼高阁，宛如游龙；有的则随风漫卷，悠然自得。画家用那特有的蜿蜒曲折的长线、舒展和谐的意趣，呈献给人们一个优美而空灵的想象世界。

但是令我惊讶的是，原来飞天图像只有两厘米大小，反弹琵琶只有五厘米大小，大大超出我的想象。当你置身于洞窟中，那神态逼真、含笑自如的菩萨；那婀娜多姿、翩翩起舞的仙女；那姿态妩媚、凌空翱翔的飞天；那五彩缤纷的鲜花纷纷扬扬；那不奏自鸣的乐器，演奏着仙曲……仿佛把你带进神仙天国，身心随着飞天飘旋。各个朝代不同的绘画风格淋漓尽致地展现，真是世上罕见的艺术珍品。

莫高窟里还有一个面积不大但很著名的洞窟——藏经洞。洞窟倚崖而建三层木结构窟檐，故俗称"三层楼"，为清光绪三十二年（1906 年）王道士主持修建。1900 年，在莫高窟居住的道士王圆箓为了将已被遗弃许久的部分洞窟改建为道观，而进行大规模的清理。当他在为第十六窟（现编号）清除淤沙时，偶然发现了北侧甬道壁上的一个小门，打开后，出现一个长宽均为 2.6 米、高为 3 米的方形窟室（现编号为第十七窟）。因此，"三层楼"也属为数不多的窟中窟形式。窟内有从公元 4 世纪到公元 11 世纪（即十六国到北宋）的历代文书和纸画、绢画、刺绣等文物 5 万多件，这就是著名的"藏经洞"。但是大量珍贵的文物被帝国主义分子掠走。至今莫高窟的墙壁上美国人华尔纳用特制的化学胶液，粘揭盗走莫高窟壁画 26 块的罪证犹在！

神州走笔

在参观莫高窟的一路上，除了听到令人扼腕叹息的故事外，讲解员还会很自豪地告诉大家，我们脚下踩着近千年的石路，身旁是超过1500多年的石窟壁画，古时的能工巧匠们用自己的信仰和智慧打造出一个个石窟佛像，描绘出一幅幅壁画经卷。虽然感叹一个无知的王道士凭一己之力将这些浩繁珍贵的典籍文献、石窟壁画变卖给那些所谓的外来取经者，如今却独留下他的圆寂塔为莫高窟守门赎罪，不论列强瓜分我们多少历史，保存我们多少文物遗迹，但有一个永远不容争辩的事实，那就是莫高窟在敦煌，敦煌在中国！正如儿时邮票上的飞天，不论何时何地，永远来自敦煌，出自莫高窟。

我又进一步思考，到底谁才是敦煌莫高窟的真正罪人？王圆箓——王道士吗？不，他应该只是碰巧当了莫高窟的家，不幸成了被人唾骂的千古罪人，他太卑微、太渺小、太愚昧，不足以肩负起这笔巨大的文化重债。王道士只是这出悲剧中的一个小丑，而真正的主角应该是当时昏庸的清朝政府及其腐败的官员们，是他们出卖了敦煌文化，是他们玷污了建设莫高窟的先人，是他们亵渎了中华民族的尊严！

历史的发展，总有它的两面性，换个角度看，敦煌的艺术宝藏又因外国人的"珍爱"而意外地得到妥善的保存，不至于成为少数贪官的玩物而湮灭。敦煌艺术走向了世界，连日本学者都不得不承认：敦煌在中国，敦煌学也在中国！

今日的敦煌，有如一位饱经沧桑的老人，伴随中华文明的绵延走过了五千年的历史，勤劳质朴的敦煌人民不仅守护着昔日灿烂不朽的敦煌文明，更将用他们的双手，打造出一个生机勃勃的崭新敦煌。

感受镜泊湖的美丽与神奇

  2012 年的 8 月利用假期，我和同事结伴赴镜泊湖旅游度假。从哈尔滨向西南出发，去感受夏季镜泊湖的魅力与神奇。

  镜泊湖位于黑龙江省牡丹江市宁安县境内。约在一万年前，这里火山喷发，炽热的岩流阻塞了牡丹江的河道，于是水面被抬高，形成了湖泊。湖深平均 40 米，由南向北逐渐加深，最深处达 62 米，湖身纵长 50 公里，最宽处 9 公里，最窄处枯水期也有 300 米，全湖分为北湖、中湖、南湖、和上湖四个湖区，总面积 90.3 平方公里。由西南至东北走向，蜿蜒曲折，呈 S 形，湖岸多港湾，湖中大小岛屿星罗棋布，而最著名的湖中八大景区：吊水楼瀑布、大孤山、小孤山、白石砬子、城墙砬子、珍珠门、道士山和老鸹砬子，犹如八颗光彩照人的明珠，镶嵌在这条飘在万绿丛中的缎带上。

  游镜泊湖对于我来说已经不是头一次了，在此之前，差不多隔上一阵子就要来这里小住上几日，但每次来都会有不同的感受。镜泊湖景色的最大特点，是自然朴实而又绮丽多变。除了镜泊山庄有一些精致的别墅外，这里没有多少人工的点缀，只有峭拔的山岩、清澈的湖水、缤纷的花树、一望无际的林海。然而它并不单调：四周峰峦叠起，湖心石岛耸峙，湖中倒影奇幻……山重水复，曲径通幽，真是美不胜收。再加上美丽动人的传说，更为这北方名湖增添了神奇色彩。

相传很久以前，牡丹江畔住着一个美丽善良的红罗女，她有一面宝镜。哪里的人们有苦难，她只要用宝镜一照，便可以消灾弭祸。这件事传到了天庭，引起了王母娘娘的忌妒，她派天神盗走了宝镜。红罗女上天索取，发生了争执，宝镜从天上掉了下来，就变成了镜泊湖。这当然是神话故事。虽说镜泊湖不是神仙宝物，也不能为人消灾祛病，不过镜泊湖夏季凉爽少风，湖面水平如镜，倒是事实。来到这里，大家可以暂时抛开往日的工作压力，用心地去感受镜泊湖的美丽，尽情地去探索大自然赐予我们的神奇。

镜泊湖是我国第一大火山熔岩堰塞湖，这片藏身于崇山峻岭之中的火山创造的奇迹着实美不胜收。站在高山上，看它静默在不远的青山间，好似一片碧蓝的丝绸铺在夏季葱茏的草绿中，快艇的冲浪将湖面划出的波浪打破了这片静谧，让湖面生出层层叠叠的白色花纹，就像在一块蔚蓝的丝绸上绣出的朵朵花纹，如诗如画。

熔岩气洞塌陷型瀑布——吊水楼瀑布，是镜泊湖八大胜景之首。它位于湖水泻入牡丹江的地方，瀑布宽43米，高25米，底部岩石由于受上万年激流的冲击，被残蚀成了几十米的深潭，本来清澈的湖水静静地流淌着，一到陡崖，突然下跌，顿时抛撒万斛珍珠，溅起千朵银花，水雾弥漫，势如千军万马，声闻数里，同幽静的镜泊湖面形成鲜明的对照。这一动一静，吸引着人们流连忘返已不足以形容游人的心境。下午2点，中国跳水第一人狄焕然开始瀑布跳水表演，让我们真正领略到什么叫速度与激情。老一辈无产阶级革命家邓小平的题词"镜泊胜景"，苍劲雄浑，游客纷纷与之合影留念。移步到相邻的红罗女广场观看、参与《红罗女抛绣球》表演，感觉也相当不错。后经少奇小路漫步回驻地，一路上散步于夕阳下山庄湖畔，感受温润潮湿的气息，体验身心愉悦的出游惬意。

镜泊湖附近还有一处著名的景观——地下森林。由镜泊湖北门出发沿旅游公路行驶25公里便来到火山口国家森林公园景区大门。换乘景区环保车前往观赏，鸳鸯池美轮美奂，清澈的湖水，盛夏的山峦，倒映在湖中的蓝天，大有形似九寨沟之感。

所谓地下森林，实际上是长在火山口里的森林。这里有七个火山口，其中最大的一个直径约500米，深约100米，壁陡谷低，景色壮丽。由于火山长期没有喷发，火山岩逐渐风化，同火山灰及沉积的浮尘积聚混合，形成了富含钾、磷等元素的肥沃土壤。加上这里降水较多，火山口的东南方向有缺口，阳光可以射入，所以长起了郁郁葱葱的森林。林中有红松、白桦、水曲柳、胡桃楸等树木，还有许多名贵的药材。东北虎、熊、青羊、马鹿等野生动物，也常到火山口活动。游客们爬上火山口的顶部俯视，只见足下峭壁如屏，黝黑的火山口似乎要吞没一切，令人心惊，可是脚下的林木却不在乎这谷底的阴暗潮湿，它们欣欣向荣，充满活力。

游览镜泊湖，不能错过的是著名人文景观之一药师古刹。作为充满灵气的文化殿堂，药师古刹七座殿堂供奉着31尊佛菩萨，信众可依自身所求，上香供奉，恭敬礼拜。药师古刹坐落在景区最佳的风水宝地，依山面水，景致卓绝。庙宇建筑雄浑壮美，钟楼鼓楼风格别

神州走笔

致。来镜泊湖旅游，药师古刹是不容错过的。

游毕古刹，在山庄码头购票乘船游览湖上秀美风光。彩虹桥、元首楼、抱月湾、毛公山、地下发电厂、湖心岛、白石砬子景色一览无遗。身在船中，感受镜泊湖的山重水复，曲径通幽，水中山碧绿，山中水湛蓝，山从水中起，水在山中生，山山水水，相依相恋，诗情画意，人在画中游，游人皆已醉。名不虚传的湖中八景更是风光绮丽、隽雅迷人，令游人流连忘返，乐而忘忧。一路如痴如醉，待弃舟登岸在山庄广场观赏《皇帝出宫》和《萨满祭祀》表演时还没有回过神来。表演恢宏大气却又不失东北风情的幽默俏皮。

这里有必要介绍一下我们第一天来时的晚餐，这是由牡丹江分行为我们精心准备的——黑龙江特色名美食：镜泊湖风味鱼宴。镜泊湖中盛产无污染的绿色湖鱼，有鲫鱼、鳜鱼、红尾、胖头等70余种，都是鱼味鲜美，肉质细嫩的上等佳肴。镜泊湖风味鱼宴尽是鲜鱼名菜，有酱焖鲫鱼、清蒸鳜鱼、干炸红尾、糖醋鲤鱼、清炖胖头等舌尖美味。在牡丹江分行各位领导的热情招待和规劝下，我们大家吃得"沟满壕平"。

风光秀丽的镜泊湖宛如一颗璀璨夺目的明珠镶嵌在祖国的北疆，她以独特的、朴素无华的自然美闻名于世。从高处俯瞰，她静静地延绵犹如盘龙又似卧虎，蓄积着千万年的力量。是的，她是活的，处处可以感受到亘古流传的生命力。这是大地赋予她的生命，因此她灵秀，她柔美，不似西湖那样的娇媚，也不像太湖那样的浩渺，正如养育她的这片黑土地一样健壮雄浑。这片土地下的松林葱郁茂密，人们被那直插云霄、婀娜秀美的身姿吸引住，只见咖啡红色的枝干，点缀以墨绿的针叶，在湛蓝的天空映衬下，张开了宽阔的臂膀，拥抱大地与蓝天——这就是黑土地的松树。其巍峨耸立，雄伟与婀娜，健壮与阴柔，在这广袤无垠的土地上聚集，并不能让我们感到一丝恫吓，只能感受到和谐与安逸。太过阳刚则易折，太过阴柔则妩媚，我想也只有这片黑土地上才能交织出这般和谐隽秀的画卷，绵延万里，流传千古。葱郁的松林、白桦将大地覆盖，江山如此多娇也就是这个意思吧，我们只能不由地赞叹这造物主的鬼斧神工，但她又怎能在乎天地间一沙鸥的感慨呢？猛然间想起苏轼豁达的人生感悟：唯有江上之清风，与山间之明月，取之不尽，用之不竭，是造物者之无尽藏也，而吾与子之所共适。如此沧桑的东北大地，定是一幅幅鲜活的历史所编织的，那默默流淌、奔流不息的牡丹江，永远会记得为民族大义，舍生取义的八女投江，民族英雄的壮举将往昔的刻骨铭心化作力量，在中国北方的江上奔腾不息，气贯长河。这里的水不像大海一样雍容大度，但焕发着精神和力量，踊跃地喧嚣的生命，充斥着一种自然的野性之美，而水又至阴至柔。这两种情怀交融在一起，把强悍的生命付之于规整，但这一切来得太不轻松，正如马克·吐温说过，美国的铁路每条枕木下面都躺着一具爱尔兰工人的尸骨，而这里的大江流淌过来的每一股清流都掺杂着在日本铁骑下中国英魂的怒吼，也为这部血泪史画上了壮烈的叹号！

"飞落千堆雪，雷鸣百里秋。深潭霞飞雾漫，更有雾漫岸秀，任石阻崖隘，只是冲关齐口。"千百年来，文人骚客喜爱游山玩水，但多沉溺于山清水秀，难得有喜爱如此壮美之人写的诗词流传至今，这究竟是怎样的一种生命魅力呢？

镜泊湖，湖中的山峦各有其风姿，最有名的就是那毛公山了。那起伏的弧度，活脱脱地就像伟人毛主席躺在湖心中央。北端的黄果山瀑布有 100 多米，正值雨季水面上涨，有幸观赏到奔流直下、气吞山河之势，急流浩荡，大地震颤，汇入万顷碧波中，完成了对山林的赞美，对大地的景仰，迸发出心中的生命力，把每个人的心滋润。当我们在感受大自然的力量、体会广袤天地之中的生命力时，又何尝不是对自己的人生历练呢?!

神州走笔

百年传奇繁华梦
荣辱兴衰皆由此

——抚顺新宾"赫图阿拉城"散记

这次去赫图阿拉城已是第二次了。

第一次去是 2012 年的"十一"长假，我和妻子带孩子到抚顺的小姨子家度假。小姨子王霞是妻子三姑家的孩子，与妻子的关系非常好，我们的到来，得到了他们一家人的热情接待。小姨子原来是导游出身，所以在接待方面很"专业"，在我们还未到抚顺时，就已经把我们每天的行程安排好了。去新宾"赫图阿拉城"就在他们安排的日程中——那次去新宾给我留下了深刻印象。因此，这次故地重游也是在我的强烈主张下，大家才决定动身的。

还是由小戴开车，我和老陆、徐加木，还有电信业务局的郭老师一行人由东戴河出发，向抚顺方向翻山越岭地驶去。坐在开往抚顺的车里，看着窗外，天上成群的白云下是连绵的群山，不时会听到不知名的鸟鸣。闭眼想象，几百年前在努尔哈赤带领满洲八旗壮士是怀着怎样的情怀与决心，从这里，从赫图阿拉城出发，远离妻儿远离家乡，踏上了一统天下的征途？

神州走笔

赫图阿拉城位于新宾满族自治县永陵镇境内,是清王朝的发祥地。赫图阿拉城,是一座拥有400余年的历史古城,始建于公元1603年。全城依山而筑,三面环水,易守难攻。有关赫图阿拉城的由来,还有一个极其美丽的传说。据传,很久之前,玉帝派东王木公句芒来到东北方,为大清王朝的兴起建造宝地。于是木公沿着长白山向西进发,行走1000多里地来到今天的赫图阿拉城,被它气势磅礴的样子所吸引,遂决定,选择这里作为大清王朝未来开国皇帝的出生地。

为了清朝顺利取得江山,木公在审视了一下地势地形后说:"一个王朝兴起之初,战事必多,要造一个易守难攻的地方。"于是在南边山(今人称羊鼻子山)修筑了一个高冈,又在东、西、北三面开凿了河道,构成了一座三面环水、一面靠山的险要地势,满族人称这块地方为"赫图阿拉城"。

随后木公在西北方修了一个点将台与一块平地,作为平时操练兵马之用。又往西10余里,为帝王修造祖先陵山。首先接长白山余脉建造了一座龙山,龙头在西,龙尾在东,山峦高低起伏3里多,有大小12个山头,还有4个龙爪,预示着清王朝当出12个皇帝。这座龙山被满洲人称为尼雅满山冈,后被清顺治帝封为启运山。

有龙要有水,无水之龙就是死龙。于是木公就把赫图阿拉城北边的大河引了过来,又在上游开凿了大小16条小河,下游21条支流,在龙头里侧修造了一个月芽泡,在东约3里的地方修了一个金银泡,又安排了前面的案山、鸡鸣山和后面的黑牛石等。木公觉得与龙头相对的地方缺了一只凤,于是在龙头对面隔河又建造了一座凤凰山（今人叫燕蝙蝠山）。

木公到天空上一看，东有金鸡报晓，西有龙凤呈祥，南有玄羊朝拜，北有夕牛望月，龙头犹如真龙戏水，龙尾处草仓河如玉带绕经穴前，日月左右环抱，前后山环水绕，可谓：群山拱护，众水朝宗，只缺树木生灵。木公袍袖一拂，顷刻之间漫山遍野长出了参天大树、鲜花绿草、人参灵芝。这时木公才满意地回天复命去了。

可能真是神仙点化，谁也不曾想到，多少年之后，就在这片土地上，就在这样一座古香古韵的房子里，一个满族男孩的出生注定了赫图阿拉城百年的繁华，和大清王朝296年的兴衰。

赫图阿拉是满语"横岗"的意思。公元1616年（明万历四十四年），努尔哈赤在这里登基称汗，建立了大金政权，史称后金。从此开始了统一东北女真的大业。

赫图阿拉城成为后金第一都城，清太宗皇太极尊赫图阿拉城为"天眷兴京"，昔日满族"八旗铁骑"就是从这里走向全国，建立了中国历史上最后一个封建王朝——大清王朝。

赫图阿拉城坐落于苏子河南岸，是清太祖努尔哈赤的祖居之地，分内、外两城，方圆十里。这里是后金开国的第一都城，也是中国历史上最后一座山城式都城，更是迄今保存最完善的女真族山城。赫图阿拉城是后金政治、经济、军事、文化、外交的中心，被视为清王朝发祥之地，满族兴起的摇篮。

来到赫图阿拉老城的城墙下，触摸着古老的城砖，仿佛看见额莫克（老嬷嬷）叼着旱烟袋，盘腿坐着；仿

神州走笔

佛看见满族女人手里拿着布老虎，摇晃着吊起来的摇篮，对我笑着；仿佛看见穿着裙子、梳着辫子的小男孩，叫着讷讷（妈妈）从我面前跑过。

在古城内，走进一座古老的院落，推开带窗户纸的老旧木门，但见孤零零的石磨立在中间，左右两口靠墙的大锅仿佛还冒着热气。右边屋子里老旧的木头柜子上，叠着好几床锦缎的被子，东北特有的火炕上铺着竹编的席面，放着老虎头枕头，还有一个旱烟袋。左边屋子如出一辙，不同的是对着门的墙上供奉着祖先灵位，写着"永受皇恩，指日高升，连升三级"。

可以想象得出，当年的赫图阿拉内城，建筑辉煌，文化昌盛，十万金戈铁马穿行于此，十里商贾街市热闹非凡。而城中那口被人称为"千军万马饮不干"的启运井，更是为人所津津乐道。内城中主要建有汗宫大衙门（俗称金銮殿）、正白旗衙门、汗王井、八旗衙门、协领衙门、文庙、昭忠祠、刘公祠、启运书院、城隍庙等一大批古建筑群遗址。而城内又多古榆，在参天古榆的掩映下，青砖青瓦的古建筑群独具风格。当年乾隆皇帝东巡来此，亲笔题诗："赫图阿拉连兴京，依山树栅聊为城，秋风策马一凭阅，兆基缔构钦龙兴"。外城有一湖，湖水清澈，在湖畔建有中华满族风情园、显佑宫（玉皇庙）、地藏寺、满族民俗博物馆、满族老街、满族历史文化长廊等古建筑群，东南有堂子，西北有点将台与校军场等遗址。整个老城占地面积不是很大，建筑群落疏密有致，古建筑遗址和现代建筑相映生辉，透射出400年前灿烂的前清文化。

在导游的引领下，我们沿赫图阿拉城旧址依次浏览，轻风吹散着头发，也吹散着思绪。沿着石路，走过汗王井，仿佛看到千军万马，正饮着这清澈见底、清爽甘甜的泉水。走过皇家寺庙，仿佛看到，夕阳西下，皇寺阁楼半隐，古木参天，清悠的钟声在林间传响。当走到一排排的烟架子旁时，我霎时被这烟架林立、鳞次栉比的晒烟场所吸引，微风荡漾，掀起层层金色波浪，送来阵阵醇厚的烟香，使我不由想起赫图阿拉特有的故事……

　　努尔哈赤先祖起兵之初建的佛阿拉城，地势虽好，但山高缺水。有一年大旱，几万兵马缺水，大牲畜都渴死了，老汗王四处寻找水源，始终没有找到。一天清晨，老汗王被一只红毛大公鸡与一只梅花鹿引到一泉眼处，用手捧起泉眼里的水尝了几口，清爽甘甜，如薄酒一样爽口。忽见泉眼旁有一大石板刻着："金龙顶饼旗当兴，十加一时寿应终；锦鼠顶饼江海碧，青猿登极日月崩；八九美女提拜铊，八夷为祸到西京；猪顶金冠田中玉，人人称帝旗帜更。"一语成谶。谶语浅议：丙辰年，努尔哈赤登基称汗，仗八旗之力打天下，在位11年而终；丙子年，皇太极改后金为"大清"，甲辰年，明朝灭亡，顺治进京，入主中原；清入主中原后到第八、第九位皇帝同治、光绪时期，叶赫那拉氏慈禧垂帘听政；八国联军攻占北京，清廷逃往长安；辛亥年，宣统皇帝逊位。中华民国成立，结束了中国五千年来的封建王朝统治，从此中国再无皇帝。

　　这处传奇的泉眼就是后来的汗王井，井水至今仍是源源不断地涌出，清可见底。所有来到这里的游人，都要在这里洗洗手，去去晦气，增添福气。我们也不例外，只是这水清凉刺骨。

　　到赫图阿拉城，必须要去努尔哈赤点兵的地方，这里有一段很陡的坡路，叫做"转运路"，说是走了这段"转运路"，回家后无论在工作、事业或生活上，都会向好的方面转运。我在第一次来的时候，就已经走过了，这次又重走了一遍。我告诉我的同伴们，要想转运，就去走转运路，只是这些人没按我说的方向走，而是从反的方向走了一圈，回家后，老陆开始走"倒运"，就赖在新宾走错了转运路，扬言一定要回去重走。

走到老城的外城，我们看到的是一排排整齐的民居，青砖绿瓦、白墙石地，在这里生活的便是最初的满族八旗后裔。正值农忙时，墙上晒着红辣椒，地上铺着烟叶子，淳朴的百姓在忙碌着，不时会有几个小孩子在身旁追逐嬉闹。走过了几栋房子，擦肩而过的人们都会给你一个会心的微笑，老人们会冲你点点头，家家户户都没有闲着的，每个人都在有条不紊地生活着。印象中的八旗子弟，吹着口哨，逗弄着小鸟的影像，已无迹可寻。

历经了百年的传承，满族特有的文化已然淡化，整个永陵镇里会说满语的寥寥无几。但质朴豪放的民风却流传了下来，大口吃肉大口喝酒，在老城的满族女人里体现得淋漓尽致，就连老婆婆们也一样。在老人的脸上，会看到一种自豪。不过对于老人也有遗憾，不吃狗肉不打乌鸦，这在年轻人心里已然没有概念。老人们所希望的便是把这些习俗传承下去，不管是过百年还是千年。

不仅在古城，就是在新宾县城，我发现最为古老的树种除了一棵被称为"神树"的松树外，都是榆树。这些榆树历经沧桑，苍老的古树盘桓、枝干遒劲，又多结筑鸟巢。一棵树上多达十几个鸟巢，鸟雀围绕着古树翻飞叽喳，更给这古老的榆树增添了几分神秘的色彩，似乎也在张扬诉说着悠悠往日的辉煌……

走出了赫图阿拉老城，不禁回首相望，仿佛看到百年前属于这里的繁华，遥想当年，随着努尔哈赤在这里诞生、起家，最终建立了大清王朝。经历了近三百年后，满清王朝最后一位皇帝溥仪又是被关在抚顺监狱改造。满清王朝从这里起点，历经兴盛与衰落，最终又回到了这个起点，看来这也是冥冥之中早已注定的了。

想至此，一声叹息，昔日繁华若梦，早已随风飘逝……

神州走笔

穿越历史的记忆

——参观革命领袖纪念馆有感

在市行启动第二批党的群众路线教育实践活动之际，市行党委于 2014 年 4 月 15 日，组织我们参观了位于哈尔滨市南岗区颐园街一号的革命领袖纪念馆。

那天，我是怀着无比崇敬的心情走进那座古典建筑的。说它是古典建筑，但它却不是中国古典建筑，而是一座建于 1909 年的巴洛克式建筑。巴洛克一词的原意是奇异古怪，是十七八世纪在意大利文艺复兴建筑基础上发展起来的一种建筑和装饰风格。古典主义者用它来称呼这种被认为是离经叛道的建筑风格。其特点是外形自由，追求动态，喜好富丽的装饰和雕刻、强烈的色彩，常用穿插的曲面和椭圆形空间。20 世纪初，沙俄为了修建中东铁路侵占我们东北，按欧洲风格建设经营着铁路沿线的各城市，哈尔滨就是其中之一。当时有位叫葛瓦里斯基的木材商，通过供应中东铁路使用的枕木而发了横财。当年他十分钟情于带给他财富的哈尔滨，并决定在此修建这栋独具特色的楼房。

日寇"九一八"后占领东北，1934 年日本关东军强行买下此楼作为关东军特务机构的办公场所，房屋的第一任主人葛瓦里斯基和家人也回到了苏俄。

颐园街一号的主人改变了，自此也改变了它曾作为满铁理事会公馆的自身命运。1935 年，日本昭和天皇的胞弟三笠宫崇仁亲王到哈尔滨时，曾住于此楼。1941 年，"满洲国"皇帝溥仪在北满巡狩时，也曾在此楼下榻。抗战胜利后，颐园街一号被作为伪逆财产没收，归为国有。苏联红军的司令部、林彪的四野指挥部都先后设立在此处，也曾为黑龙江省省长李范五的住宅。1946 年被当作中共松江省委和哈尔滨市委接待处，继续它的辉煌使命。建国初期的国家领导人视察哈尔滨都曾住在这里，他们中有周恩来、刘少奇、朱德、宋庆玲、张闻天等。尤其最荣幸的是，1950 年 2 月 27 日中共中央主席毛泽东率中国代表团由莫斯科到达哈尔滨，即住在此处。

因为这是开国的伟大领袖在黑龙江唯一住过的地方，1957 年黑龙江省委决定在这里筹建毛主席住址纪念馆，并于老人家逝世后的次年，1977 年 2 月 27 日正式对外开馆。随着"领袖热"的升温，1981 年夏又将纪念馆扩充为毛泽东、周恩来、刘少奇、朱德同志视察黑龙江纪念馆。随着被认定为领袖群体人数的增加和第二、三代领导集体理论的产生，纪念馆也与时俱进，于 1988 年更名为革命领袖视察黑龙江纪念馆。1996 年，该建筑作为近现代重要史迹及代表性建筑被国务院批准为第四批全国重点文物保护单位。

2008 年 2 月 21 日，革命领袖视察黑龙江纪念馆作为第一批文化文物部门归口管理的博物馆免费向社会开放。作为哈尔滨人，我很惭愧直到今天才踏进这座神秘的大门。

一楼有三间展室，全部展示的是中国共产党从"一大"到"十八大"照片和文字，通过照片展示了我党各个时期的领袖人物和我国革命、建设、改革的历史。

二楼是主席当年住过的卧室和书房，只有非常简单的床、沙发、写字台、衣柜等，但那些欧式的家具在当时肯定是非常豪华的，那种室内的落地窗大胆地建在了东北这个寒冷的地方，可见建筑师的匠心。屋里感觉特别的暖和，讲解员告诉我说，这里冬暖夏凉，温度特别的好，夏天再热都不用开空调，依然凉爽。我问来此参观的人多吗？她说作为革命传统教育基地每年的参观者还是不少的，还有来这里拍影片的。我想这样的建筑的确是很难再找到了。

我在想，把最初为纪念一个历史伟人创建的纪念馆更改为中共党史的纪念馆，历史的深度是否会处于失重的真空状态？学者梁启超在《中国历史研究法》一书中写道："史者何？记述人类社会赓续活动之体相，校其总成绩，求得其因果关系，以为现代一般人活动之资鉴者也。"历史纪念馆的首要任务是如实叙述，让历史作为客观实在而存在，可这一点，显而易见没有达到，而且陈列的内容也不足以揭示出历史的规律。

纪念馆的部分内容缩水和部分内容滥觞，与对毛泽东的态度有关系，即使他走下"神坛"，但他仍然是后人难以企及的一代伟人。1950年，毛泽东主席在这里亲笔为省委、市委和哈尔滨市第二次团代会分别题写了"不要沾染官僚主义作风""学习""奋斗""发展生产""学习马列主义"等五幅题词。为了贯彻人民领袖的指示，展示新中国人民自强不息的精神面貌，1958年便把颐园街东面的一条城市主要的南北向马路义州街和国课街改称为"奋斗路"。

国课街本是俄文的音译，带有浓厚的屈辱的殖民地色彩，奋斗路则响亮了许多，是真正意义上的中国名字。

然而，在2003年，奋斗路却改回到一个彻底的俄罗斯名字——果戈里大街。这不是一个简单的名字变迁，而是城市风格城市文化的错位，甚至是民族自信心的丧失。

毛泽东那一代人奋斗的目标，是让"中国人民从此站起来"，而现在有些人不想再要毛泽东了，或许是他们觉得自己站起来太累，靠在洋人身上更"洋"眉吐气，或挤在一团更安全更稳妥。我为自己来晚了而遗憾，如果在还叫"毛主席住址纪念馆"时来参观就更好了。

神州走笔

无山无水不入神
塞上江南冰峪沟

—— 庄河冰峪沟游记

2014年5月小长假，我们开车来大连度假，同行的人有老陆夫妇、林向阳夫妇，我、小戴还有老陆的战友徐海林。徐海林的老家就在大连，这次出来，就由他来充当向导了。游冰峪沟是这次度假的主题，从大连开车到冰峪沟，一路淅淅沥沥地下着雨，到了景区，雨也没有停，这样也挺好的，细雨中乘船游谷，会是另有一番趣味吧。

冰峪沟这个地方以前曾经来过，印象中不过如此而

已。可是，进到景区一看，似曾相识，又不相识。突然觉得变化很大，当年的潺潺流水，现在已经波涛汹涌了。当年的小池塘，也已经"高峡出平湖"了。新开发的"登山栈道""漂流""船游"等，很吸引人，要不是太累了，我也想上去试试，由于体力的关系我们只好望山兴叹了。景区内项目多了、景点多了、档次高了，真是有点流连忘返的感觉了。

冰峪沟（简称"冰峪"）位于辽宁省庄河市仙人洞镇北部，由龙华山、小峪河谷和英纳河谷构成，中心景区 47 平方公里，保护带 64 平方公里，规划总面积 100 多平方公里，风景区内有景点 30 多处，景观数百个。冰峪沟景区内的山属千山余脉，石英岩结构，是黄河以北罕见的保存完整的喀斯特地貌。

早就听说冰峪沟风景区内风光旖旎，景色秀丽。既有云南石林的奇特，又有桂林山水的秀丽，峥嵘中含有丰润，粗犷雄奇中寓有妩媚，浓墨重彩中蕴含淡雅，奔情豪

神州走笔

放中透显庄重，因而被冠以"辽南小桂林""东北九寨沟"等美称。其中最著名的要数龙华山腰的仙人洞，洞内有道佛两家寺庙，日日香烟缭绕，美不胜收。

当我再次与冰峪沟接近于零距离时，我才真正体会到她的宁静，她的美丽。

顶着蒙蒙细雨，清新的空气塞满了我的大脑、嘴巴，以至于身体的每一个细胞，一种回归大自然的感觉油然而生。不想动脑，不想说话，甚至不想知道自己在哪里，只想好好享受现在这种感觉，让心情随风而飞，愿意飞到哪里就飞到哪里吧。

在冰峪风景区众多的沟谷中，可以游览的主要有南沟和北沟，大自然的美景妙韵仿佛全浓缩在其中。

冰峪沟的水主要是指流经景区内的两条河：英纳河、英纳河支流小峪河。英纳河如一条白色的绸带，沿着冰峪盘旋而去。小峪河则如一根银线，缠绕着一座座孤峰山林。由于亿万年的冲刷，冰峪的河道清洁如新，并形成了一处处洁白柔软的沙滩，各种形态的鹅卵石遍布河谷。冰峪的河底多是岩层结构，碧水清澈如镜，游鱼细石清晰在目。

坐在游谷的船上，感受着细雨敲打着船的棚顶，又有风儿从耳边轻轻吹过，好像漫不经心地拨散着炽热，似乎有些凉气，又似乎和你说着悄悄话，气息里竟慢慢染上了颜色，满眼的绿色，清清凉凉的，很是舒服。还有两侧的山在慢慢地舒肢展体，一些叫不出名的树，婆娑着……一堆一堆簇拥而来，让我目不暇接。

冰峪沟风光，既不同于桂林山水，又不同于黄山云海，以其独特的风格和韵味，呈现在辽南的一隅。

游船慢慢地向前推进，好似向我们徐徐展开一幅曼妙的山水画，只见雾气涌进谷口，使这里云雾笼罩，两岸峭壁秀绝，奇峰怪石林立。其中有一根石柱，高40米，称之为"中流砥柱"，它周围水域叫"龙门潭"。因潭中鲤鱼很多，取"鲤鱼跳龙门"之意。双龙汇是流经冰峪的两条河——英纳河和小峪河，此处是两条河交汇点，水中的巨石叫"剑劈石"，剑劈石周围水域叫"月剑潭"。

英纳河是满语"因纳辉"的音译，意为美丽的地方，河长94.9公里，是庄河市境内最长的一条河流。冰峪石林地貌比较集中，山峰连成一片，而有的地方却是孤峰突兀，颇有点小桂林的味道。又有人称其为"天然大盆景园"，因为景区内有"大象吸水""金雕""猪驮龟"等许多奇景。小峪河是南沟的主要水系，这里风光秀丽，"孤帆石""剑眼""小熊盼母归""美女峰""羊背石"等地质奇观比比皆是。过了"大关门"便进入了国家级自然保护区。越往里走，沟两边的森林越茂密，以柞树和赤松为主形成的针阔叶混交林莽莽苍苍，遮天蔽日。无论是在巍巍的山巅，还是在幽幽的沟谷，或是在悬崖峭壁的石缝中，到处可见塔傲然挺拔的身姿。

冰峪沟的另一个出口是一条隧道，它修于1998年，全长258米，是庄河市境内最长的隧道，从这条隧道口可以直接乘车出山，免除爬山的辛苦。沿途也有不少奇景异观，一个是"太白独饮"——一块石峰形似李太白手持酒杯，面对青山独酌豪饮。另一个是"宝塔雄狮"——一块塔状高耸的巨石旁边蹲坐着一个像雄狮一样的石头。还有一处叫"猛虎听经"……

冰峪沟的山，既有北方山岭粗犷豪放的气势，又有南国峰峦玲珑秀美的风姿。这里山石奇特，峭壁曲绕，林木丛生，奇花异草繁多。想不到这里也有云雾奇观，时有云海如潮，涌入奇峰隧谷中；时有薄云缥缈似轻纱漫舞，缠绕于峰峦间。

仙人洞位于冰峪景区南部的龙华山天台峰的悬崖下。龙华山海拔561.2米。毛主席的诗词中有两句："天生一个仙人洞，无限风光在险峰。"虽说的不是这里，但情景大致相同。通往仙人洞的道路叫"梯子岭"。梯子岭究竟有多少级台阶谁也没数过，只听当地流传这样一句话："山上八百八，进庙就能发；下山六百六，进庙就长寿。"

这座洞府面积为385平方米。洞府中的庙初建于1398年。庙中供奉的分别是释迦牟尼佛、宝幢王佛、弥勒尊佛，两侧为十八罗汉。登上右侧这个台阶是一个木结构的二层楼，为"玉皇阁"和"三宫殿"，供的是道家尊奉的神仙。仙人洞庙是道僧合一的圣地，尽管门派不同，但他们互为邻居，以和为贵，从未闹过纠纷，堪为世俗世界的楷模。东北角这个石穴约两米高，能容一

神州走笔

人盘腿而坐，传说是宏真法师坐禅的地方。门东这个建筑为钟鼓楼，里面原有一个大鼓和一口铁钟，二三十里外可闻晨钟暮鼓之声，使游人未进庙就能听到仙境的召唤。

大家知道，在冰天雪地的东北，有着与东北气温很不相同的辽南。但是，让我想不到的是，在与东北气候冰火两重天的辽南，竟然有"冰峪沟"这样凉爽的地方。这个地名听起来有些奇特，在这里听到的一个传说，释解了我心中的疑惑。

据说，在远古时代这里发生了一场恶斗。盘古开天辟地不久，从这里的地下突然钻出一条火龙来。火龙很凶猛，驾一团火烧云，口喷烈火，祸害生灵，走到哪里，哪里就是一片焦土。

一天，火龙来到大海边上，想把大海烧干。它把尾巴伸进海里搅动，转眼之间，海水就像烧开锅似的奔腾翻滚。火龙毫不顾忌地玩起来，谁也管不了它。然而，世上有矛就有盾。这里的海洋深处有一条冰龙，性子沉稳，身上有一种特别的寒气，每到一处便积冰如山。冰龙在海底修身养性，忽然一股热流冲来，它吃了一惊，忙跳出海面，只见一条火龙口吐火焰，便冲上前去。火龙见海里跳出一条浑身是冰的龙来，也迎上前去。两条龙从海面上打到空中，又从空中打到地面，打得难解难分。火龙恨不得把冰龙烧死，冰龙恨不得把火龙冻死。斗来斗去，难分胜败。冰龙心生一计，一头钻进海里。火龙以为冰龙战败，又用火烧海。冰龙歇息一阵子，恢复了元气，冷不防从海里钻出来，像拧麻花一样扑到火龙身上，火龙还没转过神来，就被拖进深海里淹死了。

冰龙得胜后兴高采烈，心想：从今往后海洋是我

神州走笔

的，陆地也归我了。它腾云驾雾凌空而起，看到这里山岭起伏，挺拔俊秀，果然是个好地方，可被火龙祸害得大地枯焦不堪。

冰龙游览了很久，觉得累了，便找一处（就是现在冰峪这里）睡起觉来了。这一觉睡得可不一般，不知是几万年。冰龙身上的冰增加了一层又一层。原来的山岭沟壑，都被冰山盖在底下，草木冻在冰层里，鸟兽也都被冻在冰下。这里，完全变成了冰世界。

这件事惊动了上苍。玉皇大帝派杨二郎下凡，让它用赶山鞭把冰山赶到海里去。杨二郎狠打一鞭，只削掉了冰山尖，接着冰山又长起来，打来打去也没把冰山赶走。

无奈，玉皇大帝把太上老君找来问计。

太上老君说："把我炼丹的八卦炉三昧真火倒在冰山上，不知行否？"

玉帝准奏。太上老君驾起祥云，道童抬着八卦炉来到冰山上空。老君打开八卦炉，把炉火全倒在冰山上。只见冰山腾起一团白气，一层冰被烧化了，过一会儿火灭了，冰山又长起来。就这样烧了长，长了烧，还是无济于事。太上老君一看不行，只得回去交差。

玉皇大帝思来想去，决定派太白金星去请太阳神。太阳神来到冰龙沉睡的地方，掏出宝镜向冰山照去，见冰山底下一条冰龙枕着高山在酣睡。他从怀里掏出一根金针摇了摇，针越摇越长，光芒万道。太阳神手持金针破冰而入，对准冰龙脑门扎进去，只听一声大叫，冰龙挣扎几下，四脚朝天死去了。

太阳神见冰龙死了，收回金针，掏出火镜向冰山照去，火镜所照之处，便是大火一片，冰山一会儿就被烤化了。从此大地又恢复了生机，山上山下，鱼游鸟飞，稻谷飘香。经过火龙和冰龙的折腾，给冰峪留下了许多痕迹，如红色的山石，是火烧的；清凉的水，是冰龙寒气汇集的。后来唐朝东征，李世民和薛礼阳春三月到这里，追杀高丽逃兵，见这里奇峰连绵，古林遮天，沟谷里冰封雪冻，便给起了个名叫冰峪，一直叫到今天。

走进冰峪沟犹如进入世外桃源。我渴望我的心灵突破躯壳与她交流，她超凡脱俗的气质和内涵深入我的灵魂，我读出了自己的肤浅和渺小。荡涤人的心灵的东西往往远离尘世，这也是凡夫俗子众多的原因。

不知什么时候，雨已经停了，太阳悄悄地出来了，向人们头顶倾斜着骄傲的阳光，但在冰峪沟的林荫路上走着，你会发现虽然艳阳高照，但却没有灼热的感觉。路的两旁，一面是奇秀峻拔的山体，一面是清澈白浪的河流，凉风习习吹来甚是凉爽，再没有炉火炙烤般难受。越往里走，沟两边森林越茂密，以柞树和赤松为主的针阔叶混交林，莽莽苍苍，阴天蔽日。

回途等船的时候，海林问我："刘哥，感觉怎么样？"

我说："很不错，这是一处很好的旅游地。我到过很多名山大川，各有各的特点，能在我记忆中留下一席的，这里算是一处。"

是啊，这次意想不到的兴致游程，弥补了很多的遗憾。我想，在我的记忆中，"冰峪沟"这个地方，会永久地留存下去……

冰峪沟归来，余兴未尽，故作此游记。

神州走笔

烟 台 行

近年来，去山东烟台不知多少次了，有时一年之内就去过两次。这主要是因为我的表弟在烟台，更重要的是老陆在烟台有一套房子，每次去山东既是给房子增加点人气，也是因为有个落脚点。

2014年秋季这次烟台行是事先商量定的，本次去烟台只是落脚儿，因为已经定好了10月5日从烟台去上海的车票。我们这次的主要目的地，是以上海为中心，辐射华东地区的主要景点为旅游地。老陆夫妇和林向阳夫妇已经于"十一"长假之前就去了山东，我和戴宇生则买的是10月4日的机票。

飞机经过1小时40分钟，于11：30分，安全降落在烟台机场，老陆已经安排他的同事三胖子来机场接我们。三胖子也是利用"十一"长假，自己开车带着妈妈、姥姥和女友来旅游的，在山东期间也住在了行长家里。别说，虽然在哈尔滨与三胖子经常见面，并没觉得什么，但能在山东见面，还真有一些说不出的亲切，要不怎么说"亲不亲，故乡人"呢。

中午的接风宴就安排在老陆家，才几日未与老陆见面，今日一见就像隔了许久，看着向阳夫妇和老陆媳妇在厨房热火朝天地忙碌着，真有一种到家的感觉。站在

神州走笔

窗前向下俯瞰，半个烟台开发区尽收眼底，但我们并不在意这深秋美景，因为我们与烟台太熟悉了。

中午的餐宴实在是太丰盛了，进入 10 月份，也正是山东的丰收季节，各种海鲜个大肥美鲜活，瓜果梨桃琳琅满目、清香飘逸、鲜艳欲滴。我们自然又是一顿风卷残云般的大喝。说起喝酒，不得不说老陆对啤酒既是情有独钟，又似贫下中农对地主老财怀着深仇大恨一般，每次端起酒杯，都是以最快的速度、干净彻底地将其消灭。而这次喝酒又不似在哈尔滨，自然又多了许多喝酒的理由，酒局也自然比平日里设的时间要长，以至于我们每个喝酒人都忘记了时间，最后将老陆媳妇烟台的朋友小 D 喝得连家都找不到了。

大约是在临近傍晚的时候，我们的酒局才散。在向阳的提议下，我和他到离老陆家不远的一个农贸市场去转一转，这既是为了消化一下肚里的食物，也是想看看当地的特产。在农贸市场，我被水果摊上的苹果吸引住了，这里的苹果个头大得出奇，每个苹果都在一斤多以上，且红得让人激动，以至于不忍下口去吃。早就听说山东有这样一句俗语，叫做"烟台的苹果，莱阳的梨，潍坊的萝卜不去皮"。此时见到烟台的苹果，算是领教了此话的真实不虚。苹果虽好，但价格也不低，每斤都在 8 元钱。我想起了家里的媳妇，每到初一、十五都要给佛敬香上供，这烟台苹果是再好不过的供品了。想到此，我二话不说就买了 6 个。

由于我的一时冲动，这 6 个大苹果跟随我周游了整个华东大地，当回到哈尔滨才发现，哈尔滨的农贸市场也有这种苹果，只是个头略小一些，但价格才 4 元钱一斤。

西塘古镇印象

经过一天一夜的火车，我们于 6 日早晨到达上海，阿明已经在车站等我们了。阿明是老陆的发小，我们也很熟，在接下来的旅游中，阿明的精心周密安排起了关键性作用。在上海吃过早餐，阿明将自己的商务用车借给了我们，他自己则开着一辆奔驰跑车引领我们匆匆上路了。我们的第一站是西塘古镇。

西塘，古称胥塘，又名平川，在春秋战国时代，曾是吴越两国相争的交界地，故有"吴根越角"之称。据说现在仍有千余户居民保持着原生态的生活习惯，这也为千年古镇增添了别样风情。

虽然已经进入秋季，但天空晴朗，又有好友相伴，还是带给我们此行的些许期盼。

一进入古镇，我们所有的人都被这里的别样景致震撼了。古镇的长街曲巷，黛瓦粉墙，飞檐漏窗，在一堤如烟的绿意里逐一若现。西塘沿河而居的人家，用一根根圆木柱子撑起黑褐色的瓦棚，缓缓倾斜的姿势如一首悠长的曲子，时而高扬层叠，时而又低回绵延，如此蜿蜒起伏而又和谐统一的长廊是那样的别有韵味。西塘的主干就是水道，水岸边是长长的"烟雨长廊"，而横跨整个水道的，是十几座大大小小各有特色的古石桥。水岸的人家，或开了小店铺，或开了小馆子，以饷各位外乡食客，更多的是开店留客住宿。

我们一路沿街走来，观风土人情，看小桥流水，时间在这片天地里仿佛凝固了，在水的流动里方能感到缓慢的脚步。每一步都是一个景点，每一个景点都是一段历史，在影像间留下过去的味道。烟雨长廊是晒太阳的绝好之地，一张靠椅，一杯清茶，眯着眼，懒洋洋地，看历史，也看流动的风景。可以昏昏欲睡，也可以让店家端出清蒸白鱼丝、八珍糕和荷叶粉蒸肉等西塘美食，慢条斯理地去享用。

西塘不大，略走几步，就是古镇原来的住户了，其中明园印象较深，那种质朴感的中式建筑，恍如回到了那个年代。那雕栏的木格子，让思绪如缕缕烟花，在那些似水的流年里，仿佛之中看见了柳亚子和南社的文明诗人们，在东园客栈的廊棚下饮酒作赋，引吭高歌。明园也是青砖铺设，只是更符合现代人的生活需要，宽度适宜，没有局促之感，更多了小弄意境，光线流金般地

神州走笔

洒在漏窗上，光阴悄声息地静躺在一块块青石砖上，思绪良多。明园的建筑古朴而不张扬，犹如西塘，站在任何一座宅门口，都看不出一丝恢宏之气，也许与这里的人群平静谦和、朴实低调有关吧。

西塘有一百多条弄堂，最宽的弄约一米开外，最窄的弄仅限一人通过。宅弄深处，蜿蜒曲折，两侧的青砖墙高高耸立，扶墙行走，仿佛思绪沿着岁月记忆延伸，有着深邃静谧的飘逸。

和所有的水乡名镇一样，有许多吸引人的古桥，这里的来凤桥和永宁桥去的人最多，也许是因为在古镇的中心位置，永宁桥又恰逢两条水道的交汇点，岸旁酒肆人家，茶馆喧闹，也确有别样风情。阿明说，入夜，整个镇子都会点起红灯笼，映着悠悠的古河道，很是赏心悦目。

走入街巷，河堤、嘈杂的店铺，那一路店家用商业的眼光捕捉着游人，举手投足，我已少了游览的情趣。只能在想象中寻找古朴而安逸的过去，幸好五颜六色庸俗的装扮和人为的"做旧"并不多，否则，我会怀疑，那曾经的眷恋，是否只是文人笔下的一种无病呻吟？江南小镇的景致和布局差别都不会太大，因保留了太多，抹淡的装饰痕迹，加上原生态而使西塘还不至于有"养在深闺人未识"的感觉。如果有机会小住一晚，又逢细雨的话，也许会更有一番情趣。

一直以来，我都对江南水乡古镇有一种莫名的情怀，也许是在喧嚣的大城市里长大的人，特别渴望一种"采菊东篱下"的田园世界。而江南的水乡又是最易触动人内心深处的神经，因为她的安详、淡泊，如诗如画。今年的 10 月，在这深秋季节，我终于来到了江南

神州走笔

著名六大古镇之一的西塘，遂成此愿。我一直在想，为什么一直很向往的地方，现在才会去？现在总算明白了，年轻时去哪里很重要，和谁去并不重要；现在的心境是，去哪里并不重要，和谁去才是重要的。

别了西塘，梦里水乡，烟雨江南。

醉雨烟尘　人间天堂

——千年古城乌镇掠影

　　离开西塘，已经是下午时光，我们又驱车赶赴千年古城乌镇。

　　乌镇又是一座有着几千年历史的江南古镇，它位于浙江嘉兴市西侧，素有"鱼米之乡，丝绸之府"之美称。一条河将镇子分为两半儿，以水为街，以岸为市，两岸房屋建筑全都面向河水，形成迷人的水乡风光。

　　早在春秋时期，乌镇是吴越边境，吴国在此驻兵以防备越国，宋代即为小镇，距今已有上千年的历史。唐朝《索清明王庙碑》里，就载有乌镇之说，相传唐朝浙江刺史李其叛乱，朝廷派乌赞将军去镇压，乌将军一路

神州走笔

奋勇杀敌，叛军节节败退。后来到乌镇这片土地上的时候，乌将军不幸中了敌人的埋伏，最终战死沙场，当地人为了纪念这位将军，遂把这里命名为"乌镇"。

乌镇的河并不十分清澈，看上去碧绿中有一些沉稳，柔软中有一些凝重，没有滚滚的波涛，也看不出有什么涟漪，就像一块巨大的碧玉，安放在河道中，要不是时而有一只乌篷船划过，荡起一道道波纹，还真以为这是一条不动的河流。然而，河岸边的阁楼廊坊、树木花草，倒映在水中，上下辉映，很像一面镜子，更像一幅写意的水彩画，将江南水乡的神韵表现得淋漓尽致。

沿河而建的木阁木楼，以河为街，以河为路，蜿蜒曲折，一律是明清风格的建筑，粉墙黛瓦，木柱木门，没有彩色油漆的涂抹，一律是木料的本色，有的是棕黄色，有的已经显出苍黑古旧颜色，屋基下有的是厚重的条石，有的是苍灰色的青砖，上面有斑驳的痕迹，古香古色，古朴厚重，展现出岁月的久远与深沉。这些房屋，有的人家门前是一条木柱支撑的长廊，长廊沿着河岸边还有一道栏杆，紧挨着栏杆有一条长长的木板凳，行人可以坐在那里休息聊天纳凉，也可以观赏河景。有的人家没有在河岸边设门，而是将后墙窗户对着河岸，清晨打开窗户，即可以河为镜，对镜梳妆；晚上枕河而眠，在桨声咿呀的伴奏中，甜蜜入梦。这是只有水乡人家才能享受的温馨与闲适。

和许多江南水乡小镇一样，乌镇的街道和民居皆沿溪、河而造，以河成街，街桥相连，依河筑屋，水镇一体，正所谓"人家尽枕河"。与众不同的是沿河的民居有一部分延伸至河面，下面用木桩或石柱打在河床中，上架横梁，搁上木板，人称"水阁"，这也是乌镇所特有的风貌。水阁三面有窗，真正"枕"着河。茅盾曾在《大地山河》中这样描述故乡的水阁："人家的后门外就是河，站在后门口（那就是水阁的门），可以用吊桶打水，午夜梦回，可以听得橹声欸乃，飘然而过……"可惜我有幸能来到这样的水阁中，却没能听到那昔日的"橹声欸乃"。

有河就有桥，据说乌镇的桥最多时有120多座，年代悠久的古桥连接两岸，更连接着乌镇的历史。每座桥都有它尘封的故事，无论是平淡无奇的简易板桥，还是雄伟壮观的石雕拱桥，都经历了千秋沧桑，铭刻着悲与乐，支撑起一个古镇的崛起。河岸不宽，石拱小桥轻卧河上，既给行人提供方便，又像一个精致的镜框，装饰着桥孔两面的水乡风光。垂柳依依轻拂，蓝天白云悠悠，碧水缓缓荡过，小船桨声欸乃……在桥洞的这面，望着桥洞对面，那景色会让人产生无限的遐想。

乌镇的石板小巷，是它的另外一个特色。各式各样的民居，街道狭窄，全部是用青石条铺成，经过无数人的踩踏和千百年岁月的磨蚀，没有了棱角分明的张扬，只留下光滑圆润的柔和，走在上面感到那样的自然和亲切，连脚步声也觉得格外悦耳。游客的行走，脚步总是轻轻地，院里虚无的繁华，时光在这里寂静成一支悠远的古曲，娉娉袅袅，在飞檐窗棂和青瓦当间穿行，行走

在幽深的古巷里，繁华的影像沉在水底，到影里斑驳陆离，雨落发间，心事也便随着聚散不定的波光流淌。

乌镇的街巷中，有许多店铺，都是出售当地土特产的，比如丝绸呀，蓝印花布呀，还有江南的小吃呀，一切都显得那么质朴，那么自然，那么和谐，真正进入了一个原生态的氛围之中。

乌镇有着悠久的历史和深厚的文化底蕴。历朝历代，这里一直是一个人才荟萃学子辈出的江南水乡古镇。南北朝时期，梁朝明太子萧统就曾在此跟随文学家沈约学习，并在此编写出《昭明文选》，当代文学巨匠茅盾就出生在乌镇，在他的小说《子夜》《春蚕》《林家铺子》等"五四"以来最优秀的文学作品中，都有着乌镇的影子。

如今在乌镇行走，尽管没有了头戴瓜皮帽，身穿长布衫的人物了，但是看到那岁月悠久的木板门店铺，眼前依然会晃动一下《林家铺子》里那位精明干练的林老板形象；看到沿河划来的乌篷船，依然会出现老通宝那朴实忠厚的模样……然而物是人非，茅盾小说中的人物，早已消失在岁月的深处。依然是江南水乡，但在青石板小巷中行走的，在乌篷船上游览的，大部分是熙熙攘攘的外地游客。古韵悠悠，但观赏古韵的，已经是一代新人了。

乌镇，让人深思，也让人回味无穷！

神州走笔

好一个徽州古城歙县

——夜游歙县西园建筑

　　来到安徽歙县已经是傍晚时分，阿明为我们安排了歙县最好的宾馆，放下行李，顾不上阿明厂家给我们安排的晚宴，便被歙县西园独特的建筑吸引而去。

　　今夜，正值农历九月十五，一轮皓月悬在头顶，映衬着徽州千年的历史、悠悠的文化。独具民族特色和徽州文化的西园建筑群，过去只在中国邮政发行的纪念邮票《中国民居》上见过，不想这次竟能身临其境，近距离地深刻体会和领略其建筑文化的博大精深。由于夜色已晚，这里不再收门票，我们又感觉捡了很大的便宜，一路贪婪地寻觅。

我和老陆媳妇王玉萍一路抓拍，不放过一处美景，又相互给对方留影，不想就落在了队伍的后面。这样，正好给了我独自细细品味西园建筑文化的机会。

　　西园位于我国三山之首黄山脚下，徽州古城歙县练江西岸，26栋已建成的房屋格局体例，古色古香，完美地重现了明代建筑肥梁瘦柱、简约舒展，清朝及民国建筑内涵丰富、雕刻细腻的特征风貌，无不尽显徽商大家族宅地礼仪、教化、进取、休闲等诸多功能。每处大宅院的细节均体现在那一幅幅繁丽多姿、精美绝伦的古典装饰艺术雕刻上。院内的艺术雕刻数不胜数，若想观其神、研其源，没有个十天半月，平常人根本无法企及。抬眼望去，百年以上的古树名木，到处尽是，古木生香，与建筑群相互印证，追今述古。

　　西园源于清初状元徐远文、榜眼徐乾学、徐秉义祖上的大宅遗址，经修旧如旧的建筑地处练江之西，故称"西园"。"西园"是集徽派精粹之大成的经典建筑，是

徽派商家宅第园林群落的一个缩影。在徽州地区现今尚有大量徽派古建筑遗存，散落在大大小小的村落中，吸引着海内外无数游客纷至沓来。

西园建筑集徽州山川风景之灵气，融风俗文化之精华，风格独特，结构严谨，雕镂精湛，不论是整体构思还是平面及空间处理，建筑雕刻艺术的综合运用，都充分体现了鲜明的地方特色。尤以民居、祠堂和牌坊最为典型，被誉为"徽州古建三绝"。它在总体布局上，依山就势，构思精巧，自然得体；在平面布局上规划灵活，变幻无穷；在空间结构的利用上，造型丰富，讲究韵律，以"马头墙、小青瓦"最为特色；在雕刻艺术的运用上，融石雕、木雕、砖雕为一体，显得富丽堂皇。

徽州居民讲究自然情趣和山水灵气，房屋布局重视与周围环境的协调。自古有"无山无水不成居"之说。徽州古居民大多坐落在青山绿水之间，依山傍水，与亭、台、楼、阁、塔、坊等建筑交相辉映，构成"小桥、流水、人家"的优美环境。民居多为三间、四合等格局的砖木结构楼房，两层多进，各进皆开天井，充分发挥通风、透光、排水作用。人们坐在室内，可以晨沐朝霞，夜观星斗。经过天井的"二次折光"，比较柔和，给人以静谧之感。雨水透过天井四周的水枧流入阴沟，俗称"四水归堂"，意为"肥水不流外人田"，体现了徽商聚财、敛财的思想。

民居楼阁极为开阔，俗称"跑马楼"，天井周沿还设有雕刻精美的栏杆和"美人靠"。一些大家族，随着子孙繁衍，房子就一进一进地套建，形成"三十六个天井，七十二个槛窗"的豪门深宅，似有"庭院深深深几许"的意境。

西园的建筑面积不是很大，但每走一步，都让人流连忘返，独特的景致美不胜收。匆匆走上一圈，夜已经很深了，当头的皓月已经离我们远去，但我们的游兴还未尽，大家相约明早再重游西园。

神州走笔

幽暗凄迷映衬岁月沧桑

——斗山街遐想

来到歙县西园，就不能不提到有名的斗山街。与其说它是一条街，倒不如说它更像一条巷子。据说，斗山街之名得自其所依之山，因土丘相连，状如北斗七星排列，故称"斗山"。应该说，斗山街是一处集古民居、古街、古雕、古井、古牌坊于一体的徽州建筑文化标本。

斗山街建于明清时期，街内有典型的徽州民居汪氏家宅、官宦人家杨家大院、古私塾许家厅、世代商家潘家大院、千年"蛤蟆井"、罕见的木盾牌坊——"叶氏

卤节坊"等等，它犹如一幅长长的历史画卷，向人们娓娓讲述着古老而又凄美的故事。青石铺就的路面，狭长悠远，宛如再现戴望舒笔下的"雨巷"。

像所有的古巷一样，斗山街隐含着太多太多的幽暗凄迷。这里徽商住宅成群连片，似一派明清幽静风格。漫步其间，仿佛穿越历史的古道，同徽商进行心灵的对话。街长约1华里，曲径通幽，一色的青石板路面，两边是鹅卵石镶嵌的图案。我专门问过陪同我们的管理员，她说，这些都是当年留下的，没人动过。从这些细碎之处，可以想象徽商对生活的安排和打理是多么的精细。

在这幽深的巷道两边，就是徽商留下的老房子。老房子以天井为中，心向内封闭组合，那么多的马头墙摩肩接踵，挤得很近，却相互错落，互不压制。管理员说，这样的老房子是为了防盗，还有暗室生财的意思。细细想来，这可能跟徽商常年外出有关，高墙深院，少了些许担忧。

神州走笔

留守在家的妇孺必须无奈地接受这样的现实。陪同我们的管理员，还特意让我们去看看至今矗立在新安江上的明代紫阳桥。她说，站在紫阳古桥高大的洞口面前，说不定能感受到当年送别徽商的孺子那空洞的眸子，那里写满了无奈，也写满了宽容。妇人们唯一的期冀和能做到的是，在丈夫经商获利之后，用他们捎回的银子建造起富贵豪华的房屋，满足一点点短暂的虚荣心，有点头脑的，就会督促后代，苦读文章，以换取功名。

从斗山街上遗存的官宅和民居来看，这里有着"以商养文，以文入仕，以仕拓商"的传统。一个很好的验证是，街上许多徽商的家里，至今供奉着孔子的画像。画像前面的客厅是教授孩子读书的地方，那里的石凳石桌宛在，还有生机勃勃的桂花树守卫着，这应该是普通有钱的徽商家里最常见的吧。外面古巷幽寂，院内书声琅琅，桂树飘香。埋头读书的子孙，幸运者从深宅大院走出，又开始了雄心勃勃的谋划更大的发家计划，其中最直接的表现，就是建造更具气势的房屋，借以承传祖辈的叮咛。

斗山街上的杨氏建筑，就是一个典型的写照。杨氏先祖世代为官，住宅占地700多平方米，气派非凡。而那些没有谋取功名的徽商后代，只能在严格的营造法规下，利用种种隐喻的手法，暗示和期求四季平安和幸福吉祥。这样一来，斗山街就形成了一个纷繁复杂的社会，它把徽商和官员的不同住宅风格融为一体，却又互相辉映、互相补充，不能不说这是徽商文化巧妙的反映。住在这个古巷深宅里的徽商，当初各怀心事，后又随岁月而湮灭，只留下这些旧物，让后来的人窥视和揣摩。

古街巷终究难以避免岁月的侵蚀，有的豪门富宅已经成陋室空堂，但长街幽巷依然深藏着古井回廊。一代徽商远去了，留下这段璀璨的古巷，让有机会前来的游人，了解和感受这段苦涩而又辉煌的历史。

站在古巷的尽头，突然心生落寂。旅游到此却没赶上下雨，而这样的古巷是适合下雨天来感受的。细想一下，绵绵不断的细雨中，独自撑起一把雨伞走过，然后驻足倾听，宛如有细碎的脚步声渐走渐近，又渐行渐远，一定会让人泛起无边的遐想，就好像徽商泛黄的旧照片，在眼前飘来飘去……

神州走笔

桃花源里寻人家

——探访安徽黟县西递村

　　10月7日一早起来，我们就驱车前往安徽黟县著名的古老村落——西递村。

　　西递位于安徽黟县东南8公里，黄山市西北50公里处，村中居民多姓胡，相传为唐太宗李世民的后裔，为避免战乱而改姓胡。在胡氏家训中至今仍保有"胡李不通婚"的祖训。村子始建于北宋皇祐年间，发展于明朝景泰中叶，鼎盛于清初，现在的建筑仍保持着昔日的辉煌。

　　西递，古时是一个驿站，名曰铺递所。我想，在昔日的西风古道上肯定奔跑过日行八百的骏马，它们在这

神州走笔

里作短暂停留后再绝尘而去。如今，你站在村口，无论在哪个时间的节点上，再也望不见宋元明清那些烟雨朦胧的岁月。

西递村有两溪，它们用温柔的臂膀几百年如一日地将那些老宅搂入怀中。这里的溪水"不之东而之西"。宋代文学家苏东坡曾游览浠水清泉寺，见溪水西流，作词《浣溪沙》："谁道人生无再少？门前流水尚能西！"汉乐府《长歌行》："百川东到海，何时复西归。"溪水西流现象实属罕见，所以谓之福地。北宋皇祐年间，胡姓族人的祖先，看上了这块风水宝地，栖居于此，生生不息，直至今天。九百余年的风雨沧桑，西递依然如故，不能不说是一个奇迹。

前边溪和后边溪在西递村口汇聚成一个浅塘——月湖，湖面开阔，不见波纹，宛如一块巨大的碧玉镶嵌在村口。

进入西递村，映入眼帘的是广场上矗立的一座高大牌坊——胡文光牌坊。据说它建于400多年前，牌坊高12米，宽近10米，系三间四柱五楼单体仿木结构。牌坊东西两面分别刻有"荆藩首相"和"胶州刺史"八个大字。青石牌坊峥嵘巍峨，结构精巧，除了充分体现昔日的皇恩浩大外，还能隐约再现现代红卫兵的"手迹"。历史上西递曾有13座牌楼，大多是旌表孝悌贞节的，而直接由皇帝恩准敕建的牌坊可能独此一座。抬眼望去，村旁天马山上的松树和杉树葱郁茂盛，山下池塘波光粼粼。正是孟浩然古诗所描写"绿树村边合，青山郭外斜"的意境。

西递村呈船形，99条高墙深巷构成东向为主、向西延伸的村落街巷系统，走进去后如置身迷宫。西递村建房多用黑色大理石，村中各家各户富丽的宅院，精巧的花园，黑理石制作的门框、漏窗，石雕的奇花异卉、飞禽走兽，砖雕的楼台亭阁、人物戏文，以及精美的木雕，绚丽的彩绘、壁画，都体现了中国古代艺术之精湛，且布局之工、结构之巧、装饰之美、营造之精、文化内涵之深为国内古民居建筑所罕见，堪称徽派古民居建筑艺术之典范。

我们沿着青石板铺成的大街路，只几步就到了民居景点"旷古斋"。"旷古斋"堂名系今人给取的，寓广博古徽文化之意，由当代著名书法家刘炳森手书。西递的住宅都有高大封闭的墙体，很少向外开窗，设置天井，以供采光，阳光由长方形天井射入，一缕缕如同织机上的五彩经线。下雨时，屋顶的水流汇聚于天井，再从下水道排出，故有"四水归流堂"的说法。"旷古斋"堂前两侧厢房陈设古香古色，左为书房，内悬陶渊明《桃花源记》字画横轴，书案上有文房四宝；右为居室，家具上薄敷轻尘。古老彩绘雕花木床，静置一隅，怀着对昔日主人的迷茫追忆。

走出"旷古斋"前行几步，来到村子横街上，依次有桃李园、东园、西园、大夫第等民居建筑。

桃李园建于清咸丰年间，系徽商胡元熙旧居兼私塾蒙馆。正屋为三间三进两层结构，二进楼上设有独特的

神州走笔

"楼上井"，使整个房屋光线充足，空气流畅。小姐居于楼上，可从木雕扶栏处偷偷观看来往家中的青年男子，以便选取如意郎君。二进与三进之间的门上有隶书"桃花源里人家"匾额，后进两侧次间用以相隔的几块花扇门面上镶有漆雕《醉翁亭记》全文。欧阳修说："醉翁之意不在酒，在乎山水之间也。"此时品味，顿觉欣然。

东园门额上方有扇形漏窗，左首屋墙上有秋叶形漏窗，寓意"抬头行善，落叶归根"。西递人多地少，他们大多以在外经商为生，有句民谣："前世不修，生在徽州，十三四岁，往外一丢。"他们少小离家，无论多远多久，落叶归根是他们最终的愿望。

西园系清道光年间知府胡文照所建，园内有花卉鱼池，假山盆景、石几石凳，至今还保留有"西递"二字的古石刻。石雕漏窗"岁寒三友"，构图清新，雕刻精湛，为西递石雕极品。后园门内有石栏古井，井沿满是勒痕，井水幽深清冽。绣楼是大夫第主人建的一座临街阁楼。据说这里曾经推出个"抛彩球，选佳婿"的民俗表演节目。可惜，我们来时并未遇到，否则花落谁家，也未可知。楼下的小门比正屋墙体缩进一大步，门额上有石刻"做退一步想"。大夫第的主人是做过知府的胡文照，回到故乡的他，能遵从村族之规，如此谦卑实属不易。

不远处是前边溪的石桥，桥下浅浅的一脉流水有阳光在上面顽皮地跳跃。我想起梭罗在《瓦尔登湖》里说的那段话"时间只是我垂钓的小溪，河水潺潺而逝，永恒却保持不变"。西递就是这样一条清浅宁静的小溪，面对它我们不仅能看清自己疲惫的面容，而且也能感受到岁月的温暖。卞之琳老人在《断章》中说："你站在

· 171 ·

桥上看风景，看风景的人在楼上看你。"石板街的两旁是些有格窗的木楼，昔日定然有些美丽孤独的女子在那上面凭栏倚望。

正午的阳光，格外的灿烂，走在西递的石板街上，我们的脚步总也踩不住地上的阳光。生活中有很多东西我们是无法把握的。《牡丹亭》的作者，那个与莎士比亚同时代的伟大剧作家汤显祖说过："一生痴绝处，无梦到徽州。"今天我们真实地来了，真切地感受到西递近千年的坚守与渗入骨髓的宁静。烟雨江南，粉墙黛瓦，水墨徽州。这就是我们所向往的西递，如诗如画的世外桃源。

在西递的石板街上走时，你会产生一种错觉，仿佛你正是某个归乡的游人，经过多年风雨的漂泊，带着一身的疲惫和对亲人的思念回到了故乡。

西递的静美与我们的内心某种需求相契合，就如琴房里有许多的琴，当你拨动其中一把，其他的琴也会应

神州走笔

和轰鸣。西递就是那把能引起我们内心共鸣的琴。

西递是一本有待我们阅读的线装书，这当中肯定有许多美丽而又古老的故事。你可以想象春季，田野盛开着金灿灿的油菜花，黟县青的石板被春雨润湿后更加光亮如镜，清纯的江南女子，穿一袭印花布衣，撑着油纸伞从小巷那头向你款款而行。

你也可以想象，大雪封门、山野尽为积雪覆盖，前边溪、后边溪像是在宣纸上留下的两道浓郁的墨痕，随意、自然。冬雪后的西递，黑白对比更加强烈。平时分开放置的合欢桌终于合在一起。堂屋里，小孩欢乐的笑声，大人忙碌身影，灶膛里闪烁着温暖的火光。祭祀完祖先后，一家人围坐在一起吃着丰盛的年夜饭，没有什么声响，偶尔相互交换着快乐的眼神。家人的欢聚是这些农民、商人的神圣目的，是他们长年在外奔波劳碌的精神支点。

建筑是凝固的诗歌，几百年前胡姓的祖先，把他们对生活对家人的爱，用建筑的形式固定留存在这个溪水西流的地方。

而今，我们在建筑的诗行中穿行，感受古老的韵律，如鱼在水，用心去体会那份独特于我们这个喧嚣世界的畅快淋漓。

我真想留下，住上一晚。只是从天井看那四百年前的明月，睡在红漆雕花的木床上，听那遥远年代传来的狗吠、鸡鸣，听那夜深人静时婴儿的啼哭与夜归人的敲门声——真的是很美的景色。

但我不得不考虑一同来的朋友，有的人对人文景色、名胜古迹并不感兴趣，更多的是关注当地名吃，要把酒喝好。现在已经过了中午，是该找地方去喝酒吃饭了。

一段历史 一片乡愁 一种精神

——走进胡氏宗祠"敬爱堂"

在西递村，走过前溪的石桥，便是胡氏宗祠"敬爱堂"。

这是一座跨度30米，面积达1800多平方米的砖木结构建筑，硕大规整的梁木给人气势恢宏之感。高悬于大厅的巨幅"孝"字，传说为南宋理学家朱熹所书。这是一幅融书法、绘画为一体的艺术珍品，字的上半部，从右侧看酷似一躬身仰首作揖的孝顺后生，而从左侧看却活现一只尖嘴猴子，其寓意为"孝为人，不孝则为畜生"。孝道是我国传统社会的核心价值观，有它我们才

有几千年不变的坚守着以宗族为单元的社会构成。

"敬爱堂"，原为西递胡氏十四世祖仕亨公住宅，始建于明万历年间，后毁于火。清乾隆年间重建时，因胡氏子孙繁衍，渐趋旺盛，遂扩建为宗祠。溪水绕此堂流过。

敬爱堂门楼飞檐翘角，气宇轩昂。一进大门，是长方形的天井合院，供采光之用。上庭梁上悬挂彩灯。中门樱花枋上高悬"敬爱堂"楷书匾额，赫然醒目。"敬爱堂"，寓意深远，既启示后人须敬老爱幼，又提示族人要互敬互爱，和睦相处。故作为宗祠，一直是商议族事之室，兼作族人举办婚嫁喜事、教斥不肖子孙的场所。

胡氏宗祠除了教育训诫子孙外，最重要的当然还是祭祀祖先。据导游介绍，胡氏宗祠的祭祀活动非常庄严隆重，每年正月初五胡氏支丁（包括迁往外地外村的胡氏 16 岁以上男孩）全部集中到"本始堂"，由族长带领祭祖。正月初五，祭祀义祖胡三公（名清）；正月初七，在"本始堂"祭祀明经胡氏始祖昌翼公；正月初九，祭祀明经胡氏西递壬派始祖士良公；正月十三，明经胡氏各房头选派支丁代表，由房长率领集中"七哲祠"，祭祀宋元时期明经胡氏胡怀谷等七位经学名家。至于各个房头祖宗的祭祀活动，由各房头另行安排，亦可邀请族长及各房长参加。民俗风情，与世推移。自 1901 年开始，西递的祭祖活动一年三次，即清明节上坟扫墓，农历七月十五和腊月二十四"小年"拜祖宗（父母和祖父为祭祀对象，曾祖父以上老祖宗一般不再祭祀）。如果宗族中如有迎神、祭祖等重要大事，各房长都必须率领本房十六足岁支丁集中祠堂议事，并由辈分高资格老且有文化才能、德高望重的族长主持族会和表态定夺。如有不孝儿孙为非作歹，做了违反族规的坏事，轻者当众批评，责令检查，重者开除祠堂，不得姓胡，并当场从享堂里取走其祖父、父亲的神位焚火烧毁。随之，族长当众宣布，今后他家嫁女儿不得在祠堂内上轿，讨媳妇也不准在祠堂里下轿。

在胡氏的族规中有具体要求：胡氏子弟不分贫富都必须读书，如有困难，本房头应在族田收入中予以资助。不论入仕为官还是从商经营，都要把文化列为首位，把"孝悌忠信，礼义廉耻"作为做人的终生标准。

在徽州现存的大大小小几十座宗祠中，西递的胡氏宗祠无疑最具代表性。它不仅历史悠久分支明确，而且保存得最完好，规模也最大。据导游介绍，西递胡氏原是唐昭宗李晔之后。据《黟县县志》记载："西川胡族，其先本李，唐昭宗李晔之子昌翼公，因避朱温之乱，奶娘及其丈夫将其护带至婺源考水，后随奶娘丈夫胡姓。五代时，中后唐明经科。子孙因以明经别其氏，称曰：'明经胡'。"此后，胡氏后裔就一直居住在婺源考水。直到有一天，胡昌翼的第五代后人胡仕良从婺源去南京经过西递的时候，被这一派青山绿水打动了，随后胡氏一族从婺源迁到了西递。现在居住在西递的人家，一半以上都姓胡，他们耕读传家，那份帝皇之后的高贵渐行渐远。

说到西递胡氏的历史渊源，就不得不说追慕堂。追慕堂是建在西递的胡家祠堂，供奉的胡氏先祖是唐太宗李世民。李世民曾经开创的大唐盛世已经走远，他的"以铜为镜可以正衣冠、以史为镜可以知兴衰、以人为镜可以明得失"的手书，迄今还在祠堂的梁柱上镌刻着。廊柱正中立着的，是这位开明君主的雕像。胡氏一族迁移到西递后，人丁一直不是很兴旺，据当地传说，最初祠堂门上张贴的是当时民间通用的门神"神荼"和"郁垒"。胡家自迁到西递，历经270余年37代，都是一脉单传，家境平常。帝王之后兼有风水宝地，为什么人丁不旺又不发达呢？于是，胡家找来一位颇有声望的风水先生，老先生也百思不解。当他无意间看到祠堂门前的门神，恍然大悟：当年的李世民，门上画的是秦叔宝和尉迟恭，你现在画的是"神荼"和"郁垒"，风水灵气自然就不好发挥了。

据说，追慕堂前的门神换过后，西递胡家开始兴旺发达起来。其实，传说更多要表现的还是西递胡家埋在心底的一种企盼。

作为家族完整性的象征，过去用于祭祀祖先，商议宗族大事的胡氏祠堂现在被开放设立为旅游景点。笔者在西递寻访时，看见经过数次历史浩劫保存下来的三座胡氏宗祠，现在里面只剩下空落的框架和一些保存下来的对联、祖先画像，空旷、宁静，只是不再有从前庄严肃穆的气势。

"聚族成村到处同，尊卑有序见淳风"，"百代祠堂古，千村世族和"，这些正是徽州强盛的宗族社会的写照。作为现代意义上的徽州祠堂，人们又赋予它新的内涵：一座座祠堂就是一个个家族的族徽，是维系整个家族的精神纽带。

祠堂维系家族。众多的祠堂，标志着徽州寻根文化的底蕴是十分厚重的，寻根者仅仅是来寻找一段历史，寻找一片乡愁，寻找一种精神，绝不是重寻宗法制度的噩梦。

神州走笔

从敬爱堂出来，我们一行人又融入街上头戴各色旅游帽的游客中，彼此没有交流的欲望，和那些比肩而立、温暖倚望的庭院相比，我们缺少了什么？又多了些什么？

神州走笔

感受西递古楹联文化艺术

　　素有"桃花源里人家"之称的黟县西递古村落，它的三大特色，即古民居、古楹联、"三雕"艺术令我们目不暇接、称道不已。在游西递时，我买了一本介绍西递古楹联的书，回到宾馆，反复研读，爱不释手。现在我来谈谈，对西递古楹联的感受。

　　楹联，与诗、词、歌、赋一样，是中国文学艺术的一种形式，同时它也是中华民族独有的文学艺术形式。它始于五代，盛于明清，迄今已有一千多年的历史。它主要用于咏物言志、传道说理和写景抒情，有特定的字音相对、意义相连的文学要求，并将语言艺术和书法艺术熔于一炉，具有丰富的内涵和深刻的表现力，加之放置于寺庙、殿宇、厅堂、书斋、楼阁、亭台、廊坊、关隘、桥洞等处，给环境增辉添色，予世人启心生悦。因此说，楹联是中华民族文化的一种瑰宝。

　　西递古楹联正是这种瑰宝当中最亮丽的一枚。它以简洁的语言文字、深邃的思想内容和生动的艺术手法，把中国传统文化理念浓缩成格言，让子孙后辈能够朝夕相见并世代受益。它的存量之多、品味之高、教化之深、书法之美、刻技之精等，是其他古村落难以相比的。

神州走笔

西递古楹联体现了中华传统美德，西递所在的古徽州，不但是程朱理学奠基人程颢、程颐、朱熹的阙里，还是这几位理学大家传播活动之处，至今仍有许多文化遗址，如西递敬爱堂的大堂中央就留有朱熹亲笔题写的巨大沉雄的"孝"字，因而是个崇仁尚礼的地方。在这里形成了为社会所承认的遵守道德准则和崇儒尚文、含而不露的处世哲学。这在西递古楹联的三类楹联（即格言联、言志联、风景名胜联）的前两类中充分体现出来。

体现行好积善的，有"仁心为质襟怀广，善气迎人趣味长"；体现创业守成的，有"大富贵必须勤苦得，好儿孙是从阴德来"；体现节俭持家的，有"传家无别法非耕即读，裕复有良图惟俭与勤"；体现重读好学的，有"得山水情其人多寿，饶诗书气有子必贤"；体现吃苦耐劳的，有"能受苦方为志士，肯吃亏不是痴人"；体现坚忍不拔的，有"君子不忧还不惧，丈夫能屈也能伸"；体现孝悌友爱的，有"孝弟传家根本，诗书经世文章"；体现仁义忠厚的，有"传家有道惟存厚，处世无奇但率真"；体现谦虚谨慎的，有"世事每逢谦处好，人伦常在忍中全"；体现豁达宽容的，有"水惟善下方为海，山不矜高自极天"；体现知足常乐的，有"知足常乐不极乐，但于得时思失时"；体现洁身低调的，有"清以自修诚以自勉，敬而不怠满而不盈"。

历史是一串凝重的音符，它既被谱写在明清几代留存下来的厅堂、厢房、屋柱、照壁、花窗、檐角上，也被谱写在门额、牌匾、碑刻、铜鼎、字画、诗书、楹联里。在西递古楹联的名言俊句里，我看到了闪烁其间的中华民族传统美德的光辉。

西递古楹联蕴含着哲理思想精华，西递古楹联的作者，通过楹联这个载体用推崇、教诲、启迪、劝勉、告诫、鞭策等方式，使世人相信、接受、遵循他们所宣传的价值观、道德观、审美观和处世哲学。因而在西递古楹联中，不少是带有哲理性的，包括做人的准则、读书的道理、治家的诀窍、创业的方略、经商的招数和为官的要领，使这些短小精炼的名联佳对，变成了帮促世人"修身、齐家、治国、平天下"的如珠妙语和劝世良言。

　　悬挂于桃花源里人家中的"世事洞明皆学问，人情练达即文章"一联，是说对世界上的事理都应当明白透彻，这就是学问；对人情世故都要熟悉通达，这就是文章。作者交流了自己的人生体味，传授了"重视关系"和"事在人为"的道理。他勉励世人：要做生活的有心人，注意分析和处理好周围的事物，重视并理顺好人际关系，真正把握应变的本领，使自己立于不败之地。这一看法和主张，对今人仍大有益处。

　　笃敬堂是清代著名书画收藏家胡积堂的故居。堂上挂有两副意见相左的古楹联。一副是胡积堂所作的"几百年人家无非积善，第一等好事只是读书"，他告诫后人"唯有读书高"。徽州人尝到了读书的甜头，无论经商，做官，都需要有知识，把读书列为"第一等好事"，实在不为过分。而行好积善，便是徽州人的处世之道。拿现在的说法，同"品德好"有点意同。德育与智育的教育，放在几百年的"头等大事"，当使每一个西递村人家深思！另一副是胡积堂后人作的"读书好、营商好、效好便好，创业难、守成难、知难不难"，看法大相径庭。胡积堂后人很有见地。首先是在封建社会"万般皆下品，唯有读书高"的观念重压下，竟然叛经逆道，把当时的"贱业"经商与至高无上的读书相提并论，主观上表达了徽商对提高自身地位的强烈愿望，客观上这种思想是与今天重视商品流通的观念相承的。其次，胡积堂后人认为：不管是读书还是经商，都只不过是手段，关键是看目的——"效好"（实现效益）。这个数百年前提出的"效好便好"的观点，是与今天改革的灵魂——讲求效益也是吻合的。

在敬爱堂、惇仁堂两处均悬挂"寿本乎仁乐生于智，勤能补拙俭可养廉"一联，富有人生哲理。它阐述了八种事物之间的辩证关系，仁厚是长寿的根本，睿智是快乐的源泉，勤奋可以弥补低智的先天不足，俭朴是廉洁的重要保证。事实正是如此。为人仁善，受人敬重，人自然长寿；反之，作恶多端，担惊受怕，必然折寿。做人聪明，讲求方法，办事顺畅，快乐自然而生；反之，不动脑筋，不讲策略，到处碰壁，必然无乐可言。笨鸟先飞，多下力气，奋力赶超，终能后来居上。严于律己，生活俭朴，自然不贪财色、不堕腐败。

数百年来，古楹联已成为西递古民居中的有机组成部分，它们与后辈朝夕相伴，不但使后辈沉浸在浓郁的文化气息之中，而且它们所传出的经验道理，也深深地渗透在后辈的生活习俗里，并支配着后辈的思想观念。换句话说，后辈就是读着、看着、想着这些楹联，去读书耕田和经商做官的。数百年之后，这些富有哲理的文学艺术精品，仍然依仗它们极强的内在魅力，打开了千百万来自不同国度、层次、职业、阅历、性格的游人的心扉，引起他们的共鸣。

西递古楹联反映了徽商生活，徽商的成功之道在于走的大都是"先儒后商，以商济儒，以儒谋仕，以仕保

神州走笔

商"的路子，在于弘扬了"贾而崇儒，重文兴教，贾而崇义，积德行善，艰苦创业，百折不挠"的徽商精神，在于坚持做到了"其货无所不居，其地无所不至，其时无所不鹜，其算无所不精，其利无所不专，其权无所不握"。

作为徽商巨富故里的西递，它的发展正是当时徽商文化发展的一个缩影。古代西递人的生计，除了在封建社会被尊为至高无上的读书出仕和落榜耕耘之外，还有当时被视为"贱业"而不入流的商贸职业。最早经商的西递人，为了谋生活命和发财致富，冲破世俗观念的束缚羁绊，背井离乡，经商贸易。尽管他们白手起家、人地两生、困难重重，但由于吃苦耐劳，忍辱负重，摸索经验，讲究商德，充分利用了自己的知识、才能、财力和关系，大部分人获得了成功。他们不忘桑梓，不忘家庭，纷纷带回财富，投资故里，营造家宅，购置田地，修建宗祠，砌筑路桥，捐资办学，宣扬理学思想，传授儒商道理。经过西递人数十代近千年的不懈努力，终于在这块蛮荒的土地上，把西递建成拥有丰富的物质和精神财富的"华夏第一村"。

精心制作楹联，阐述对生存创业的理解感悟，永久悬挂于宅居显眼之处，让后辈能朝夕相见并潜移默化，接受理学思想，掌握成功经验，继承祖业并发扬光大，这可是西递先人的一项善举。

当年瑞玉庭的主人善于总结经验。他从自己成功的经商实践中，悟出了"业须苦创、成自勤来、先苦后甜"和"薄利多销、小亏大赢、吃亏是福"的道理，于是写下了"快乐每从辛苦得，便宜多自吃亏来"的名联，用于教导后辈在经商中要迎难而上、艰苦创业，要站高望远、适当让利，而不要怕苦怕累、投机取巧，不要寸利必争、珠锱必较。这个"苦是乐源"、"吃小亏占大便宜"的经商之道，确实精辟独到，时至今天对人们的经济交往活动仍有可鉴之裨益。

履福堂的中堂上悬挂着一副泥金木制楹："世事让三分、天高地阔，心田存一点、子种孙耕。"此联作者根据别人的教训和自己的体验，总结了"因果报应，和气生财，忍让消凶"的经验，提出了为人处事要谦恭低调的主张。他认为，强势者、得志者、有理者，切莫张狂跋扈、咄咄逼人，否则会招人厌恨、搞僵关系、激化矛盾，而应当得志律己、有理饶人、遇争适让，这样能拥有主动，为后辈留下余地。此联虽带有世俗之气，但却是现实生活中的经验之谈。

"克己最严须从难处去克，为善以恒勿以小而不为"，是桃李园里的一副楹联。它讲了一个很实在的做人道理：要想事业有成，必须严格自律、克己之弊。而克己之弊又必须首先克己最大之弊，这是最难做但又必须做的事情；做善事、积阴德是事业有成的重要条件，应当持之以恒、锲而不舍，而且要从身边从小事做起，不要因为善事小而不做。这个西递先人经营取胜的诀窍，是与今天我们所弘扬的助人为乐、克己端正的时代精神灵犀相通的。

西递古楹联，其内容十分丰富：既有对人生的理解，如"事能知足心常乐，人到无求品自高"，也有对事物的评判，如"德从宽处积，福向俭中求"；既有对处世的倡导，如"退一步天高海阔，让三分心平气和"，也有对做人的感悟，如"会心今古远，放眼天地宽"；既有对创业的传授，如"三春草长如生意，万里河流作利源"，也有对治家的告白，如"继先祖一脉真传、克勤克俭，教子孙两行正路、惟读惟耕"；既有对道理的晓谕，如"教子教孙须教义，栽桑栽茶胜栽花"，也有对景物的描绘，如"白云芳草疑无路，流水桃花别有天"；既有对美好的推崇，如"守身如执玉，积德胜遗金"，也有对丑恶的鞭挞，如"万恶淫为首，百善孝为先"；既有对亲友的劝谕，如"书作良田何必嫌无厚产，仁为安宅由来自有亨衢"，也有对自己的勉励，如"友天下士，读古人书"；既有对心志的宣示，如"养真精神干大事业，积宽阴德培贤子孙"，也有对感情的抒发，如"忙里偷闲、坐且行、行且坐，劳极思逸、谈而笑、笑而谈"。

在艺术上，西递古楹联可圈可点，给人一种高雅的文化享受。

一是对仗工整。如"读书好营商好效好便好，创业难守成难知难不难"。对仗工整，朗朗上口。更是其中的道理，颇为深刻，把徽州人读书营商的艰难生活道路，大白于广众；创业与守成的谆谆教导，晓喻以天下。一个"效好便好"和一个"知难不难"，明了简洁，极普通的辩证法原理，用得恰到好处。读罢，一个被浓缩了的徽州人的形象便跃然纸上：认真读书，悉心经营，艰苦创业，谨慎守成。把"劝世文"贴在墙上，这也是西递村人的一大特色。

二是平仄合律。西递古楹联，除个别例子外，几乎都遵守平仄格律。如"传家礼教敦三物，华国文章本六经"，其平仄格式是"平平仄仄平平仄，仄仄平平仄仄平"。由于上下联各字平仄相对，既顺口又有音调美和音乐美，读起来抑扬顿挫，朗朗上口，美感盎然。

三是变化灵活。在风格上，西递大部分古楹联通俗易懂、朴实率直，如"得一日闲便是福；作千年计并非愚"。但也有少数是含蓄委婉、借景抒情、语意相关的，如"之九万里而南，以八千岁为春"。这副对联存在西递村的"大夫第"，署名：郑板桥。读了那么多的楹联，都未见到作者是谁，唯有这副对联板桥先生直书其名，可以得见当年大画家、大书法家、大散文家郑板桥的矫健雄风。不愧是大家手笔，字写得好，文章也做得好，出新脱俗，身手不凡。上联写的是身在小西递，看到全世界，要有鲲鹏展翅九万里的豪迈气概，走出西递村，去追求生活的真谛。下联写的是不要满足于眼前既得利益，要有更高的奋斗目标。"八千岁"，可当作官居高位解释，也可当作千秋大业理解。把"九万里"与"八千岁"对仗，含蓄、隐喻，十分巧妙。一"南"一"春"，语不露，意不直，意义深远，美不胜收。

　　四是使用大量修辞艺术手法。古楹联运用排比，起到了强调意思、加深感情、增强语势的作用，如"气忌躁、言忌浮、才忌露、学忌满，胆欲大、心欲细、智欲圆、行欲方"。运用回文，收到了提高趣味、增加技巧、吸引读者的效果，如"雾锁山头山锁雾，天连水尾水连天""我爱邻居邻爱我，鱼傍水活水傍鱼"。

　　五是遣词用字精炼巧妙。西递古楹联，无论是咏物言志还是写景抒情，多能做到文情并茂、神形兼备。如"泪酸血咸、悔不该手辣口甜、只道世间无苦海，金黄银白、但见了眼红心黑、哪知头上有青天"一联，用词精当，形象生动。酸、甜、苦、辣、咸五味俱全，黄、白、红、黑、青五色皆有，且与相关名词搭配准确，因而起到了警醒世人正身行善、不恶不贪的作用，使人过目难忘、品味再三。

六是书法风格迥异。西递古楹联集中国书法真、草、隶、篆、行之大成，或豪雄或隽秀，或奇崛或工整，或古朴或雅致，或遒劲或柔美，或潇洒或沉稳，或浑厚或精巧，其中不乏名人大家的手迹。挂在临溪别墅正堂的"悌义为文章，忠孝作良图"一联，系东晋大书法家王羲之所书。挂在"大夫第"厅堂门柱上的"以八千岁为春，之九万里而南"一联，是根据清代著名书画家郑板桥的手书刻造的。

七是雕刻与装潢技艺精美。西递古楹联，使用平面或半弧形的优质木料制作，阴刻或阳雕，木块底色多为赭红、绿、黄、黑等色，字用镏金或金星墨，雕刻精湛细致，装潢精美协调。楹额挂在大厅两侧和堂柱等显著位置上，给古朴典雅的古建筑增添了浓烈的文化气息，为游人增添见闻游兴并给予深刻的思想启迪和高品位的艺术享受。

我读西递村楹联，感到该处楹联最大的特点便是全以哲理为主，是否可以称作"哲理楹联"？而且这种楹联有一个好处，就是放在任何一处景观都可适用。

神州走笔

新安第一岛，徽州最雄村

——游歙县"宰相故里"散记

在歙县县城，阿明请我们去宰相故里酒家，品当地正宗土家菜。席间讲到了宰相故里的由来，勾起了我们进一步探究"宰相故里"的欲望。

宰相故里——雄村，位于歙县城郊。据说，古徽州5万年前就有"新安人"生活。数千年前古越文明就已经十分发达，历史上中原望族为躲避战乱，曾把整个村子、整个家族迁途而来，这就是延续千年人数逾百万的三次较大的惠州移民潮，他们来到这片秀美之地，与当地人历经数百年的交汇融合，并用先进的中原文化同化了尚武的山越人，营造了古徽州"尚文""尚读"的文明风气，他们为这里的经济发展、社会文明及徽州文化的形成奠定了良好的基础。

雄村古名为洪村，因元末曹姓家族迁入此地，取《曹全碑》中"支分叶布，所在为雄"句，改名为雄村，距今已有800多年的历史。这里青山环抱，竹林掩翳，清碧新安江水傍村流淌，是一块钟灵毓秀、风光旖旎的风水宝地。被赞为"新安第一岛，徽州最雄村"之美誉。

雄村在历史上就是一座教育发达、人才辈出的古村落。清末翰林许承尧称："吾乡昔宦达，首数雄村曹。"此话一点不夸张，雄村历代名臣辈出，确系"所在为雄"。从雄村走出的名宦当首推曹文埴、曹振镛"父子尚书"。或许是雄村特有的人杰地灵之气，使得当年的国民政府和太平洋西岸的美国人也看好了这块风水宝地。抗战期间，民国重庆政府中美特种技术合作所派人员和美国教官，在雄村开设了中美特种技术人员训练班，先后办了8期，受训人员达6000余人，为当时国民党"中统""军统"输送了大批骨干。

走向雄村，迎面是一条观光大道，道路右侧竖立一块名贤榜，黑底黄字的碑文对雄村历代杰出人才作了全面介绍。有人说："徽州兴盛依赖教育。"确实如此，从碑文的记载中我们可以感受到，雄村在徽州五千多个古村落中是最有历史文化的。"宰相朝朝有，代君三月无"的曹振镛、"四世一品"的覃恩、主持《四库全书》编撰的曹文埴、马克思《资本论》提到的唯一中国人王茂荫、中国海外贸易第一人王直等，都出自这里。历史上这里出了29个进士52个举人，并先后出了5位一品大员。

观光大道依新安江延伸，建有系列牌坊群。首先见到的是"一品雄村"牌坊。牌坊下有石刻文字说明：一品雄村。一语双关。其一，指曹氏家族五世官居一品，德高望重。乾隆皇帝称赞曹文埴办事干练，不徇私情。追赠他的父亲、伯父为一品，雄村实际上就是"五世一品"。因明清无宰相一职，而军机大臣权位即相当于前朝的宰相，民间习惯称之"宰相"，故雄村被誉为"宰相故里"。其二，要细细品味这个古老村落所沉淀的深厚的历史人文底蕴。

观光大道上除牌坊以外，还建有一些石亭，劝学亭就是其中最具代表性的。其旁有介绍碑铭："尚书进士侍郎举人，济世兴邦贯日凌云。"尚书、侍郎是封建社会的官名，进士、举人则是科举制度下进学后所授的出身，它们所表述的都是曹氏父子及曹氏家族曾经毋庸置疑的辉煌；而尚书，从字面理解可以是崇尚读书；"进士"跻身仕林；"侍郎"即侍奉郎君、教养子孙，"举人"则理解期望成材的意思。下联的"贯日凌云"，比喻曹氏俊杰科场俱进、以文入仕，壮志凌云。两句意思合起来就充分体现了古代那种根深蒂固的以文入仕、以名垂世思想。

　　再稍往前走，可见道路右侧坡边有曹振镛石像。曹振镛是乾隆年间左副都御史，户部尚书曹文埴之子。他一生经历乾隆、嘉庆、道光三朝，从政达 52 年。其间任军机大臣就有 13 年，嘉庆皇帝出巡，曹振镛曾以宰相身份留守京城处理政务，代君仁月。曹振镛是名副其实的三朝元老，其官宦岁月之长几乎无人能超。

　　曹振镛生于 1755 年，卒于 1835 年，自 27 岁考取进士进入官场，一直官运亨通。石像表现的是老年的曹振镛，他闭目端坐，须髯若神，右手持书卷，双手扶膝，气度不凡。有人说，身为乾隆、嘉庆、道光三朝宰相的曹振镛一生唯唯诺诺，小心谨慎。"少说话，多磕头"，是曹振镛的做官之道，对道光一朝的官场风气影响很大。对于这种圆滑、颓废的官场习气，有人写了首诗《一剪梅》以讽之：

　　　　仕途钻刺要精工，京信常通，炭敬常丰。
　　　　莫谈时事逞英雄，一味圆通，一味谦恭。

大臣经济在从容，莫显奇功，莫说精忠。
万般人事要朦胧，驳也无庸，议也无庸。

八方无事岁年丰，国运方隆，官运方通。
大家襄赞要和衷，好也弥缝，歹也弥缝。

无灾无难到三公，妻受荣封，子荫郎中。
流芳身后更无穷，不谥文忠，也谥文恭。

这首《一剪梅》，可以说是对曹宰相"多磕头，少说话"的六字做官真经绝妙注解！但曹振镛作为首席军机大臣，从政多年的京官，没有大的过失，也没有贪污受贿的记录。"伴君如伴虎"，屈膝迎合，小心谨慎、言行得体大概是他政治上平步青云、长盛不衰的"奥秘"吧？

村口有门楼入村。门楼年代久远，累累斑迹。通向村里的石板路也因破损而凹凸不平。就是从这里曾走出了多少文人志士，1790年8月13日乾隆八十寿辰，曹文埴把自己私家徽戏"庆升班"，从这门楼经过赴京晋庆，是徽戏进京第一班，从而奠定了国粹京剧的基础。这路、这门承载了800多年来雄村的历史。

因时间的关系，我们没有进村，继续沿道前行，不远处就到了竹山书院。竹山书院是乾隆二十年（1756年）前后建成的，为户部尚书曹文埴伯父干屏、生父青兄所建。竹山书院矗立在雄村村口，新安江畔，建筑风格烙有徽商的印记。清初，曹氏为盐商，至曹堇饴时已成豪富。"读书入仕"观念根深蒂固的徽州一直崇尚教育，曹堇饴临终叮嘱二子要建文阁，创书院，修社祠，筑园庭。儿遵父命，于乾隆初着手筹建，历十余年乃成。竹山书院大门设计成两层沿脊牌坊状，两旁的石鼓和大门上方斗大的"竹山书院"的题额十分醒目，左右两旁各装饰有"和合"题材的砖雕画幅。

跨进书院大门，入门处竖立了一个木屏，两廊皆方形石柱，正厅宏大宽敞，正壁悬蓝底金字板联一副，上联是"竹解心虚，学然后知不足"，下联是"山由篑进，为则必要其成"。此联为曹文埴所撰写。里间有一庭院，两边各有木质廊房通往书房，书房建筑都是新的。导游介绍：旅游没有开发前这里是所学校，学校迁走后，还原修建。看来还没有做旧处理，走进去木香味很浓。

庭院深深，学风犹存。据说，明清二代徽属六县共有书院54所。书院一方面广延名师硕儒来任教，另一方面通过建立学田制度捐助"膏火费"等形式，使族中天资聪颖而贫不能入学者也能安心在书院就学。

沿过道向清旷轩前行，跨过一道又一道门槛。回廊的廊间壁上嵌有一大块青石板，上刻唐代大书法家颜真卿手书"山中天"，其遒劲潇洒的笔迹告诉我们这里是藏龙卧虎之地。廊坊的那头就是清旷轩。清旷轩是书院设堂讲学的地方，轩厅正壁嵌着曹学诗撰写的《所得乃清旷赋》。导游介绍说壁面上的字迹是原迹，"文化大革命"中被用石灰覆盖，后剥离清洗，尽管还原了大半，但下部还是损坏不少。清旷轩还有一个称谓叫桂花厅，因轩前小巧的庭院中遍植桂花树而得名。曹氏家族写有族约：凡族人中有中举者，可在庭院中植树一棵。众多的桂树，显示出雄村历代人才辈出。

游罢清旷轩前往庭院。庭院与苏州园林特别相似。桂花园西首有八角亭一座，正名为"凌云阁"，亦称"文昌阁"，此阁高大雄伟，石基八面，高六尺多；阁分两层，各具八角，顶为锡制，基部如荷披复，上为防风锥，以铁链八条系于四角间，角均翘起，如鸟振翼，下垂风铃，角尾饰以陶制鳌鱼，脊间立好望兽。阁的上层，八面皆窗，正面窗外悬陶匾，赭底黑字"俯掖群伦"，是曹文埴的手书。阁的下层，前柱为石制，两柱间有一匾，蓝底楷书金字"贯日凌云"。石柱悬一对联，上联"扶君臣朋友之伦，心悬日月"，下联"证圣贤豪杰之果，道在春秋"。从拱形园门看去古色古香，怀旧之情油然而生。砖质漏窗矩形几何造型，通光透气性极好，与门配搭倒也有方圆之说：为人处世，当方则方，该圆就圆。人生自在方圆，方外有圆，圆中有方，方圆相济，社会才会和谐。我们来到这里，方有深刻体会，人才都是从书院中走出来的。我们走出竹山书院，体验了"寒窗苦读"，也期待着"功成名就"。

雄村村前缓缓流过的小溪叫做雄溪，即新安江上游。当初建造书院时，为防止江水冲刷临江而建的书院的基脚，遂沿江岸修起了一道数里长的石堤叫桃花坝。桃花坝占地500平方米，坝上遍植桃花。曹文埴《石鼓研斋诗钞》中记载：竹溪有桃数百株，花时烂漫如锦，春和景明，颇堪远眺。

慈光庵古刹位于竹山书院隔江相对的半山腰。相传曹振镛幼时顽劣异常，无心读书，其姐苦心规劝他说："你不用心读书，将来如何登堂入仕，承继父业？"曹振镛夸下海口："他日我定为官，且胜吾父。"姐姐有意激他："你若为官，我当出家为尼。"曹振镛从此刻苦攻读，果然考取了进士，官至军机大臣，权倾朝野。姐姐为不食其言，坚持要出家，曹振镛苦劝无效，又怕姐姐在外孤苦伶仃，只得借当地俚语"隔河千里远"之意，在新安江对岸修建一座尼庵供其姐修行。

我们对"宰相故里"雄村粗略地游览了一圈，已经疲惫不堪，只能原路返回，匆匆驶往歙县，那里还有更艰巨喝酒任务在等待！

　　这次"宰相故里"游得太匆忙，不少景点没有去，虽有很多的收获，但也留下了诸多遗憾。也好，为我们下次重游"宰相故里"埋下了伏笔。

神州走笔

观不完的景色，游不尽的黄山

　　黄山，古代称作黟山，雄踞在安徽省南部黄山市境内，全山南北长约 40 公里，东西宽约 30 公里，其中划入风景区的面积为 154 平方公里，号称"五百里黄山"。据有关资料记载：四亿年前，黄山地区还是白茫茫一片汪洋大海；直到恐龙争霸的地质年代，炽火红的花岗岩浆乘地壳之虚升至岩层中为地下黄山，距今约有 13000 万年；后来地壳运动多次抬升，使它不断地抖落覆盖的岩层，脱颖而出，巍然屹立于徽州大地。

　　8 日早晨，我们一行驱车一个多小时，便来到了黄

神州走笔

山市，同伴们急不可耐地打开车窗，抬眼向南望去，苍翠的山峦在视线里高高地耸立着，那就是黄山了。这次游黄山，对于我已经是时隔十多年的第二次了，岁月真的不饶人啊，这次故地重游已经没有了登山的勇气了。

我们很快来到了芙蓉下松谷庵索道站。芙蓉位于黄山北端，山势挺拔秀逸，形若芙蓉出水。传说黄帝进山采药曾经过此，唐代大诗人李白曾攀此求仙，留下诗句："谁把芙蓉云外栽，亭亭秀立四时开。清霄皓月峰头挂，宛似佳人对镜台。""巧样如花红入眼，茎生玉露湿秋风。长年艳丽无人摘，引得仙娥下月宫。"

十几分钟的索道，九龙从侧畔一晃而过，大有"背负青云凌浩志，头昂碧落驭长空"的感叹。透过缆车的玻璃，我们清晰地看到，山谷升起的云雾已经铺天盖地，悄然遮盖了群峰。瞬息，微风渐起，眼前一片透彻，极目远舒，白云翻滚、浩瀚无际。果然变幻莫测啊，同缆车里还有四位韩国游客，面对眼前的景致，他们欢呼、战栗着，嘴里哇了哇了不知说些什么，可能也是被这奇异的美景震撼了。

随着海拔的逐渐升高，但见奇石林立、峭壁生松、红叶飘丹，云霞蔚天，山峦、沟壑、绿植尽收眼底。此时，我心中不由得也涌出一丝战栗，坦率地说我有点恐高。想想当年，徐霞客"持杖凿冰，以移后趾"；袁枚"从此，虽兜笼不能容"，至愈甚，乃缚跨其背；刘海粟十上黄山，最后一次登山居然 80 岁高龄。他们观山都是徒步攀登，极为不易。如今，上山的道路变得如此轻松，我却坐在缆车上，还不如同游的女士们能从容地欣赏奇幻的景色，真是有些汗颜。

下了缆车，我们沿着石梯往上走，登上了玉屏楼。

举目眺望，只见"莲花""天都"二峰拔地擎天，气冲云霄，险峻雄伟。天都峰侧边站着一只"金鸡"，像在啼鸣，所以大家都称它"金鸡叫天都"。在玉屏楼东部有一棵千年古松，松树破石而出，形态优美，是十大名松之冠——迎客松。松如好客的主人，伸手迎接着八方来客。你瞧：那迎客松仿佛正弯着腰，伸出手，笑眯眯地欢迎我们呢！

　　来到黄山，最让我念念不忘的，还是这里的奇松怪石。黄山延绵数百里，千峰万壑，比比皆松。黄山松，分布于海拔 800 米以上的高山，以石为母，顽强地扎根于巨岩裂隙。黄山松针叶粗短，苍翠浓密，干曲枝虬，千姿百态，或倚岸挺拔，或独立峰巅，或倒悬绝壁，或冠平如盖，或尖削似剑。有的循崖度壑，绕石而过，有的穿罅穴缝，破石而出，忽悬、忽横、忽卧、忽起……"无树非松，无石不松，无松不奇"，松石相依。除了奇松，每座山峰都有许多灵幻奇巧的怪石，真是"横看成岭侧成峰，远近高低各不同"。著名的"飞来石"相传为女娲补天所剩的两石之一，后来飞落黄山成此石。说它著名，是因为电视剧《红楼梦》记录了它的踪迹，混迹于大观园，陪伴着金陵十二钗，沾一身粉脂，装满腹的情爱故事。说它是仙石，分明是一块普通的岩石，被亿万年的风霜雪雨侵蚀啄啃，就这么桃形地竖立在荒凉的山脊，无韵无奇。世人因了膨胀的贪欲，扯一把虚幻，抹一笔灵气，造一段离奇，层层缠裹，细细雕琢，化腐朽成为神奇，再招招摇摇，扭捏入世，半遮半掩，娇声粉容，连自己都相信曾是仙苑里的一块仙石。

从这里到光明顶有两条路，一条是比较平坦宽阔的，传说明朝的开国皇帝朱元璋当年就是从这条官道逃往光明顶，顺利地躲过了官兵的追击，后来建立了大明王朝。所以人们就把它叫做"升官发财道"。另一条是十分陡峭狭窄的隘道，就是一线天。放眼望去，只见道中两壁立崖，高达数十丈，真可谓"天不容数尺光，道不并两人趾"。还有那几乎是90度垂直的石梯，看了让人心惊肉跳，似乎一失脚即刻就会从崖上跌下去，摔得粉身碎骨。十多年前，我走的就是一线天路，这次重游不论是从危险的因素还是身体的角度，我都坚决要走"升官发财道"。

经过走走停停、停停走走，我和老陆、小戴终于站在了海拔1860多米的光明顶上。至此，才深刻体会到毛主席诗词"世上无难事，只要肯登攀"的含义。向下望去，只见千峰竞秀，万壑峥嵘，一道道霞光宛若飞虹，一座座山峰恰似坐落云端，白云似在跟山捉迷藏，调皮地捂住了山的眼睛。近处的山呈墨绿色，远一点的呈绿色，稍微远一点的山呈翠绿色，再远一点的山呈淡绿色，最后与天相连。站在光明顶上，真有心旷神怡、宠辱皆忘的感觉，随即我赋诗一首："云海奇峰鬼斧神，斗转重峦欲销魂，不登黄山小天下，岂知华夏九州春。"

黄山的美不知在云雾中藏了多少年，本地人都说"黄山十天九雾"。原来这阳刚大气的黄山还有几分大家闺秀的羞涩，真是"男人的一半是女人"啊！你若真想享受与欣赏黄山那美丽动人的身躯，没有"衣带渐宽终不悔"的虔诚和执着，很难看到"灯火阑珊处"的美人。我的心态渐渐地平静下来，"澄怀观道""无为而治"的玄学思想顿时油然而生，我的双手时时刻刻捧着相机悠然自得地在山道上信步着、游览着、思考着……

　　仅一天的游览，不可能像徐霞客那样随心所欲。下午4点多钟，我们只能无奈地随着彩色的人流依恋不舍地朝山下走去。如果不及时下山，赶不上送下山的汽车，留在山上只能和黄山上的迎客松相依为伴了。迎客松则是上千年来都是在黄山之巅站着过夜的，可我们这些凡夫俗子哪有这个本事。当我们走下山的时候，被暮霭笼罩着的黄山更增添了几分神秘和朦胧的美色，我那遗憾的心灵深处顿时生出无限的惆怅与感慨——江山如此多娇，引无数游人乐掏腰包！

　　"五岳归来不看山，黄山归来不看岳。"徐霞客对黄山有几多赞美，我对黄山就有几多向往。我虽然难做到刘海粟先生那样十上黄山，但我今后还会再来和黄山约会的。再见，充满魅力的黄山！

神州走笔

光明顶上观云海

    光明顶海拔 1860 米，是黄山第二高峰，与黄山第一高峰莲花峰遥遥相对。站在光明顶上，还可看到鳌鱼峰、云际峰、天都峰。

    10 月 8 日中午时分，我们登上光明顶，简单休整后，又爬上了光明顶山庄 50 米开外的观景台上。此观景台其实是一个巨石模样的峰顶，上面已经有不少人了。此刻即使如此烈日炎炎，游人的面孔与眼睛似乎一下子都褪去了一路的艰辛与疲劳，无不流露出相同的惊异、赞叹与震撼。

    如此壮观的黄山云海，我们有些人还是第一次看到。

    重重叠叠的山峦，在云海之上只露出小小的尖峰，像一座座漂浮的小岛，忽远忽近；但见云雾升腾，气象万千。黄山如一口刚被揭开了盖子的蒸笼，湿漉漉的雾气，四溢出来，弥漫开来，扑面而来，凉凉的，也温温的；云从峰与峰之间飘过，云从眼前飘过，云从身上飘过——我的身体即刻置身于云雾中，如梦如幻，我的心也随之飘忽起来，升腾起来。

    一会儿升腾的云雾散去了，极目处又是一望无际的云海，对面的峰峦渐渐清晰可见，还能看到密密麻麻的观云者。我想对面的同样置身云海之上的观云者一定也看到了我。

云海在下午强烈的阳光照射下，起伏着一排排、一层层金黄色的波浪，气势磅礴。有的蓬蓬松松的，如刚被阳光与山风弹了一遍又一遍的新棉絮；有的缓缓慢慢的，如流连忘返的成群结队的小绵羊；有的平平静静的，似千首古曲在峰间流淌，又如万支仙乐在峦间荡漾。

"黄山自古云成海。"黄山因山大峰高，谷深林密和雨水充沛等自然条件，一年四季均有云海可观，按云海形成的区域划分，有北海、西海、东海、天海、南海，故黄山又称"黄海"。

眼前的云海就像我老家那个真正的大海，滚动着波涛，以无比壮美和秀丽的姿态展现着全部的魅力。缥缈不定的云涛中，双笋峰若隐若现，似害羞的处子；高大的天都屹立在远处，安详而巍峨。

这是一片让人无法言喻的海，似曾相识又陌生万分。说她安静却又涛涌，说她壮丽又温文尔雅。就像站在大青山的某一角落，看着这片白色的海水，没有了刺眼的反光，也没有了移动的船只，而周围的礁岩却从来没有这般生动过，嶙峋过。

久久地望着，就会有一种时空错乱的感觉，不知自己身在何方。临近傍晚的时候，云海如涨潮似地开始翻滚起来，齐刷刷地向上涌动，远处的山巅霎时成了一座座的蓬莱仙岛，那最远处的山腰分明住着神仙。

太阳在慢慢地西沉，我们就这么一直静静地站在云海天边。

黄山的云海真是奇，人若在云中，会感到眼前之景绰约无比，而自己似乎飘然成了仙人。我们到哪里，云也跟着我们到了哪里，甚至伸手可拉住她，脸可以触及她……

我为在光明顶见到她的婀娜多姿而赞不绝口，云海以她变幻不定的身影赋予这座名山神奇的色彩，使它更显得妩媚动人。云海是黄山第一奇观，黄山自古就有云海之都的美称。黄山的四绝中，首推的就是云海了，由此可见，云海是装扮这个"人间仙境"的神奇美容师。山以海名，谁曰不奇？奇妙之处就在似海非海，山峰云雾相幻化，意象万千、想象更是万万千千！！

黄山的云海，让人腾驾于仙境，置身于世外。人间的纷纷攘攘，世俗的恩恩怨怨，都被这云海遮挡了隔离了，抑或是那么短暂的遮挡与隔离，心灵同样如出水的芙蓉，一尘不染。

此时此刻，能够让我冥冥记起的也只是一些跟云有关的，如云一样飘逸的、自由的、空灵的一切。

我在想，人总是要站在高处的，以俯视的角度看事物会壮大自己的雄心。其实，看景也一样，就像端坐在天宇看着人间的繁复与宁静，所有的俗气和嘈杂顿时消失殆尽，除了惊叹和迷情已无其他。

这个时候的人也会变得脱俗，好似不再留恋什么，不再困扰什么，渐渐的心绪跟脚下的云絮合拍，缥缈灵动无牵无挂。也许，这才是得道的奥妙吧。就像已经走了无数的远路又困又累又饥又渴，突然来到了目的地，却吃不下东西喝不下水，浑身来了精神毫无倦意。这样的景色我期待了这么久，几乎是我前半生的等待，真的到来的时候不敢相信自己的眼睛。

站在这个缥缈幻化的世界，眼前波澜壮阔，一望无

神州走笔

边的云海，千条深谷、万道山梁一起淹没在云涛海浪中，仿佛走进了仙人之所，一棵松、一根草都像来自天际。

我宁愿相信这不是真实的，算是梦境吧。这种太过完美的体验一旦消失，我不知道自己的心碎是否可以愈合。但少了这份太过痛苦的期待，今后的日子黄山是否还会是我的眷恋?!

神州走笔

迎客松前片想

　　这次黄山之游，给我留下最深刻印象之一的，当数黄山的迎客松了。

　　从前，在报刊上、宣传板上，不知见过多少次迎客松了，有油画的、国画的，还有摄影的。但是真正到了黄山，见到了真实的迎客松，又感觉它不似画上的伟岸、磅礴。

　　黄山的迎客松背靠巍巍的青山，面对万丈深渊，远远望去像把巨大的翠绿的大伞，头顶上有不同的形状，像一位好客的主人在迎接远方的客人。我看着这么大的迎客松，想象着它的生存经历。

　　不知是什么时候，也不知从哪里掉下了一颗松果，在峭壁上滚着滚着，它在一个石缝中安了家，并把根扎进石缝的土壤中。尽管这里没有足够的水分，足够的阳光，但它不怕风吹雨打，不怕狂风暴雨，也不怕闪电雷鸣，更不怕寒冷，慢慢地，慢慢地，它生根发芽，在此扎根安家。月亮太阳从来都不关爱它，星星也看不起它，就连那小小的昆虫也嘲笑它。

　　但是，它从不自卑，依然顽强地生长。不知过了多久，它竟钻出了它的外壳，冲出了泥土，露出了一截小松苗。它精神抖擞，默默地在悬崖峭壁上生长，傲然挺立，它要顽强地生长。经过漫长的岁月，它终于从受人嘲笑的枝桠变成举世闻名的松果——迎客松。

这棵迎客松，它那擎天撼地的生命力令我震惊，我对它肃然起敬。

千年如一日，岁月的翅膀抖动着阳光雨露，追逐着日月星辰，在无数个四季轮回中，重生，苍老，再重生，脱变成片片鳞羽，飞附于枝干间，逶迤着，风干了。

但它还是这么谦恭地立在峭壁上，侧身作揖，慈祥的目光轻轻洒落在世人身上，让前来叩拜黄山的人们沾满一身的慈爱，沿着天梯般的山路，汹涌着曲折惊险的胆气和力量。就这么站在朝晖夕照雪雨风霜里，默默地迎了近千年。

迎客松，不愧是黄山的守护神，一位昂立天地忠贞不渝的亘古老人。

有那么多的虔诚儿女奔赴千山万水，裹胁一路红尘，挥汗如雨，喘若滚雷，只为这幸福的时刻：匍匐脚下，拜谒吞吐百川的胸襟，拜谒容纳世间万物的精神，让宽容与慈爱的种子在世人心田生根发芽。于是，卸去一身的爱恨与荣辱，带走温馨的爱意和祝福。

这就是你无私的给予，这就是你屹立千年感召千年的心愿么？

站在迎客松的脚下，我们能够做到不思不想、无动于衷吗？不能。迎客松向世人昭示的是一种生命力，一种百折不挠、顽强进取的精神。当我们在生活中偶然遇到的不如意，甚至遭遇挫折或暂时的失败，我们有什么理由怨天尤人？有什么理由不将生活过得更有意义呢？

"千磨万击还坚韧，任尔东西南北风。"这棵耸立在缥缈黄山的迎客松，不仅成为黄山的一道亮丽的风景，也给予我们诸多做人做事的启示。

你看，山风撩起清爽的毛巾，为它揩去额上的燥热。于是，它又挺了挺酸疼的脊背，揉了揉僵硬的手臂，重新站成千百年来熟悉而又热情的姿势，微笑着，朝远方轻轻挥手致意——从这一刻起，我告诉自己一定让自己过出一个有意义的人生，让有限的生命发挥出无限的价值，绝不辜负那仅有一次的生命，绝不让它从我手中白白虚度。

做一个坚强人、百折不挠的人，一个对他人对社会有价值的人。

神州走笔

九华山拜佛记

这次出来旅游，同游的一位朋友有一项重要日程，就是去九华山拜佛。我们这一行人都没去过九华山，正好凑凑热闹。10月9日，从歙县驱车近3个小时，便来到了九华山的脚下，但这里离我们要去的地方还有很远的路程呢。

站在九华山山脚下，抬眼望去，山很高大，突兀森郁，很有气势。只因我们前一天刚游完黄山，因此看到这里的景色，已经不是那么激动了。从我们站立的脚下向山上延伸出去，一条蜿蜒的公路，像一条微微摆动的巨大青蛇，在云雾中缥缈，若隐若现。山坡上的树木长得郁郁葱葱，密密层层的树叶把树林遮得严严实实，挡住了灼人的骄阳，微风吹过，树叶微微颤动，发出"沙沙"的回音。这时，有位年轻的女子主动过来与我们搭讪，说由她带我们上山既能省时又能省钱。经过讲价，我们带上了这位"野导游"一同进山了。

九华山位于安徽省青县境内，是佛经传说中地藏菩萨的道场。它和山西的五台山、四川的峨眉山、舟山的普陀山号称中国四大佛教名山。唐代诗人李白曾在江西九江船上见到秀丽的九华山，九华山峰状如莲花，便写下了"昔在九江上，遥望九华峰。天江挂绿水，秀出九芙蓉""妙有二分气，灵山开九华"等诗句，后人就把此山称为九华山。

唐朝时新罗国僧人金乔觉渡海来华，在九华山苦修75载，其弟子们以他生前苦行、坐化后行迹与佛经所载的地藏菩萨相似，尊他为地藏菩萨化身，从此九华山就为地藏菩萨应化道场。地藏菩萨为何名"地藏"？据《地藏十轮经》上说，地藏菩萨"安忍不动犹如大地，静虑深思犹如秘藏"，所以称他为地藏。地藏菩萨曾经发下五大誓愿，有"我不入地狱，谁入地狱"和"地狱未空，誓不成佛，众生度尽，方证菩提"的大愿，故人们又尊称他为大愿地藏王菩萨。

我们此行的目的，就是来拜偈地藏王菩萨。在美女"野导"的引领下，先去金地藏的肉身宝殿拜偈。从入口到宝殿，要登九十九级的石阶，当时真有一种冲动，想三步一叩头，叩上三十三个头一路拜到肉身宝殿，但考虑到这样做会耽误同伴人的时间，还是犹豫了一下没去做。但我们确实看到那些虔诚的信徒就是一路三步一叩首拜到山上的，其诚意真的令人佩服。肉身宝殿，相信是每一位到九华山的人必去之处，这里供奉着地藏菩萨的真身，寺外的香炉边，人们自发地组成一圈，绕着香炉口中念着"南无大愿地藏王菩萨"，然后将手中的香火放入炉中，再走进肉身殿围着地藏菩萨肉身宝塔绕上三圈，心中想着自己的心愿，口中念着"南无地藏王菩萨"。多少年来，多少信徒，千里迢迢，为了心中所愿奔赴九华圣地，大愿地藏王菩萨普度众生，多少修行的人在种因之前得以佛理感化，便免去了恶果，希望我们也能是其中的一员，修行在心，少种恶果。

前面说了，这位大智慧大气魄的地藏菩萨，原是唐

神州走笔

代的新罗王子金乔觉，来到九华山开辟道场，发誓要超度一切下地狱的人。他在此修行 75 年，活了 99 岁，圆寂时形成了真身。据说九华山供奉着十几座肉身，现在保存完好的还有 6 座，金地藏是最早的一尊，还有明代的，应身法师的真身，他活了 126 岁，用自己的血写经书 90 年，这本用舌尖血写成的经书据说是镇寺之宝，目前存放的九华山博物馆内。时间最近的是一位解放后圆寂的师太，她也活了 90 多岁，抗美援朝时还带头捐献，应是位进步尼姑。能成真身的都是得道高僧，圆寂时有觉悟，之前一月或数月就水米不进，打坐圆寂后，置于缸中密封，再用木炭、石灰围住吸湿，等到三年或三年六个月后，如成真身再涂金成为金身。

说到肉身，美女"野导"还给我们讲了一个典故，相传明朝时金地藏的肉身只是像菩萨一样供奉在大殿之上。有一书生不信佛且万般诋毁，有一次他趁护寺的和尚不在，用针戳金地藏的脚，结果鲜血汩汩直流，把书生吓得逃离寺院，从此一病不起。为了更好地保护金地藏，这才将他的肉身置于莲花缸内，又造了宝塔和庙宇，因而才是今天看到的"屋中有塔，塔中有缸，缸中有真身"的奇特情景。

离开肉身宝殿，美女"野导"带领我们从九华山开山古寺——化城寺参拜，一路参拜了观音殿、文殊殿、龙庵、长生庵、财神庙等古刹宝殿。一路拜过，我的原则是见庙烧香、见佛磕头，每进的殿都是进上三炷香、叩上三个头。我虽研习过佛家典藏，但还算不上是个虔诚的佛教徒，对于进香，我信奉心到佛知，不一定要上高香。现在的佛教圣地也免不了一些商业化的气息，总是要求你请什么高香，其实没必要，对于真正的学修佛者来说，进殿上普通的香就可以了。当然，去一次九华山也不容易，所进的殿我都上了三炷香。有句老话讲"人争一口气，佛争一炷香"。很多时候，一些不信佛不学佛的人随着人流进入大殿匆匆拜过就走，这样并不妥当。其实，当你经过一个庙门，不管是大殿小殿，都应该进去上炷香，不会耽误几分钟，但这一炷香却代表着你的诚心和对佛法僧的尊敬。诚心拜佛还要记得别忽略一个细节，就是一定要带点零钱，每个殿门口都有功德箱，这些香火钱是用于日常的香火和修缮所用，无论我们放进去多少，都是一片礼敬"三宝"的心意，佛学讲求"舍得舍得，不舍不得"。

九华山不仅寺院多、宝殿多，秀丽的风光也是独具特色，天台峰是它的主峰，海拔 1300 多米，这里有"不登天台，等于没来"的说法。从九华街上天台，大约 15 公里，沿路经过许多风景区。据美女"野导"讲，当你气喘吁吁登到天台正顶，眼前的景色将使你胸襟开阔，疲劳顿消。四周群山匍匐，极目远眺，天地浑然一体，长江如链隐隐可见，清冽的山风送来阵阵松涛，使人陶醉，周围的岩石，奇形怪状，多呈黝黑色。在一块巨石上刻有"非人间"三字。此时此刻，真能使人有一种身临仙境之感。但是，很遗憾，我们此行没有登天台山，只朝着天台山方向留了几张影，此行只为拜佛去，心在佛处不在景。

离开了九华山，心绪还不能平静，同行的一车人还在议论着，谈论着各自不同的感受。我听着大家的谈论，蓦然间从心底蹦出几句歌词：

大大方方雨，

羞羞答答晴，

九华道上伴君行，

可曾俱怀菩提愿，

能从暗处见光明……

那秦时的明月，那汉时的风

——寻梦徽州

　　走进徽州，是一次偶然。而正是这次偶然，让我感知了徽州遗世独立而又婉约细腻的美，我发现，尽管不曾在这里生活过，我却似乎千百次地来过。"一生痴绝处，无梦到徽州"，明代戏剧家汤显祖那一声悠然长叹，许久徘徊不去。

　　徽州的一切就像是一个梦，只有在梦里，才会见到那美丽的山水，见到那么灿烂的文化。这里有着优美无比的自然风貌，有着风格独特的民居村落，有着影响中国思想界上千年的程朱理学，有着在近现代产生了巨大影响的江戴朴学，有着曾经称雄中国经济界五百年的徽商，有着新安画派、新安医学、文房四宝、徽派盆景……

　　从10月6日走进徽州，我就被震撼了，短短的4天给我留下了记忆中再也抹不去的痕迹，多少次，梦牵魂绕，多少回，"无梦到徽州"。刚到徽州时，我抑制不住激动的心情，在微信上写下了几句感言：

　　　是梦啊，还不是梦？
　　　那秦时的明月，那汉时的风，

是梦啊，还不是梦？

翻过了千岭万重山，

千年的文化，不朽的古城，

夕阳西下的徽州歙县——

我来了！

我将深刻体会你那——

厚重的文化，徽商的遗风。

　　徽州的美，天然而不加雕琢，粉墙黛瓦，高高的马
头墙，残缺的砖雕，锈迹斑斑的门框，还有那泛着悠悠
青光的石板路，默默地诉说着一个个亘古恒远的故事。
依稀间，便有光阴的叹息从小巷中穿越，如微云无意间
飘过。晨曦中的河埠头，白衣蓝裙的浣衣女，浅笑盈盈
地将幸福和满足在溪水里荡漾开来……隐忍而秀慧的徽
州女人，是徽州又一入画的一景。走在湿漉漉的青石板
路上，那么闲闲地逛着……眼中的徽州是一个黑白的徽
州，一幅青山绿水间的天然水墨画。

　　徽州的美，是内敛而让人有些压抑的，从任何一处
望去，秀山丽水、雕梁画栋都在层峦叠嶂中包裹得严严
实实，需要你去发现，去耐心品味。坐在天井的雕花木
椅上，抬头望天，只看到光线从高高的天井洒下来，幻
成一团团光晕，房间显得愈发深邃，而你的视野被那山
峦、那高高的马头墙束缚着，只有那么宽，看不见更广
的地方。所以，徽州民居总是让人觉得有些凄迷。

　　听当地老人讲，当年由于徽州地狭人稠，为了谋求
生路，人们不得不翻山越岭外出经商，一般男儿十三四
岁就要出门谋生，留下家人翘首远盼。至今徽州还流传
一句民谚："前世不修，生在徽州，十三四岁，往外一

神州走笔

丢。"因此又有一说，徽州高墙厚壁、小窗窄门的建筑风格，就是为了更好地与外面隔绝封闭，以防盗贼入室，更防在家的女人红杏出墙。试想一下，男子十三四岁就被丢到外地谋生，生死就靠造化了。女子年纪轻轻就被父母嫁了人家，与新婚丈夫生活十几天、几个月就从此天各一方，甚至今生无缘相见。男子在外经商一走就是十几年，女子便做了活寡妇，独守空房，卖给了公婆为奴。虽然有很多人当了高官、成了富商，但有几个是幸福的？无数的少女灭绝了一切人性和欲望，在高高的白墙间、在窄窄的巷子里消磨了一生。封建的束缚关闭了她们的思想，关闭了她们的心灵，她们不仅仅是口中的沉默，而且是心灵的沉默。几百年来，高墙窄巷就是她们生活的一切，如同井底之蛙，外部的世界是没有意义的。于是日复一日，日出而作日落而息，没有电视，更没有电脑，唯一的消遣就是傍晚吃完了饭，几个妇人在门口坐着聊聊天，天黑了就去睡觉，然后又是同样的一天。

我们夜逛歙县西园的时候甚至没有在一家的窗子里看到灯光，只有无数星光在水中闪烁，空灵，鬼魅。时间凝固了，永远停留在历史的某一天，于是所有的建筑和生活方式都原原本本地保留了下来，就像一个世外桃源，"不知有汉，无论魏晋。"这对于保留一个古老的村落和文明来说当然是一件好事，但我不知道对于一代代的徽州人是否公平？今天的人们将徽州的民居、祠堂和牌坊称为"徽州三绝"，在日积月累中沉淀为焕发着熠熠光华的乡土文化，"徽派建筑"以其独特和智慧而让人倾倒。然而，看着这一砖、一木、一石，这雕梁画栋、饰窗镂门，精致繁复而寓意富贵，又有谁知个中多少悲欢离合？

徽州是灰色的，是那种白墙被雨水冲刷、时间消磨后墙上斑驳的绿苔和乌黑混合以后的颜色。这是一种历史积淀的美。

倘徉于这座古老的小镇，我找寻着当年兴盛一时的徽商足迹。曾几何时，徽商赫然成为一统中国商界的十大商帮之首，足迹遍及天下，"无徽不成镇"，"钻天洞庭遍地徽"，至清代中前期，更是徽商的鼎盛时期。"红顶商人"胡雪岩，马克思《资本论》中提到的唯一一位中国理财家王茂荫，大盐商江春……一个又一个徽商走出徽州，用勤劳和智慧为中国的商界历史书写了浓墨重彩的一笔。徽商的兴盛推动了徽州文化的繁荣发达，形成了徽商、徽菜、徽剧、新安画派、新安医学、徽派金石等独特的历史文化体系。徽学与敦煌学、藏学并称中国三大地方学。而"父子宰相""同胞翰林""四世一品""一门八进士、两朝十举人"……更是佳话频传。如今，小镇上的人们说起祖辈的丰功伟绩，无不如数家珍，自豪写在脸上。虽然在今天的徽州，我们已看不到当年叱咤风云的徽商痕迹，但造型别致的徽派民居、鳞次栉比的古牌坊群和阴森威严的古祠堂，无不默默地诉说着古老徽州文化辉煌的昨天。

一块石头的翻动，一段残垣的触摸，都能唤醒一段沉睡的历史，收获一个故事。

这就是徽州。

在徽州待了这么多天，我已经深深地爱上了这个人杰地灵的地方，唯一的遗憾就是没有时间去拜访就在不远处的宏村。我知道我以后还会再来，甚至会经常来，因为徽州真是太神奇，太神秘了，有太多秘密在等待着

神州走笔

我去揭示，有太多感想在等待我去感悟……

有人说：如果你要了解一个人就必须到他成长的地方看看那里的山水。我们也只有了解徽州的山水，才会明白徽州的历史，明白徽州的文化。徽州所有的一切可以说都是这片绮丽的山水所赋予的。今天我们就要离开徽州了，总觉得有些莫名的留恋。在驱车赶往浙江奉化的途中，我又情不自禁地在微信上写下了几句话，也算和千年古城徽州告一次别：

绿山南屏晚钟
白墙青瓦民风
桃花源里醉太平
从不与人争
歙县民风淳朴
游人有目共睹
今日匆匆离去
留下深深祝福

夜宿奉化

　　从九华山回来，我们直奔浙江省宁波市的奉化，这一站的目的地是奉化溪口蒋介石的故乡。车开到奉化已经快到晚上 7 点钟了，阿明的朋友也是下游供货商张总，已经为我们安排好了住宿。

　　宁波奉化一直是我向往的地方，没来之前，我就从史书上了解到，奉化位于浙江省东部，宁波市区南面。东濒象山港、隔港与象山县相望，南连宁海县，西接新昌县、嵊州市和余姚市，北交鄞县。奉化市在秦汉时属鄞县，晋至隋先后属句章县、鄮县。唐开元二十六年析鄮县置奉化县。县名由来，有三种说法：一说唐代明州的郡颇为奉化郡，以此县名；一说，以"民皆乐于奉承土化"而得名；一说，来源于县东奉化山。

　　奉化市西部处于天台山脉与四明山脉交接地带，多高山峻岭，黄泥浆岗海拔 976 米，为境内最高峰；东北部地势平坦，河网纵横，属宁奉平原的一部分；西南多山区和河谷，沿海尚有小块狭长低平地带。全市地貌构成大致为"六山一水三分田"。

　　早在五六千年前，先民们就在现在的茗山后一带繁衍生息，创造了丰富璀璨的茗山后文化。茗山后文化虽晚于河姆渡文化，但它是河姆渡文化的延伸，丰富了河

神州走笔

· 217 ·

姆渡文化的内涵，表明奉化是宁波古代文明的重要发祥地之一。此后在距今 4200 年前后，当华夏大地大多数氏族还处在原始公社制的部落联盟时期，居住在浙东地区的古越氏族以奉化白杜为中心，瓦解了原始公有制，建立起了名震中原、代表一个地域的新的文明社会——奴隶社会的实体：堇子国。

奉化的历史不但悠久，而且比较独特。奉化春秋时期属越国地。公元前 222 年起属古鄞县，但古鄞县的中心并不在现今的鄞州，而是在奉化的白杜。此后到隋文帝开皇九年（589 年）古鄞县被废除的八百余年间，白杜一直是古鄞县的政治、经济、文化中心。鄞县的鄞字得名，本身就起源于白杜的堇山。奉化在隋文帝开皇九年并入句章县。由于明州（宁波）是从鄞县发展而来，因此宁波的政治、经济、文化中心有一个从奉化白杜到鄞县的鄞江，再到明州的转移过程。奉化在相当一段时间内是宁波的政治、经济、文化中心。

从书本上了解到的奉化是历史悠久、文化深厚、景

色宜人，但现实中并非如此。也许是天黑了的原因，到了奉化，一下车就感觉黑乎乎的一片，全然没有了江南"小桥流水人家"的感觉，与北方的县城没有什么区别。阿明的朋友——张总的秘书倒是很热情，张张罗罗地帮我们安排住处，并一再表示歉意，说张总晚上有个非常重要的应酬未能赶来。我们与张总的秘书客气了一番，就让她回去了。

　　时间还不算晚，总不能躺在宾馆睡觉吧，已经来了就要出去看看。晚上，小戴开车，我和老陆、林向阳到街上转了一转。奉化除了一条主街，海鲜广场周围有些灯光，有些匆匆行人，偶尔能从不知哪家练歌房传出一句半句声嘶力竭的"吼叫"，还能感觉到这里的夜生活，其他的街道都没有光亮，没有人也没有车，仿佛进入了一片烂尾工地。

　　转了一圈儿，实在没什么可看的，我们只好悻悻地回到宾馆，大约晚上 11 点多钟，张总来看我们了，看得出张总已经喝了不少的酒，但他还要生生地拉我们出去吃夜宵，实在推辞不了，我们几个男人便随他去了。吃夜宵的地方仍然是我们已经去过的城市主街的海鲜广场。

　　张总点了一桌子当地菜，还一再表示歉意，强调他与阿明是多么好的朋友，如果安排不好，无法向阿明交代。看来张总是有些酒量的，之前已经没少喝，陪我们吃夜宵又是杯杯不落，真没想到南方人也有这么豪爽的。两三瓶啤酒下肚，我们也迅速进入状态，和张总的距离也拉近了，说话也就不再过于去讲究了。席间，我问张总，奉化除了旅游还以什么产业做支撑。张总想了半天，大手一挥说道："就是吃、喝、玩、乐！"听了他

神州走笔

的评价，我们都会心地笑了。张总接着解释："我们这里的吃，是绝对有特色的，玩乐也很有特色。"也许他感觉我们是从大地方了来的，对他的话有怀疑，并又说道："这次你们出来，陆行长和林朋友都带老婆了，你刘主席和小戴是自己来的，干脆今晚给你俩一人找个老婆吧。"我开玩笑地对他说："你省省吧，我和小戴这次出来就是为躲老婆的，怎么可能还找？"听了我们的对话，大家又是一阵开心地大笑。

　　看来，这酒还真是个好东西，它不但能使原本彼此陌生的人，转眼间变成无话不谈、亲密无间的好朋友，还能把可能出现的尴尬气氛化解得其乐融融。席间，一名流浪歌手不停地为我们献唱，无形中又增加了我们的喝酒气氛。在一片欢声笑语和豪言壮语中，四箱百威啤酒已经被我们全部消灭干净。不知不觉已经是下半夜了，我们带着一身的酒气返回了宾馆。

神州走笔

民国第一小镇

——游溪口蒋公故里

　　游览溪口蒋介石故里，是这次浙江行的重要内容。当汽车进入溪口前街时，那个在图片、书籍中多次提及过的蒋介石故乡就在眼前了。溪口虽小，但中国现代史上在这里留下了重要的痕迹。

　　今天是 10 月 10 日，正好是原国民政府的"双十节"，这也许是冥冥之中的天意吧，竟撞了这么一个日子来溪口。天下着蒙蒙细雨，街上的石板路一尘不染，路上没有多少人，听不到嘈杂的声音，周围的青山、绿

水和树木在这朦胧的细雨中，仿佛笼罩着一层轻纱的梦，又似一幅绝妙的水墨画。

蒋介石、蒋经国皆出生于此，张学良将军在西安事变后也曾软禁于此。蒋介石1949年初"引退"后，仍在此幕后指挥党国大事。1949年4月25日，蒋介石携子蒋经国离开溪口故乡，蒋经国日记以复杂的心情写下了离愁别绪："上午，随父亲辞别先祖母墓，再走上飞凤山顶，极目四望，溪山无语，虽未流泪，但悲痛之情，难以言宣。本想再到丰镐房探视一次，而心又有所不忍；又想向乡间父老辞行，心更有所不忍，盖看了他们，又无法携其同走，徒增依依之恋而。终于不告而别。天气阴沉，益增伤痛。……且溪口为祖宗庐墓所在，今一旦抛别，其沉痛心情，更非笔墨所能形容于万一……"蒋介石在台湾最大的行馆慈湖，据说因风景很像溪口而深受喜爱。可见，蒋氏父子不管身在何处，位高权重，挥之不去的、消磨不掉的，依然是诉不完的思乡离情。

在溪口，当地旅游局为我们安排了一名美女导游，在导游的引领下，我们沿街而上进入武岭门。武岭门是溪口镇的门户，用略带粉红色的块石砌成，雉堞围环，门楼飞檐，古色古香，气派不凡。门楼武岭匾额，面东为国民党元老于右任手笔，面西是蒋介石自题。武岭之名，一说是取意晋陶渊明《桃花源记》武陵，武岭与武陵谐音；一说是其独以武岭名者，取义于武德。

进武岭门，左行便是文昌阁。原建造于清代雍正九年（1731年），1925年蒋介石重建，成为私人别墅和藏书楼。1927年蒋宋联姻后，蒋介石常携宋美龄来此小住。1936年西安事变后，张学良被幽禁于此，几天以后送上雪窦山。1939年12月12日，6架侵华日机轰炸溪口，把文昌阁夷为平地，1987年按原样重建。

紧邻文昌阁的是小洋房，这房子背靠武岭，面临剡溪，风景优美，环境清幽，原为美国军事顾问端纳所建。1937年蒋经国从苏联留学回来居住于此，至1939年到江西赣州任国民党行署专员才离开。

出小洋房，沿溪口镇街西行有一临街房屋，便到了蒋介石故居丰镐房。蒋介石的祖父号周房。蒋介石兄弟分家，蒋介石的哥哥蒋介卿得玉泰盐铺，蒋介石及其弟弟蒋瑞青得周房，周房一分为二，名丰房和镐房。蒋瑞青夭亡后，此屋便合称丰镐房。1928年蒋介石扩建故居，占地面积4800平方米，建筑面积1850平方米，房屋共49间。出丰镐房，西行至中街，临街有粉白高后石库门院落，为玉泰盐铺原址，是蒋介石祖父、父亲开盐铺的地方。清光绪十三年（1887年），蒋介石出生在此屋楼内。

距离蒋介石故居七八里是雪窦山，山上有奉化布袋和尚为原型的弥勒佛的道场雪窦寺。山上有妙高峰，妙高峰上有妙高台。此台三面峭壁，下临深渊，形如天柱，故又称"天柱峰"。山上有一瀑直泻，山下积水为湖。山上还遍布各色树木，铺陈出另一种宁静。蒋介石在此山顶端面积达350平方米的妙高台上，建造了一座二层居室作为别墅，门上有一牌匾，刻有蒋介石自书的"妙高台"三字。

在游览过的名人故里中，蒋氏故里是其位高权重时复建和扩建的，但并不是想象中的豪华。溪口是剡溪第九曲出口处，山清水秀，蒋氏祖先蒋元凤有诗云"奎曜冲牛斗，阁同霄汉通，岚从脚下起，霞傍顶尖红，九曲

神州走笔

波涛静，千山树木崇。"并不是想象中的那样大紫大气。蒋宅背无雄伟山势，前无开阔场地，右面山峰（地理所说的白虎）虽然俊秀，但左面武岭（地理所说青龙，文昌阁所在地）气势略显不足。剡溪水自门前直流而去，未能形成含蓄凝聚的格局，隔河对岸的山脉也是虚张声势，是不是应验了那句"青山遮不住，毕竟东流去"的古诗，不好评说也难以评说。

国共历史是是非非，已早有定论。不过随着时间的变迁，对蒋氏父子的评价也可能发生一些变化，会更加接近历史。但不管有何变化，与毛泽东相比，在政治才能、军事才能等方面的差别是变不了的，在领袖人格方面也有很大的不同。看看保护得比较好的蒋氏故里，不管是否出于统战的目的，都觉得毛泽东显得尤为大气。因为在国共斗争时代，蒋介石不仅使毛泽东家破人亡，而且数次派人去挖掘毛泽东的祖坟，破坏毛泽东故里的风水。而毛泽东对落到自己手中的蒋氏故里和墓地，专电要求保护一草一木、一砖一石。1959年，章士钊在致台湾友人的信中有这样两句："奉化之庐墓依然，溪口之花草无恙。"不知山高水远、望断天涯的蒋家父子得知这一信息后有何感想，也不知当今对岸那位破坏"草山行馆"的小丑有何感想。"文革"中红卫兵闯入破坏蒋氏墓地，蒋介石得知后嘱其后代"永记此一仇恨不忘，为家为国建立大业，光先裕后，以雪此家仇国耻也"。但中央政府很快修复并严加保护，这也是一段与当时历史吻合的有趣的插曲。

长流不息的剡溪水，仍是那样匆匆地瞥看小镇，丝毫不理会几年、几十年、几百年社会的风云激荡，很难体会到蒋氏父子的复杂心情，自鸣自唱地奔流远方。中

神州走笔

华民族生生不息、后浪推前浪。镇上的人们似乎忘却蒋家的那些陈年往事，正在享受今日的生活。镇上遍布售卖地方风味食品的店铺，出售当地有名号称味美第一的芋头和在炉中现烤现卖的千层饼。其中一家千层饼店还是中央电视台《正大综艺》节目"原产地标记产品"的摄影点，一位书法家题写了"蒋家千层饼风味独特，现做现卖祖传配方"。

而在蒋氏故居边上的"蒋氏邻居周顺房饼店"，据说曾经是中国最牛的"钉子户"。原来，蒋介石扩建祖宅，要将祖宅周边的邻居强制搬迁。当搬迁到蒋宅门前一户周姓人家时，主人老泪纵横地说：蒋公已经当了皇帝，扩建祖宅是应该的，但我自小和蒋公一起玩大，这房子是我家命根，要搬走的话请他来告诉我。这话传到了蒋公耳中后，下令停止拆迁民宅，保留了周姓房屋。因此，我们今天看到的蒋家祖宅唯独缺少一角，为周家所有，周家从此也就有了蒋氏邻居的称号。

目前溪口的旅游气氛既不喧哗也不冷清，蒋氏故里以及蒋家对溪口有多少的影响，由故里民众去评说。六

七十年以前，当地民众做梦也未曾想到，昔日平静的小镇会有这么多名人、洋人和军政要员，聚集于此。今天的小镇虽然已趋于平静，但实质上也算不上平静。在文昌阁下面的阴郁树林里，突然站出一位看去十分貌似蒋介石的人，剃光头、穿长褂、手上挂着一根文明棍，当时下了我一跳，以为是见鬼了。导游告诉我们说，这是蒋介石的特型演员，主要是与游客合影，形象费10元，每天收入颇丰。有人说，这是吃蒋家的"软饭"。我却不以为然，因为当今的中国，又有多少人在吃名家名著的软饭呢！一本《红楼梦》养活了多少所谓的"红学家"？众多游客乐于与"蒋公"重演历史，再现当年，那就随他去好了。当然，历史是不可能重演的，就像人们不可能两次踏进同一条河流一样。

在即将离开溪口时，我在微信上胡乱写了一首打油诗，也算是倒出一点游溪口的感受吧：

蒋公故里溪口，人杰地灵不错。

我今前来游访，思考先生功过。

一生忠于祖国，培养英杰众多。

日寇侵我山河，国共同心合作。

枪口一致对外，抗日连奏凯歌。

信仰发生分歧，兄弟同室操戈。

如今两岸分离，功过后人评说。

神州走笔

走进绍兴鲁迅故里

对绍兴的向往由来已久，因为绍兴是名士之乡，毛泽东赞之曰"鉴湖越台名士多"，前有陆游，后有鲁迅，喜欢文字的人应该去看看。据史书上介绍，绍兴共出了2000多名进士、30多位状元，而耳熟能详的名人也不可胜数，其中有大禹、勾践、王羲之、陆游、徐渭、徐锡麟、秋瑾、蔡元培、鲁迅、周恩来、钱三强等等。

绍兴之于我的种种或真实或虚构的意象，大多都出现在鲁迅的作品中：刻着"早"字的书桌、百草园、三味书屋、绍兴酒、乌篷船、社戏台、孔乙己、祥林嫂、住在土谷祠里的阿Q……这些让人耳熟能详的名字，让我一进入绍兴，那些鲁迅作品中的文字就已在脑海中呼之欲出。也正因如此，尽管绍兴是我从未来过的地方，可是却并无陌生感，因为我们早已在先生的诗文中认识了绍兴。所以，在来绍兴的路上，我又写就了一首打油诗：

自古师爷出绍兴，
文人志士更无穷。
而今我临咸亨地，

感受厚重古文风。

入口处，有一整版洋溢着浓郁水乡风情的大型浮雕，浮雕上镌刻鲁迅的半身像以及"鲁迅故里"四个苍劲有力的大字。看着鲁迅沉思的像，让人不由想起他的名句："横眉冷对千夫指，俯首甘为孺子牛。"他那大义凛然的神态，让人敬佩的感觉油然而生。隔着一条河，在左边远远可以看到有个商铺，门前立着一座塑像，戴着一副眼镜，一顶黑色的帽子，长长的辫子，修长凌乱的胡子，消瘦的身子，纤瘦的手指间夹颗茴香豆——这就是鲁迅笔下的孔乙己，活生生的。

走进鲁迅故里，一条古色古香的朴素小巷由近至远，河上的乌篷船，街边的黛瓦粉墙，都仿佛诉说着历史。同是水乡，和同里、周庄这些地方相比，这里没有满街的店铺和客栈，也没有刻意营造出的古镇情调，而是自然而然地展示着水乡古镇应有的样子，宁静、淳朴、优雅，这正是我梦中的江南水乡。

在一队队喧嚣的小学生人潮走过后，我怀着虔诚走近鲁迅，也走进了鲁迅的一段生命。导游在讲解着周家台门曾经有过的辉煌，它的规模、格局以及鲁迅家人的概况，但我却站在一旁静静地打量着这座老宅子，在那略显残破的表面下，因为鲁迅似乎有了精神。鲁迅从这个日渐没落的旧宅子走了出去，却打开了一个中国文学的新天地。

鲁迅故居分为相邻的两处，一处叫周家老台门，一处叫周家新台门，两处的房间布局与室内陈设并没有多大差别，都是青瓦粉墙、砖木结构、坐北朝南的大宅院。到底是有钱人家，房子也这么宏伟。我知道房屋及其内在的陈设早就变了样，都是后人复制的，并没有多大兴趣，就一溜烟地走了过去。

周家老台门是鲁家祖居，它坐北朝南，四进大院，典型的绍兴建筑，白墙黑瓦。乌黑的大门前高高悬挂着红灯笼，地上铺着大块的青砖，醒目的横匾，素雅的瓷器，雕花桌椅，镂空窗棂。第一进为"台门斗"，门上方悬挂着一块蓝底金字的"翰林"匾。匾额的两旁各有一行泥金小楷："巡抚浙江等处地方提督军务节制水陆各镇兼管两浙盐政杨昌浚为"和"钦点翰林院庶吉士周福清立"。

周福清是鲁迅的祖父，在同治年间被钦点为翰林，这对周家来说是莫大的荣耀，因此这块翰林匾就显示出其不凡的家世。第二进为厅堂，是周氏族人的公共活动场所，以作喜庆、祝福和宴会宾客之用。厅堂正上方高悬一块大匾"德寿堂"，两旁柱子上有一副红底黑字的楹联："品节详明，德性坚定；事理通达，心气和平"。第三进为香火堂，是作祭祀祖宗和处理丧事的地方。第四进为居住之所。第一进至第四进的左右，均建有对称的侧厢、楼房，房与屋之间都由廊屋贯通，以遮蔽日防雨淋。两侧天井点缀若干假山、石池等小景，雅而不俗。

鲁迅故居则位于新台门的西面。在那里，他的童年和少年时代给人们留下了许多耐人寻味的踪迹。从黑色的台门进去，穿过小天井，是一间泥地的台门间，系鲁迅家当年用来安放交通工具的地方，那里陈列着轿和橹，其中轿杠系鲁迅家的原物。从台门斗侧门进去，有一口水井，亦是当年的遗物。穿过长廊，就到了桂花明堂。明堂俗称天井，这里原种着两株茂盛的金桂，桂花明堂即由此而得名。鲁迅小时候，夏天经常躺在桂树下的小方桌上乘凉，听他的继祖母蒋氏给他猜谜、讲故事。听导游说，粮仓和工人居住的房间是唯一保留完好没来得及翻新的真实的故居。当年房屋还没完全更新，便家道中落。用导游的话说，"我们得感谢鲁迅家族的没落，不然也看不到真正的古迹了"。

从这里开始我不由得放慢脚步，沿着先生笔端去慢慢寻觅。一直走到尽头便是先生笔下令人神往的百草园。我怀着期待的心情走进百草园，心里想到的是鲁迅笔下的"不必说碧绿的菜畦，光滑的石井栏，高大的皂荚树，紫红的桑葚……"可以想象，百草园曾给年少的鲁迅带来了多么大的乐趣，可是百草园如今是一片菜地，它没有鲁迅在文章中描写的那么大，其实不过就是一个农家菜园子。如今，除了有一口井、一棵高大的皂角树和一块石头上刻着"百草园"三个醒目的大字外，已难寻旧踪，不觉得有些遗憾。在鲁迅先生的描述中，百草园是一个有着无限趣味的地方，对于看惯了高墙上四角天空的童年鲁迅来说，百草园无疑是美妙的乐园，那些快乐童年时光虽然已随风飘逝，但鲁迅却把他的那份乐趣记入了文中，留给我们的是隽永的回味。其实，我们每个人的童年时代，心中又何尝不曾有过一座属于自己的百草园呢？

鲁迅故居出门向东，走不到三百米，过一座小石桥，就是著名的"三味书屋"。三味书屋是寿镜吾老先

生开的私塾，在鲁迅年少时的绍兴城内颇负盛名。鲁迅从12岁到17岁就在这儿读书。书屋基本上如鲁迅文中描写的那样：屋正中上方悬挂"三味书屋"匾额，下面是一幅《松鹿图》，两边柱子上有"至乐无声难孝弟，太羹有味是诗书"的对联。中间陈列的方木桌和高背椅是寿镜吾先生的讲台，两排椅子专供来客歇坐，学生书桌放在两边墙角根。鲁迅的书桌原本是在侧门边的，因为门口进出的人多，他便向老师要求把桌子移到屋子的最里面，也就是书屋的东北角。因为我们是在门外够着瞧，由于光线太暗，人离得太远，还是看不到书桌上那个"早"字。我问导游为什么要起名"三味"呢？导游解释说"三味书屋"先前叫"三余书屋"——"冬者岁之余，夜者日之余，阴雨者晴之余"，教人要珍惜光阴、勤奋读书的意思。寿镜吾的祖父将"余"改为"味"，"三味"的意思为：读经味如稻粱，读史味如肴馔，读诸子百家味如醯醢。将知识比作美味，也体现了寿家塾师的良苦用心了。走过书屋，我们耳边似乎还萦绕着鲁迅当年朗朗的读书声。

游完鲁迅纪念馆，本想去咸亨酒店看看，走了整条街也没有找到，只好拐进一家臭豆腐店。臭豆腐是鲁镇的名产，一进故居的街口，远远地就能闻到臭味，整条街都弥漫着。臭豆腐虽臭，其味道还是蛮香的。这里的臭豆腐与其他地方的其实差不多，唯一差别大的就是价格。那"羼了水"的黄酒依旧散发着淡淡的香气，只是味道更醇厚了。"多乎哉，不多也"的茴香豆还是人们的下酒菜，只是品的比孔乙己悠闲得多了。

游览鲁迅故里，品味鲁迅笔下风物，感受鲁迅当年生活情境的场所，从乌篷船到绍兴社戏，从百草园到三味书屋，仿佛一切都那么熟悉。或许，从鲁迅的那些文字被编入教材的一刻起，他心中的绍兴便不再只属于他一人了，而是成了我们许多人的共同回忆。

神州走笔

也信美人终作土
不堪幽梦太匆匆

——沈园憾记

沈园，又名沈氏园，位于绍兴市区延安路和鲁迅路之间。从鲁迅故里出来，直接走，过横道，再走大约五六百米就到了。那天，我们游完鲁迅故里，也许是天热的原因，我们是又饥又渴又乏，听说沈园是沈氏的一家私家花园，再加上门票每人要 40 元，全然没有了游园的欲望。只在门前写有"沈园"二字的假山石前留了几张影，便在河边的树荫下坐下，哪也不想去了。

当时，我们并没有意识到，由于我们的懒惰和吝惜门票，给我们带来了多大的遗憾。回来后，从书本上才知道，这里反映的不仅仅是绿荷葱翠，小桥流水，更重要的是，这里曾是南宋大诗人陆游和唐婉千古爱情悲剧的见证地。

相传，南宋爱国诗人陆游初娶唐琬，伉俪相得，但是陆游的母亲不满意，后被迫离异。在陆游 27 岁那年的春天（1151 年），诗人孑然一身重游沈园，却与来此游玩的前妻唐婉携后夫赵士程不期而遇。一对被迫拆散的鸳鸯再次相遇，人事变迁，悲喜交加。望着孤零零的

神州走笔

陆游，神情恍惚，内心藕断丝连的唐婉大胆地跟赵士程说明了原委。所幸赵士程也是文达洒脱之人，当即命书童送酒向陆游致意。诗人百感交集，吞下苦酒，提起笔来在一堵粉墙上题下了我们所熟悉的那首词——《钗头凤》：

> 红酥手，黄縢酒，满城春色宫墙柳。东风恶，欢情薄，一怀愁绪，几年离索。错，错，错。
>
> 春如旧，人空瘦，泪痕红浥鲛绡透。桃花落，闲池阁，山盟虽在，锦书难托。莫，莫，莫。

看了这样以血泪写就的悲痛之词，唐婉内心明白，迫于母命陆游无奈无助。这是对封建旧礼教束缚爱情的控诉，也是对封建大家长干涉婚姻的抗争。她能理解陆游的苦衷。从沈园回去后，唐婉即和了一首：

> 世情薄，人情恶，雨送黄昏花易落。晓风干，泪痕残，欲笺心事，独语斜阑。难，难，难。
>
> 人成各，今非昨，病魂常似秋千索。角声寒，夜阑珊，怕人寻问，咽泪装欢。瞒，瞒，瞒。

不久唐婉抑郁而逝。

第一次听说这个故事，还是在上中学学文科的时候，当时就黯然神伤，后来有个电影是写这个故事的，看的时候我真的是潸然泪下，但是都对沈园没有特别深刻的印象。没想到如今来到此地，在能亲历沈园的情况下，竟然只在门口做短暂徘徊，想想真是追悔莫及。

遥想当年一对爱侣辗转不舍，最后不得不在此洒泪相别，从此竟成永诀，一幕幕似乎就发生在眼前。不由得再次为这个故事唏嘘不已。自古多情是诗人，看来真是不假。如果没有了这样的经历，也没有陆放翁的脍炙人口的绝句。看来陆放翁肯定是个孝子，如果他有勇气反抗他的母亲，那么怎么也不会给自己留下终生的遗憾。

我们是崇尚"孝"传统的民族，过去曾经和朋友讨论中国文化的时候，我说过传统的孝是压抑人性的，只有作为儿子的自我存在，却没有作为"我"自己的自我存在——中国传统文化里面基本不确立个体的位置——那么就会将孩子当成长辈的附属物，将作为儿子的"自我"同作为"我"自己的"自我"对立起来，当年轻人面临选择的时候，要么是成为俯首帖耳的"好"孩子，要么就是大逆不道的反叛者。这样的文化思维模式在今天，肯定是行不通的。我们成年后必须首先确立独立的"自我"存在，然后才是作为晚辈的"我"的存在。当两者发生冲突的时候，失去了作为主体的"我"，那么作为其他的"我"又有什么意义呢？

我不知道当年陆游和唐婉在此分别时是什么样的心情，但是我能感觉到，所有对美有追求的人都肯定能够想象两人的酸楚。此时，我酸酸地体会着，于是伤感就更加强烈了。

一直以来，在我的印象里，陆游的形象更多的是一位"僵卧孤村不自哀，尚思为国戍轮台"，满怀壮志的爱国诗人，是一位嘱托"王师北定中原日，家祭勿忘告乃翁"，矢志不渝、忠贞坚定的忧国诗人。在他80多年的生命里，他的诗始终洋溢着强烈的爱国主义情感。在历史的长河中，源远流长的文坛尽管不乏生机，但若把诗人一个个单独剥离出来考察，陆游应该算是比较健全的一位。他赋诗又习武，当官又行医，他的生命结构因多元而坚固。无论是赋诗还是习武，当官还是行医，透过这些表层的现象和行为，我们分明地可以看到一种历久弥坚的人格品质贯穿着诗人的一生，那就是关心民间疾苦、关注民族危机的爱国情怀。

但陆游到底有他的历史局限性。从沈园石壁上的词，我们可以联想起当时的背景：20岁那年，正值陆游英俊年少，文才横溢，与美丽多情的表妹唐婉结婚。唐婉对诗词也有相当的修养，夫妻二人琴瑟和谐，生活极其美满。正如词中上阕所述，"红酥手，黄滕酒，满城春色宫墙柳"，两情相悦莺燕尔，红袖添香夜读书。得妻若此，夫复何求？可偏偏好景不长，及至陆游礼部考试被黜，一心想让儿子跻身仕林的陆母便迁怒儿媳，怪其放任丈夫思想，使丈夫"惰于学"，于是硬逼陆游

神州走笔

休掉唐婉。迫于母命难违，陆游只好一纸休书休了唐婉。

这就是我说的陆游的局限性了。读了这首《钗头凤》后，我们可能都会憎恨当时"东风恶"，但我们是否也应该换个角度重新审视一下陆游本身的人格软肋呢？迫于封建大家长的压力，休掉自己心爱的妻子，这不能不说是大丈夫的悲哀。尽管在当时，这样的例子可能成千上万，我们也不能以超常的标准来要求陆游，但我们还是有理由义愤并惋惜：在这方面，陆游人性的孱弱和他强健的文化品格尤其是炽热坚定的爱国情怀是极不协调的。在此之前的历史上，为爱情冲破思想观念的束缚并摆脱阻挠势力继而恩爱相守的例子不是没有，远的不说，北宋李清照对抗礼教，为寻真爱勇敢再嫁的事迹一定也流传甚广。博闻强识的陆游一定也知道，李清照身为一个女子，承受的压力可想而知。陆游身为一个男子，尚不及？

尽管他也想过办法，有过行动，试图把唐婉独自安顿下来。但事情一旦败露，面对母亲的圆睁怒眼和大声呵斥，他还是选择了妥协和退却。人格的坚韧、刚毅和强健在面对压力、阻力甚至是暴力时最能见分晓。可惜，陆游失败了。若是能想想在当时的社会里，一个被休掉的女子将可能面对多少冷眼；若是能想想一个被自己抛弃的弱女子该承担起男子汉的何种责任；若是能想想他们之间曾经的恩爱深情和以后唐婉可能面临的孤寂，那么他就不应该做出这种心酸的选择。

一段令人艳羡的恩爱结束了，一个悲恸的故事由陆游亲手编织了。尽管陆游给我们后人留下了不菲的诗词名篇，留下了高尚的爱国情操，但我相信大多数读者在了解了这段婚姻悲剧后，在痛恨旧势力的无理和残酷之余，都会轻微地责怪陆游本身。诗人自己也是万分痛苦的，对恶东风发出"莫，莫，莫"的绝望之号和无奈之诉，而这一幕悲剧也终成了他永不能平复的创伤，内心的忏悔和负疚之感伴随着他的余生。他曾经多次作诗赋词忆咏沈园，并借此表达对唐婉无限的思念之情和无比的悔恨之意。75岁那年作《沈园》诗："城上斜阳画角哀，沈园非复旧池台。伤心桥下春波绿，曾是惊鸿照影来。"84岁那年作《春游》诗："沈家园里花如锦，半是当年识放翁。也信美人终作土，不堪幽梦太匆匆。"

"也信美人终作土，不堪幽梦太匆匆"，一晃800多年过去了，还有人在此流连凭吊，还有人在此借古抒今。虽然已是深秋艳阳高照，但来游沈园的年轻人还不少，稀稀落落分布在园子的内外，孤鹤亭下，葫芦池边，题词壁前。园子里传出，古筝声声，低沉凄凉，似在哭诉哀怨陆唐，也似在伴和我的脚步和思绪。

曲径通幽　情迷魔都

——夜游上海豫园

　　走进豫园，刚才老街上那喧嚣热闹的叫卖声，那熙熙攘攘人群带来的烦躁，顿时销声匿迹了。夜幕下的上海豫园，真是流光溢彩，晶莹剔透。这里的亭台楼阁灯火阑珊，古色古香，古韵犹存。漫步其中，看花灯夜市，飞檐琼宇，小桥流水，冥冥之中恍惚走进"蓦然回首，那人却在灯火阑珊处"的诗意里。

　　豫园坐落在安仁街132号，从浦东驱车过来，不足半个小时就到了。一进园门，迎面就是一座气宇轩昂的建筑——三穗堂。抬头仰望，"城市山林"的四字匾额，形象地反映了豫园所处的环境：周围是喧闹繁华的都市，园内则充满了山林野趣。穿过仰山堂，一座大型假山隔池相望。山高十多米，是用几千吨重的武康黄石堆叠而成，迂回曲折，气势磅礴。除此印象最深的要数豫园的围墙了，这是由蜿蜒起伏的五条龙所组成的，龙头高昂，造型精致，栩栩如生，有吞云吐雾的气势。这两条龙，龙头相对，中间有一颗珠，被称为"二龙抢珠"。"玉华堂"前，临水而立的有三座石峰，中间一座，便是著名的"玉玲珑"。它与苏州留园的"瑞云峰"，杭州花圃的"皱云峰"合称为江南园林的三大名石。玉玲珑高3.3米,石上有72个孔洞,从下面烧一炷香,上面会孔孔冒烟,从上面浇一盆水,下面又会洞洞流泉。相传它是宋代生辰纲的流散物,至今立在这里已有400多年的历史了。时下已是晚上7点多钟了,游人络绎不绝,我却一个人在园林亭榭中寻找豫园的神秘之处。听着潺潺的流水,看着畅游的鱼儿,思绪从清晰到漫想,又从漫想到清晰。

豫园是明朝曾任四川布政使的潘允端为孝敬父母而造,取意于"愉悦双亲,颐养天年",故起名为"豫园"。据说是由于潘允端的母亲虽贵为封疆大吏的母亲,却一直无法获准到皇室御花园游玩,作为孝子潘允端就在明嘉靖三十八年(1559年),高薪请来园林名家能工巧匠,为家母仿造一家"御花园",后更名为豫园。这位孝子为讨家母欢心,极尽仿造之能事,打造了一家微型"御花园",甚至连皇室象征的五爪金龙照抄不误,差点招来杀身之祸。

豫园的建筑很"精致"。那墙头雕筑的"飞龙",欲穿云而去"飞黄腾达",定睛看看,那龙须还在飞舞。再看那"勾心斗角""各抱地势"的房檐屋角,雕塑着立体人物和故事,有巍然坐镇的关云长,有奋力拼杀的双方将士……个个栩栩如生,惟妙惟肖。再看看"和照堂"里精美的木质桌椅和那雕栏窗户,会让你情不自禁赞叹起来。就拿屋里的字雕窗户来说,各尽创意。比如,堂屋窗户是一个篆体汉字"寿"的变形体,被拉长了,这可能寓意着"长寿"吧;屋外的雕窗都是梅、兰、竹、菊四个样式,黑色的雕窗镶嵌在白色的墙壁上,分明而庄重。梅、兰、竹、菊被古人称为花中"四君子",象征着坚强、自信、自立、自尊的品格,主人

神州走笔

的选择、设计，不难看出这位官者的"文人气质"。

400多年来，这家园林存在的意义被大部分人曲解了。如果它存在的力量，仅仅是因为表面看来倾注了明、清中国园林艺术的智慧，就大错特错了。我想，它的力量在于以400多年的韧劲来弘扬一位孝子对父母的孝心，传统的孝道对于一个民族的重要性。注重孝道，是中华民族由来已久的道德传统，《孝经》开宗明义第一章就言："身体发肤，受之父母，不敢毁伤，孝之始也；立身行道，扬名于后世，以显父母，孝之终也。夫孝，始于事亲，中于事君，终于立身。"孔子四大弟子之一的宗圣曾子也提倡行孝的四大表现：奉养父母、尊敬父母、取悦父母、思念父母。且不论潘允端在中国官场做出了什么政绩，至少在继承和发扬中华民族传统美德上，他得了满分。

时间增益了豫园的魅力。这家体现孝道的园林却一直被当作园林艺术受到推崇，而它当时的初衷和深意却没有人再去理会了。豫园，越来越多的游人鱼贯而入，争相拍照的场景让我的心情难以平息，我想，走进豫园只需要静静的品味和深深的思索。

记不清我是第几次来豫园了，我对它的最深刻印象是"雅致"。单从楼、阁、厅、堂、池、门的名字来看就可"窥斑知豹"了。拿"会景楼"一带的一个个"月亮门"（进出两面不同）的名字就足以证明这一点。走进第一个门是出来的最后一个门，进去时看到的是"点春"，出来时看到的是"归咏"；再如进去名叫"经江"，出来名叫"跨鲤"。还有的叫"导幽""引胜""玩山""临池""海天一览""山辉川媚"等等，有气派，有情趣，别具一格。再读读那些对联，无不透露着

神州走笔

浓浓的文化气息。在"三穗堂"的"可以观"屋子里挂着这样一副对联"喜看稻菽千层浪，寥廓江天万里霜"，在"船舫"榭上写着一副"翼然阆苑蓬壶上，卓尔瑶池翠水间"，再瞧瞧那在湖中"凤舞鸾吟"阁朱红柱子上的对联更是特别。东、南、西、北方向各有一副对联，这四副对联从时间、方位的不同描绘了不同景色和感受，只可惜仅记下了"花移闲阶柳仙子凌波东去，榻照高阁逢诗人扶杖遨游"和"遥望楼台斜倚夕阳添暮景，闲谈风月同浮大白趁良辰"两副。

最后要说说豫园的美食，来到豫园就不能不品尝"南翔小笼"。虽说小笼包子发源于上海郊区的南翔镇上，可是吃南翔小笼包最有名的地方却在豫园。如果你在豫园看到有一家店铺，就算是在盛夏35℃的高温下也依然有无数人耐心地排着不见首尾的长队，你可以告诉自己终于找到上海大名鼎鼎的南翔馒头店了。

其实在上海的不少老字号店中小笼包子做得都可以，但能把名气做得那么响、成为上海市旅游地标的还真只有这家，在名气上绝对是上海小笼包的第一块牌子。虽然想象永远比现实好，但是这里现实中的小笼包比起想象来也差不到哪儿去。个个肉汁丰富，吃时一定要蘸上浸在香醋中的细姜丝，味道会更加好。蟹粉灌汤包子也很不错，热腾腾的一个大包子端上来，先发给你一根吸管，将吸管插进包子皮里用力吸吮，鲜美的蟹黄汤汁顺喉而下，好玩胜过好吃。到上海一定要来豫园，来豫园一定要吃一笼南翔的小笼包，只有这样，你才能当之无愧地说已经领略过上海市井生活的精髓了。

这天晚上，我们来的时候南翔门口已经积聚了很多人，除了排长队的，再看墙根底下、长廊里外、窗户台前、休憩椅上、垃圾桶旁到处都是人，大家都不说话，全低着头认真地吃着小笼包，这场面极为壮观。终于轮到我们了，买到小笼包却没地方坐，只能手捧着，站在大街上吃了，这是我长这么大头一次站在大街上吃饭，感觉尤似乞丐，但很快发现，所有的人只盯着自己的餐盒，没人去关注别人是如何吃法。

这天晚上，游豫园的人很多，但我们在游览中发现豫园很干净、也很安静，真是休息、养生的好居所。我一直不明白为什么起名"豫园"，回来查了字典才知道，"豫"字在古代有"安泰"、"快乐"的意思，这样看来倒与主人"养老"的目的吻合了。

豫园的"曲径通幽"，让本来就方向感很差的我更不知道哪是东来哪是西，只好把印象深刻的内容说说，就像随风飘动的"游丝"一样，时有时无，留有遗憾了。在离开时，猛然间抬头，看到前面的照壁墙上赫然写着四个大字"寰中大快"。忽而想到这四个字既是游此园中的感受，也好像是告诉人们"生是快乐的——关键看你是怎样活法"。

神州走笔

夜游上海外滩

　　秋季的夜晚，漫步在上海外滩，凉爽的风从东边的黄浦江面上徐徐吹来，沐浴其中令人十分惬意。都说上海外滩的夜景美不胜收，果然名不虚传！随着夜幕降临，游人也逐渐多起来了，真可谓游人如潮。

　　百余年来，外滩一直作为上海的象征展现在世人面前。解放前，外滩曾是西方列强在上海的政治、金融、商务和文化中心。近年来，经历了风风雨雨的外滩，旧貌换新颜，既拥有着雍容华贵的气势，又融入了现代化的建筑风格。夜幕中错落有致的大厦在五彩缤纷的彩灯

神州走笔

辉映下，更显得熠熠生辉、璀璨夺目。

到处的灯都亮了起来，站在黄浦江大堤上恍如走进了天国仙境里，放眼望去各式各色的彩灯犹如星星散落江水里，璀璨绚丽，又似银河落入人间，流光溢彩。如果说白天的上海滩只是淡妆素服，到了晚上她就像一个时尚的现代都市女郎，极尽浓妆艳抹之能事，惊艳地出现在游人的面前。我尝试了几次，想把这人间美景拍摄下来都失败了，这样更为这个魅力之都增添了几分神秘色彩。

黄浦江的江面很宽阔，但江水也很浑浊，江的东面是以东方明珠为典型建筑的浦东开发区，江的西面为被称作老上海的浦西，至于浦东和浦西的称法，据说仅仅是上海人称呼上的一种习惯。驻足在浦西外滩的边上，东面的建筑高耸，现代气息扑面而来，看到这里没有人再怀疑上海的经济地位。

与我们同行的两位女士，不知从哪里弄来了低价的游轮船票，于是，我们登上了游轮，正好一面休息，一面观光黄浦江两岸的夜景。渡轮载着我们慢慢前行，这可比步行观光省事多了。对岸有一溜知名建筑

在不远的灯光中隔江辉映，而最让我觉得璀璨的，真要数外滩的街边上那一路古老建筑群了。这一路建筑似乎是整幢楼都燃起了统一色调的灯火，楼中散发出来的光又笼罩了楼，一幢连一幢，煞是壮观。

外滩的北面是英雄纪念碑和陈毅广场，陈毅广场上的陈毅雕像，见证了这座城市对老一代革命领导人的深深怀念。

对于外滩，在脑海里有很深的印象，总能有一些可以让自己释怀的感受。可以享受这座城市带来的一种闲情的小资情调。

游过外滩，可知上海是一座繁华的都市，这里城市楼群密集程度很高，虽然现代化，可是从人文和自然的角度来看这里缺少一种真正意义上的文化氛围，仅仅是对西方和韩日流行的一种延伸罢了。欣赏上海的现代化，也只是欣赏，因为这里是中国小资白领舒适文化的发源地。

下了游轮，我们似乎还未尽兴，于是沿着去南京路的方向，继续兴致勃勃地走着。黄浦江边流光溢彩的外滩确实很美，我想，这种美，就美在历久弥新的上海情结上，无论是极目远眺或是徜徉其间，都能令你感受到它雍容华贵的气势。我是第五次走进外滩，只要来到上海就一定会来逛外滩。外滩是老上海的象征。著名的外滩18号，曾经是英国渣打银行的前身，阅尽繁华八十二载，如今焕发青春。潮人都知道，如今它是上海时尚新地标，中国最奢华之地标，是上海滩最赚钱的地方也是最璀璨的明珠。外滩承载着厚重的历史，而今国际大都会的时尚感，使它成为上海最美丽的夜景。

今夜，外滩金碧辉煌，给人眼前一亮震慑的美。此

神州走笔

时是晚上 10 点多了，聚集的人流越来越多，许多外地游客的到来，使上海外滩之夜更加热闹非凡。黄浦江面上几十艘装点的星光灿烂美轮美奂的游船，载着满满的兴奋的游客，忘却了拥挤的烦躁、等候的疲惫，饱览着两岸美丽迷人的夜景。我们用手机兴奋地不停地拍照，恨不能将所有的美景都尽收手机里，好像只有这样才能不辜负这良宵美景。

今夜是兴奋的、也是疲惫的，因为身边的亲人还是温暖的，一夜无梦觉香甜……

神州走笔

烟雨江南　醉美苏州

——苏州城印象

　　苏州自古以来就是许多文人墨客笔下的仙子，每天清晨抑或是傍晚传来的寒山寺钟声宣告着一天的开始与结束。苏州，古称吴，拥有姑苏、吴都、吴中、东吴、吴门和平江等多个古称和别称。苏州被誉为"人间天堂"，素来以山水秀丽、园林典雅而闻名天下，有"江南园林甲天下，苏州园林甲江南"的美称，又因其小桥流水人家的水乡古城特色，而有"东方威尼斯"美誉。

　　走进苏州城，听雨，看雨，数雨，一寸一寸感受雨的清澈与细微，绵绵的雨声里，路面把这小巷衬得玲珑剔透，意味深长，小桥流水的苏州，宛若含苞的白莲，质朴而雅致的静静盛开。

　　一直以来，印象中的苏州，风是古风，水是遗韵，远眺虎丘塔，古意绵深，近赏拙政园，别致清幽。遥想当年，东晋文化之清雅，南朝歌舞之升平，隋唐运河之繁华，五代之南唐吴越，宋词元曲，明清才子，民国威武亦铿锵，所有的前尘往事，全都被笼罩在这浩浩茫茫的姑苏烟雨之中，朦胧中，雨滴滑落叶尖，沁入我的衣领，让我和它一同感受这深秋的绿意盎然，写下心底最纯净的文字。

神州走笔

如果说北方的美来自于巍峨的高山，磅礴的河流的话，苏州无疑是以其特有的小家碧玉吸引着无数的游人。"最是那一低头像一朵水莲花不胜凉风的娇羞"令无数人为她特有的魅力所倾倒。如果说北方山水的美像一杯烈酒的话，那毫无疑问苏州的美就像一杯才沏好不久的茉莉花茶，清丽，淡雅，令人回味。

苏州的美在于水的灵动，山的俊俏，苏州有太多景点值得你去观赏了，那就让我们慢慢地领略她的魅力吧。

来到苏州首当要去的地方就是虎丘，苏轼说过："来苏州不来虎丘是一大憾事。"虎丘以其独特的魅力，向人们展现了一幅人文资源与自然景观完美地结合，是融山水、历史于一身的秀美画卷，是人类不可多得的文化瑰宝。

进了门就是爬山，虎丘塔依山而建。因为地势的原因它是一座斜塔，素有"东方比萨斜塔"的比喻。我对这个称号很不赞同，为什么不把比萨斜塔叫西方虎丘塔呢。山势不是很陡，爬上去也不是很吃力。除此，还有个景点值得我们去看的，那就是"剑石"，据说这是当年勾践试剑的地方。同样，天下第三泉、拥翠山庄、万景山庄这些景点也会让你流连忘返。

寒山寺为何广为人知？因为一个失意的秀才张继"姑苏城外寒山寺，夜半钟声到客船"写出了他的失意，也让世人记住了寒山寺。所以寺里有很多文人写的《枫桥夜泊》的书法作品，寒山寺的魅力在于它的古朴，文雅，书卷气息。仿佛这里不是宣扬佛法的寺院更像是书院，这一切皆因张继。同样寒山寺默默守护了苏州城数千年，见证了无数的繁华兴衰，它是苏州的标志。对于

神州走笔

苏州城我觉得含蓄，静默也是她的魅力所在。有时觉得苏州就是这样一个美女，淡淡的妆颜，含蓄，不张扬。

观前街是苏州的繁华闹市区，给街巷取名，在某某标志性建筑后面，加上一个"前"或"后"字，在江南并不鲜见，但如苏州人那样喜欢，恐怕无出其右，卫道观前、玄妙观前、镇抚司前、申衙前、范庄前……不胜枚举。其中声名最为显赫的是玄妙观前，约定俗成的称呼是"观前街"，或者干脆叫"观前"。它的盛名，如同南京的夫子庙、上海的城隍庙、北京的天桥，是一个集商业、娱乐、饮食、文化于一处的大众消遣场所；也如同夫子庙有孔庙、城隍庙有豫园一样，观前街是因为有玄妙观而闻名。

如果来苏州想体验水乡文化的话，木渎古镇无疑是最好的去处，因为它不要门票，从乾隆巡游江南时遗留下的御码头不难体会木渎特有的魅力，不过里面有些景点还是要门票的，但是小桥、流水、小船，绝对值得去看一下。

木渎的东南方向就是灵岩山，也不要门票，灵岩山的山势很平缓，不过每到清明时去上香的苏州人会很多，据说山上庙里的神明很灵验，我想叫灵岩山或许取自灵验的谐音吧。苏州的山水，无疑是妩媚的，文翁尔雅，有着特有的魅力吸引着你，或许那才是苏州的特质吧。

如果说木渎古镇是苏州水乡文化的代表的话，那么周庄就是苏州的水乡文化。周庄不在市区，周庄位于苏州昆山一个叫江泽村的地方。周庄真的很有诗意，很美，周庄的夜景也很不错哦，古朴，仿佛时间倒退回到了从前，从复古的老街店面，到脚下的青石板路，无一不诉说周庄古镇的历史。

周庄最著名的地标是双桥，即在一个角度从一座桥的桥底可以看到另一座桥。此外还有沈宅、沈万三水墓，都是其著名景点。著名导演陈逸飞的老宅也在这里。另外，不得不提周庄的小吃冰糖蹄髈，阿婆菜，阿婆茶，河鲜。这里还有两座著名的桥——永安桥与世德桥，两座桥都建于明代，取"世代积德行善，才能永葆平安"的意思。

苏州没有大城市的喧嚣，有的只是自然的宁静与超脱，看着船桨荡起的波纹，也许历史就像河水一样越荡越远。这就是水乡，毫无疑问，苏州的魅力是独一无二的，"窈窕淑女"是对这座城市最好的评价，现代与古典的完美结合，犹如茉莉花的淡雅清香，却让人回味。苏州的美在于她的含蓄，在于她的底蕴，在于她的小家碧玉，苏州的美是需要人慢慢体会的。

苏州的细雨，给人的感觉是随时随地的存在，就像孩子的眼泪，说不定什么时候下，什么时候停。这日的下午，雨渐渐停歇，光线透着些许暗淡，雨中洗涤过的苏州，宛若水庄典雅的绣娘，用纤细的针线在缝制时光。江南生烟，浮生如梦，纯美姑苏，古典情怀。这样的氛围，寻一幽雅之处，赏昆曲评弹，品碧螺春茶，追随着美丽凄迷的唱腔，繁复似梦的评弹，眼前呈现的是民风累累，是绕梁三日，是天上人间！

夜晚悄悄地来临，月色中的山塘街，夜色中的金鸡湖，古老江南的符号随处可见，怀旧与创新共存，现代与遗韵辉映，传统而奔放，文明亦开放，正如苏州人内敛、散淡、平和的性格一样。这才是苏州城的魅力所在，看似山水韵灵，实则天人合一。

神州走笔

在苏州，这样的致景，这样的抒情，早已融入我的性格里。在我眼中，苏州无疑是一幅流动的山水画，近处是运河，远处是太湖，山的沉稳，水的灵动，桥上行人，桥下流水，安静或者喧嚣，悲伤或者喜悦，一切都是那么温柔，从容而华丽。苏州，是当今中国理想化城市的一个缩影，一面保留着质朴，淳古，雅韵，幽致的文化底蕴，一面在经济上新颖时尚，气象万千。文化的生命力在于穿透历史、活到现在，而这正是苏州人文精神的最特别之处。

神州走笔

苏州虎丘剑池
吴中第一名胜

10 月 13 日，我们一行按出游计划，来到了苏州。按说，姑苏古城要去的地方真是很多，但由于我们多数人都不是第一次来苏州，对这里的景观已经不是很陌生了，来这里的主要目的，还是想重新感受一下烟雨江南、诗意江南的韵味。经大家的讨论，最后确定了走几个重点的景区。

第一站，游"吴中第一名胜"，虎丘剑池。

苏东坡曾说过："到苏州不游虎丘，乃憾事也。"虎丘位于苏州城西北郊，距市中心 5 公里。宋代郑思肖有诗："何年海涌来？霹雳破地脉，裂透千仞深，嵌空削苍碧。"

形象地道出了虎丘的由来。虎丘曾是海湾中的一座随着海潮时隐时现的小岛，历经沧海桑田的变迁，最终从海中涌出，成为孤立于平地上的山丘，人们便称它为海涌山，如今虎丘虽远离大海，人们依稀能够感觉到大海的踪迹、大海的气息。

相传，春秋时吴王夫差就葬其父于此，葬后3天，便有白虎盘踞于其上，故名虎丘山，简称虎丘。此山高仅36米，但古树参天，山清水秀，特别是虎丘塔矗立山上，自古以来就是著名的游览胜地。虎丘古迹很多，传说丰富，集林泉之致，丘豁之韵，堪称"吴中第一名胜"。

来到虎丘，还未踏进山门，就看到隔河照墙上嵌有"海涌流辉"四个大字。进入山门后，一座石桥跨过环山河，被称作"海涌桥"；沿山而上，一路的怪石，圆滑的石体是因常年被海浪冲刷所致；憨憨泉因潜通达海，又被称作"海涌泉"，拥翠山庄月驾轩内立有清代学者钱大昕书写的"海涌峰"石刻。虎丘曾有过望海楼、海泉亭、海宴亭等胜景。"海当亭两面，山在寺中心。"（白居易）"宝刹近城郭，峰从海涌来。"（顾瑛）"尝疑海上峰，涌起自天外。"（王鏊）在历代文人的笔下，便可见虎丘与海的渊源。

虎丘一路十八景，这些名胜古迹都有许多引人入胜的历史传说和神话故事。十八景中，当首推云岩寺塔，也就是虎丘塔。

登上虎丘最高处，步入塔院，扑面而来的就是虎丘塔。虎丘塔始建于五代周显德六年（959年），建成于北宋建隆二年（961年）。据记载，隋文帝时就曾在此建塔，当时建的是一座木塔，虎丘塔即是在木塔原址上

神州走笔

建筑的。塔高七层，塔身平面显八角形，是一座砖身木檐仿楼阁宝塔。塔身可分为外壁、回廊、塔心壁、塔心室等部。由于宝塔从宋代到清末曾遭到 7 次火灾，顶部和各层木檐均遭毁坏，塔刹与砖平座已不存在，残高约 47 米。此外，塔身结构复杂，色彩瑰丽，塔身由底向上逐层缩小，外部轮廓有微微膨出的曲线。砖砌部分多模仿木结构形式，有白灰粉和红黑二色绘制的彩图，其风格独特。虎丘塔最绝的还是塔身的倾斜，据称在明崇祯十一年（1683 年）改建第七层时，就已发现塔有明显倾斜，当时曾按倾斜度的反方向进行过矫正，但近 400 年来，塔身的倾斜还在继续，现在看到的虎丘塔已经偏出中心垂线 2.34 米，斜度 2.48 米，它的斜度已经超过了比萨斜塔。

虎丘院内最神秘、最吸引人的古迹就是剑池了。所谓剑池是指崖壁下一窄如长剑的水池，吴王阖闾墓可能在此。相传当时曾以鱼肠剑和其他宝剑三千为吴王殉葬，故名剑池。进入"别有洞天"圆洞门，顿觉"池暗生寒气""空山剑气深"。气象为之一变，举目便见两片陡峭石崖拔地而起，锁住一池绿水，池形狭长，南稍宽而北微窄，颇像一口平放着的宝剑。当阳光斜射时水面寒光闪闪，即便是炎夏也会觉得凉飕飕的，水中照出一道石桥的影子，抬头望去拱形石桥高悬半空，情景奇险，石壁上长满苔藓，藤萝野花飘带倒挂，透过高耸岩壁仰望塔顶，有如临深渊之感。这就是名闻中外的古剑池遗址。

从千人石上朝北望去，"别有洞天"圆洞门旁有"虎丘剑池"四个大字，每个字的笔画都有三尺来长，笔力遒劲。据《虎丘山志》等书记载，原为唐代大书法家颜真卿所书，后因年久石面经风霜剥蚀，"虎丘"两字断落湮没，明代万历年间苏州刻石名家章仲玉照原样钩摹重刻。故苏州有"假虎丘真剑池"的谚语，也有人说这句话是指吴王阖闾之墓的秘密。

1955年整修虎丘疏浚剑池，当时曾刷洗苔藓，核实剑池东侧岩壁上确有明代长洲、吴县、昆山三县令吾翕等人以及唐寅、王鏊等人的石刻记事两方，载有明正德七年（1512年）。剑池水干，于池底发现吴王墓门的简单情况。后来又戽干池水出清污泥，又见剑池两壁自上到底切削平整，池底平坦无高低欹斜现象，显然由人工开山劈石所凿成。池南有一个土坝相连三面石壁，面积约四只八仙桌大小，低于平时水面三尺，是人工筑成用作蓄水的。池北最狭处发现一个洞穴和向北延伸约一丈多长的隧道，可容身材魁梧的人单独出入，举手可摸到顶，从上到下方正笔直，推断也是人工开凿而成。尽头处为一喇叭口，前有一米多隙地，可容四人并立而无回旋余地。前面有用麻砾石人工琢成的长方石板四块，一块平铺土中作底座，三块横砌叠放好似一大碑石。每块石板的面积约二尺半高，三尺多宽，第一块已脱位，斜倚在第二块上。第二块石板门的石质不同于虎丘本山的火成岩，表面平整，由于长期受池水侵蚀，显露出横斜稀疏的石筋。根据形制分析，这是一种洞室墓的墓门，剑池是竖穴，南北向，池底石穴是通路，与春秋战国时代的墓制形式是完全相符的。从虎丘后山由泥土堆成和上述种种迹象分析，剑池很可能是为了掩护吴王墓而设计开凿的，墓门后面也很可能存在某种秘密。但是吴王墓是否即在其中，未经考古发掘证实之前尚是千古之谜。

我们来的时候很巧，在虎丘山的半山腰还看了一场文艺演出，演出的风格有点像张艺谋导演的《刘三姐印象》，演出的场面很大，内容主要反映苏州的悠悠文化、传统风俗和人文景致。舞台搭建以虎丘塔为背景，看着台上的现代演出，望着远处古老踪迹，不禁使人心中涌出不尽遐思……

虎丘塔之绝，剑池之谜，生公台之奇，在苏州的洋洋大观中，可算是独一无二的了。难怪人们都说，虎丘是苏州的象征，今日一游更确信了此说法。的确，也只有虎丘才配得上作为苏州城的象征。

假山王国　禅意园林

——游苏州狮子林散记

　　离开虎丘，我们第二站是游苏州狮子林。狮子林是苏州古典园林的代表。讲到苏州的古典园林，人们往往就会提到宋代的沧浪亭、元代的狮子林和明清两代的拙政园与留园，并把它们称之为"城市山林"。而正是由于狮子林的存在，我们才拥有了一部堪称完整而形象的苏州园林的历史。

神州走笔

相传元朝至正元年，也就是公元 1341 年，一位名叫惟则的高僧，应弟子之邀，来到苏州传禅。次年，弟子们为他买地筑屋，建造了一座禅林。这，便是狮子林。

在佛学中佛为人中狮子，狮子座为佛之坐处，泛指高僧座席，林即禅寺。因此，狮子林本身即是一个宗教用语。禅僧以参禅，斗机锋为得道法门，不念佛，不崇拜，甚至呵佛骂祖。所以狮子林不设佛殿，仅设法堂。而建筑题名全都寓以禅宗特色。比如立雪堂，为讲经说教之堂。其名取自慧可和尚少林立雪之事：达摩祖师在少林修禅时，慧可为拜师在门外站了一个晚上，积雪没膝，后被达摩祖师收为弟子，修成正果成为禅宗二祖。比如卧云室，为僧人休居的禅房。还有指柏轩、问梅阁等，都是以禅宗公案命名。即便狮子林成为私家园林，这些建筑重建后，题名依然不改，可见，狮子林是禅宗与中国园林相互影响的一个详细例证。

当然，狮子林得名的另一个重要原因，还在于它拥有这一片嶙峋多姿的太湖石假山群。这些大大小小的太湖石，虽然造型各异，但是它们却大都与狮子的形态非常相像。这些狮子，或立或卧，或俯或仰，千形百态，顾盼生姿，并以林立之势营造出了十分奇异的氛围。可以说，把狮子的形态与狮子的寓意合为一体，并称为"狮子林"，对于一座禅林来说这真是一种绝妙的构想。

作为佛教在中国发展以后形成的禅宗，一向有功利禅与山林禅之分。惟则师徒所修炼的，是山林禅。而狮子林建造之初的假山和竹林各占其半的格局，恰好保留了山林丛莽的特色。也正如惟则高僧的诗句所写："人道我居城市里，我疑身在万山中。"

狮子林从最初的创建到乾隆皇帝的造访,先后相隔四百来年。这期间,由于禅宗自身的渐渐衰落,狮子林也逐渐步入索寞之期。因此,这座名闻遐迩的佛教禅林,后来竟变成了达官显宦与商界巨贾的私家园林。

乾隆皇帝最初来游狮子林并为其题写"真趣"匾额的时候,狮子林已经归衡州知府黄兴仁所有,且名为"涉园"。因园中有五棵高大的松树,所以又名"五松园"。黄兴仁的两个儿子先后都在科考中金榜题名,黄腾达考中了进士,黄轩则考中了状元。他们认为,都是因为乾隆皇帝驾临此地,黄氏家族才能够如此耀祖光宗。所以,他们便"精修府地,重整庭园",又使得狮子林誉声鹊起。在所有成为狮子林的主人中,黄氏家族所拥有的时间最为长久,总共 170 余年。在苏州私家园林的历史上,就拥有时间而言,黄氏家族实为首屈一指。

狮子林作为私家园林,最后一位主人便是贝仁元。民国 7 年,也就是 1918 年,贝仁元购得狮子林。他在保留原有面目的基础上,又增添了湖心亭、石舫、荷花厅、九狮峰等多处新的景点。至此,经过惟则禅师的创建、黄氏家族的修建和贝氏家族的扩建,狮子林已经涵盖了元代、明代、清代以及民国时期等各个时代的历史风貌,具有了更为丰富的文化内涵。

狮子林以"假山王国"著称于世。狮子林假山,外观似乎是一群狮子,群峰起伏,气势雄浑,奇峰怪石,玲珑剔透。横向极尽迂回曲折,竖向力求回环起伏。进入洞,左右盘旋,时而登峰巅,时而沉落谷底,仰观满目叠嶂,俯视四面坡,如入深山峻岭。洞穴诡谲,忽而开朗,忽而幽深,蹬道参差,或平缓或险隘,有一种恍

神州走笔

惚迷离的神秘趣味。应该说，这是中国古典园林中堆山最曲折，最复杂的实例之一。

元末明初建园时，惟则高僧等人搜集了大量北宋"花石纲"的遗物，经过叠石名家的精妙构思，假山群气势磅礴。以"适、漏、瘦、皱"的太湖石堆叠的假山，玲珑俊秀，洞壑盘旋，像一座曲折迷离的大迷宫。假山上有石峰和石笋，石缝间长着古树和松柏。石笋上悬葛垂萝，富有野趣。假山分上、中、下三层，共有9条山路、21个洞口。沿着曲径磴道上下于岭、峰、谷、坳之间，时而穿洞，时而过桥，高高下下，左绕右拐，来回往复，奥妙无穷。若两人同时进山分左右路走，只闻其声不见其人，少顷明明相向而来，却又相背而去。有时隔洞相遇却是可望而不可即，眼看"山重水复疑无路"，一转身"柳暗花明又一村"。一边转一边还可欣赏千姿百态的湖石，多数像狮形，大大小小有五百来头，有怒吼的，有酣睡的，有嬉戏打闹的，或躺或立，或大或小，或肥或瘦。也有像鼋的，像鱼的，像鸟的，还可找到十二生肖图，真叫人看得眼花缭乱。在假山顶上，耸立着著名的五峰：居中为狮子峰，形如狮子；东侧为含晖峰，如巨人站立，左腋下有穴，腹部亦有四穴。在峰后可见空穴含晖光：吐月在西，势峭且锐，傍晚可见月升其上。两侧为立玉、昂霄峰及数十小峰相映成趣。清代文人朱炳靖钻过假山后写道："对面石势阻，回头路忽通。如穿几曲珠，旋绕势嵌空，如逢八阵图，变化形无穷。故路忘出入，新术迷西东。同游偶分散，音闻人不逢。"确实，把狮子林假山迷宫比作诸葛亮的八阵图，毫不为过。个中滋味，非亲临不能体察也。

狮子林的建筑对皇家园林具有深远影响。在狮子林的沧桑变迁中，清高宗弘历，即乾隆皇帝对狮子林倍加赞赏，并留下大量题字和"御制诗"。乾隆五次游览狮子林，题写三块匾额，留诗十首、临摹倪云林《狮子林全景图》三幅，在皇家园林掀起了摹拟江南山水，效法江南园林的高潮。1771年乾隆在颐和园长春园东北角仿建狮子林，由苏州织造署奉旨将狮子林实景按五分一尺烫样制图送帝御览。建成后景点匾额均由苏州织造制作，送京悬挂。1774年承德避暑山庄建成，东部是以假山为主的狮子林，西部是以水池为主的文园，合称"文园狮子林"。乾隆对此园非常喜爱，称之"欲傲金阊未有此"。皇家园林广泛采用了江南园林中廊、桥、漏窗与苏式彩画，引入堆叠假山的各种流派，大大丰富了北方园林的内容，是我国园林艺术史的重要一章。黄轩在中状元后，重修府第，并以乾隆御笔"真趣"匾额新增"真趣亭"一景，在淡雅的苏州园林中抹上了如此富丽堂皇的一笔，也是皇家园林对苏州私家园林影响力的一个典范。

　　我们一行人在此流连忘返，仿佛时间也在此凝固了。看着这处处充满禅意的文化建筑，我在想，古人的智慧和文化内涵不是今人所能比的，不相信就去看看今天的那些所谓的仿古建筑吧。时代在变迁，社会在进步，而我们的民族文化呢？是发展进步了，还是萎缩倒退了？在天天高喊创新发展的今天，难道我们不感觉缺少了点什么吗？

凭蕉窗听雨　借古诗观荷

——探访"天下园林之母"拙政园

　　游苏州的第三站，是被世人誉为"天下园林之母"的拙政园。

　　苏州的拙政园，与承德避暑山庄、苏州留园、北京颐和园齐名，该园是中国四大名园之首、世界著名文化遗产。这一大观园式的古典豪华园林，以其布局的山岛、竹坞、松岗、曲水之趣，被胜誉为"天下园林之母"。

　　我们从拙政园门口进去，就被眼前的景色震撼到了，林向阳是第一次来，突兀地被惊呆了，他都不敢相信自己的眼睛，竟然有修建得这么漂亮的园林，设计竟是如此的巧妙，可以说是巧夺天工。先说这石径吧，它是用多种颜色的小石子铺成的，简直就是一幅幅图画，让人都不忍心踏上去，石径边上是用竹子搭成的篱笆，有一尺多高，篱笆顶部都弯成弧形，蜿蜒相连，篱笆里面是草坪，铺得就像一块毯子盖在地上那样的平整。远处是白色的高墙，足有四五米高，墙顶是黑色的瓦覆盖在上面，墙里是一排细高的树木，极富有层次感，触目所及都仿佛是国画，由不得人不陶醉。进入园内，远香堂、见山楼、听雨轩，各式建筑都让我们这些东北人震

神州走笔

惊、陶醉、迷惘，乐而忘返。

拙政园是明正德四年（1509 年），明代弘治进士、嘉靖年间御史王献臣仕途失意归隐苏州后将其买下，聘著名画家、吴门画派的代表人物文徵明参与设计蓝图，历时 16 年建成。取拙政园之名是借用西晋文人潘岳《闲居赋》中"筑室种树，逍遥自得……灌园鬻蔬，以供朝夕之膳（馈）……此亦拙者之为政也"之句取园名。暗喻把浇园种菜作为自己（拙者）的"政"事。园建成不久，王献臣去世，其子在一夜豪赌中把整个园子输给徐氏。400 多年来，拙政园屡换园主，曾一分为三，园名各异，或为私园，或为官府，或散为民居，直到上世纪 50 年代，才完璧合一，恢复初名"拙政园"。

拙政园全园占地面积 78 亩（52000 平方米），分为东、中、西和住宅四个部分。住宅是典型的苏州民居，现布置为园林博物馆展厅。

拙政园中现有的建筑，大多是清咸丰九年（1850年）成为太平天国忠王府花园时重建，至清末形成东、

神州走笔

中、西三个相对独立的小园。

中部是拙政园的主景区，为精华所在。面积约 18.5 亩，其总体布局以水池为中心，亭台楼榭皆临水而建，有的亭榭则直出水中，具有江南水乡的特色。池广树茂，景色自然，临水布置了形体不一、高低错落的建筑，主次分明。总的格局仍保持明代园林浑厚、质朴、疏朗的艺术风格。

苏州是水乡，拙政园是水园，有水必有桥。拙政园里有石板桥、石拱桥等多座桥。小飞虹桥的形制很特别，是苏州园林中唯一的廊桥，取自南北朝宋代鲍昭《白云》诗"飞虹眺秦河，泛雾弄轻弦"。因朱红色桥栏倒映水中，水波粼粼，宛若飞虹，故以为名。虹，是雨过天晴后横跨大地的一座绚丽的彩桥。古人以虹喻桥，用意绝妙。它不仅是连接水面和陆地的通道，而且构成了以桥为中心的独特景观。小飞虹桥桥体为三跨石梁，微微拱起，呈八字形。桥面两侧设有万字护栏，三间八柱，覆盖廊屋，檐枋下饰以倒挂楣子，桥两端与曲廊相连，是一座精美的廊桥。

以荷香喻人品的"远香堂"为中部拙政园主景区的主体建筑，位于水池南岸，隔池与东西两山岛相望，池水清澈广阔，遍植荷花，山岛上林荫匝地，水岸藤萝粉披，两山溪谷间架有小桥，山岛上各建一亭，西为"雪香云蔚亭"，东为"待霜亭"，四季景色因时而异。

远香堂之西的"倚玉轩"与其西船舫形的"香洲"遥遥相对，两者与其北面的"荷风四面亭"成三足鼎立之势，都可随势赏荷。倚玉轩之西有一曲水湾深入南部居宅，这里有三间水阁"小沧浪"，它以北面的廊桥"小飞虹"分隔空间，构成一个幽静的水院。

整个园林建筑仿佛浮于水面，加上木映花承，在不同境界中产生不同的艺术情趣，如春日繁花丽日，夏日蕉廊，秋日红蓼芦塘，冬日梅影雪月，无不四时宜人，创造出处处有情、面面生诗、含蓄曲折、余味无尽的意境，不愧为江南园林的典型代表。

香洲为"舫"式结构，有两层舱楼，通体高雅而洒脱，其身姿倒映水中，更显得纤丽而雅洁。香洲寄托了文人的理想与情操。香洲，用的是屈原笔下"芳洲"的典故。《楚辞》中有"采芳洲兮杜若，将以遗兮下女"的句子。古时常以香草来比喻清高之士，此处以荷花景观来喻意香草，也很得体。在中国古典园林众多的石舫中，拙政园香洲大概称得上是造型最为美观的一个。船头是台，前舱是亭，中舱为榭，船尾是阁，阁上起楼，线条柔和起伏，比例大小得当，使人想起古时苏州、杭州、扬州一带山温水软、画舫如云的景象。香洲位于水边，正当东西水流和南北向河道的交汇处，三面环水，一面依岸，由三块石条所组成的跳板登"船"。站在船头，波起涟漪，四周开敞明亮，满园秀色，令人心爽。烈日酷暑，此地却荷风阵阵，举目清凉。香洲船头上悬有文徵明写的题额，后人还专门为之题跋。香洲这条旱船，建筑手法典雅精巧，引人入胜，使人感到一种对高洁人格的追寻。

从拙政园中园的建筑物名来看，大都与荷花有关。王献臣之所以要如此大力宣扬荷花，主要是为了表达他孤高不群的清高品格。中部景区还有微观楼、玉兰堂、见山楼等建筑以及精巧的园中之园——枇杷园。

见山楼三面环水，两侧傍山，从西部可通过平坦的廊桥进入底层，而上楼则要经过爬山廊或假山石级。它是一座江南风格的民居式楼房，重檐卷棚，歇山顶，坡度平缓，粉墙黛瓦，色彩淡雅，楼上的明瓦窗保持了古朴之风。底层被称作"藕香榭"，沿水的外廊设吴王靠，小憩时凭靠可近观游鱼，中赏荷花，远则园内诸景如画一般地在眼前缓缓展开。上层为见山楼，陶渊明有句名言："采菊东篱下，悠然见南山。"此楼高敞，可将中园美景尽收眼底。春季满园新翠，姹紫嫣红；夏日熏风徐来，荷香阵阵；秋天池畔芦荻迎风，寒意萧瑟；冬时满屋暖阳，雪景宜人。原先，苏州城中没有高楼大厦，登此楼望远，可尽览郊外山色。相传此楼为清咸丰年间太平天国忠王李秀成的办公之所。只见山楼高而不危，耸而平稳，与周围的景物构成均衡的图画。

拙政园的布局疏密自然，其特点是以水为主，水面广阔，景色平淡天真、疏朗自然。它以池水为中心，楼阁轩榭建在池的周围，其间有漏窗、回廊相连，园内的山石、古木、绿竹、花卉，构成了一幅幽远宁静的画面，代表了明代园林建筑风格。

拙政园形成的湖、池、涧等不同的景区，把风景诗、山水画的意境和自然环境的实境再现于园中，富有诗情画意。森森池水以闲适、旷远、雅逸和平静氛围见长，曲岸湾头，来去无尽的流水，蜿蜒曲折、深容藏幽而引人入胜；通过平桥小径为其脉络，长廊逶迤填虚空，岛屿山石映其左右，使貌若松散的园林建筑各具神韵。

东部原称"归田园居"，是因明崇祯四年（1631年）侍郎王心一归园而得名。占地面积约31亩。因归园早已荒芜，全部为新建，布局以平冈远山、松林草坪、竹坞曲水为主，配以山池亭榭，仍保持疏朗明快的风格。

　　走在拙政园中，你会深刻地感受到该园"移步换景"和"处处为景"的说法并非虚夸，不论你从哪个角度看过去，眼前始终都是一处赏心悦目的风景。同时，给我们的感觉是没有死角，没有阴暗面。整个园区能做到这样，可谓匠心独运。由此我联想到做人，如果我们能从各个角度去看自身，怎么看都没有缺憾，那的确应该称作是一个完美的人。而在当今社会，有的人面孔是不一样的，表面一套背后一套，见到上级是一套，见到下级又是一套，白天是人，晚上是鬼。能经得起各个层面的推敲和考察，那做人肯定是完美的，要想达到这个目标确实也是不太容易的。因此，及时发现自身的不足，发现自己的短板和瓶颈，尽可能地加以改善和提高，争取使自己在各个方面都达到完美，以完美的形象展现给大家，这应该是"智政"了。

神州走笔

风雨寒山寺　弹指沧桑年

——姑苏城外寒山寺追记

　　寒山寺位于苏州城西十里的枫桥镇，坐东朝西，门对古运河，旧临官道，今属江苏苏州金阊区枫桥镇。按说，到苏州不去寒山寺，严格意义上讲算不得苏州客。但老陆行长实在是不想去，他除了对各地的特色小吃和逛商店有些兴趣外，对各地的名胜古迹从来都是走马观花，蜻蜓沾水。无奈之下，此次苏州之行，没有去寒山寺。在此只好凭借我去过两次的印象，作一篇追记，也不枉来苏州一次。

　　寒山寺创建于梁时天监年间（502－519年），初名"妙利普明塔院"。相传唐太宗贞观年间诗僧寒山子曾住于此，遂改名寒山寺。据姚广孝《寒山寺重兴记》所载："寺当山水之间，不甚幽邃，来游者无虚日。"

　　唐代诗人张继有《枫桥夜泊》诗："月落乌啼霜满天，江枫渔火对愁眠。姑苏城外寒山寺，夜半钟声到客船。"脍炙人口，天下传诵，于是黄童白叟皆知有寒山寺也。寺以诗著名，诗韵钟声，传播中外。寒山寺虽小，声名却很大。此诗伴随苏州城、伴随寒山寺流传千年。

　　来到寒山寺景区，随着人流的涌动，进入寒山寺，不大的寺院里青烟缭绕，充满了人情味。但我相信，绝大多数走进寒山寺的游人，不为烧香，不为许愿，只因为深藏于心的诗的情结。可能是佛一向比较宽容，才大度地允许我这样的闲人在寺院里走来走去。

寒山寺正门一道屏障耸立于前，朝西临河而立，上置脊檐，饰有游龙，气势非凡。黄墙上嵌有三方青石，上刻"寒山寺"三个大字，据说"寒山"两字为祝枝山书写，一字千金，因寺庙只有两千金，所以只书"寒山"二字，"寺"字为东湖居士陶浚宣举人后来仿写。

进入景区，首先看到的是那两个镌刻在奇石之上的"和""合"二字。单从字面上看，"合"，应是不违背，一事物与另一事物相应或相符；"和"，应是相安、谐调、和谐、和气的意思，教育后人不管做什么事情都要讲究个度，要顺应自然发展的规律，不要逆流而上。

关于"和""合"二字，还有一个动人的传说。相传有一对孤儿兄弟，自小失散。长大后，弟弟听说哥哥在一座寺庙里做了和尚，就决心要去寻找他。风霜雪雨，寒冬酷暑，一路风尘，弟弟无怨无悔，他一定要找到自己的哥哥。

这一天，已经累得面黄肌瘦的弟弟来到了苏州城。一打听，人家告诉他说："有啊，是有个北方来的和尚，就在城外枫桥边的一座寺中修行，身材模样都与你差不多。"弟弟一高兴，顺手摘下一朵大荷花图个吉利，然后直奔枫桥边去了。

哥哥正在吃饭，听说弟弟来了，端着盛素斋的饭盒就跑了出来。兄弟相见，激动地抱在了一起，欢喜之情难以言表。此后，弟弟也留在了寺里。因哥哥法号寒山，寺名就叫"寒山寺"。弟弟也起了一个法名，叫拾

神州走笔

得。老百姓因为听说他们兄弟相见时，一个拿着"荷"，一个拿着"盒"，就将他们称为了"和合二仙"。观罢"合、和"二字，便来到了大雄宝殿。

寒山寺正殿，面宽五间，进深四间。单檐歇山顶，飞甍崇脊，据角舒展。露台中央设有炉台铜鼎，鼎的正面铸着"一本正经"，背面有"百炼成钢"字样。这里包含着一个宗教传说：有一次中国的僧人和道士起了纷争，较量看谁的经典耐得住火烧。僧人将《金刚经》放入铜鼎火中，经书安然无损。为了颂赞这段往事，后人就在鼎上刻此八字以资纪念。

殿宇门楣上高悬"大雄宝殿"匾额，殿内庭座上安奉着释迦牟尼佛金身佛像，慈眉善目，神态安详。佛像两侧供奉着明代成化年间铸造的十八尊精铁鎏金罗汉。赵朴初居士撰书的楹联："千余年佛土庄严，姑苏城外寒山寺；百八杵人心警悟，阎浮夜半海潮音。"悬挂大堂两边。有趣的是佛像背后不是观世音，而是和合二仙，也就是寒山和拾得的画像。画像出自清代扬州八怪之一罗聘之手，用笔大胆粗犷、线条流畅。图中寒山右手执地，谈笑风生；拾得袒胸露腹，欢愉静听。两人都披头散发，憨态可掬。据说，苏州当地年轻人结婚，必来拜此二仙，取"百年好合"之意。

出了大雄宝殿，是寒拾殿。寒拾殿门上方有原中国佛教协会会长赵朴初先生题写的"寒拾殿"三个字。寒山寺里最有特色的建筑当数寒拾殿。此殿位于藏经楼内，寒山、拾得二人的塑像就立于殿中。寒山执一荷枝，拾得捧一净瓶，披衣袒胸，作嬉笑逗乐状，显得喜庆活泼。相传寒山、拾得是文殊、普贤两位菩萨转世，后来又被皇帝敕封为和合二仙，是祥和吉庆的象征。藏

神州走笔

经阁秘藏珍贵佛经、书籍 7300 多卷，还有人物巨碑、书刻、题跋，均为少见的传世珍品。

普明宝塔位于普明塔院后面，是一座仿唐木结构楼阁的宝塔，也是我国第一座仿唐楼阁式佛塔，与敦煌壁画里的宝塔一模一样，体现了典雅优美的盛唐风格。宝塔首层门楣上悬挂赵朴初先生题写的"普明宝塔"匾额。塔身高大雄伟，庄重挺拔，气势凌空，在阳光下金碧辉煌，蔚为壮观。

对寒山寺印象最深的记忆是，在藏经楼南侧有一座六角形重檐亭阁，这就是以"夜半钟声"闻名的钟楼。

据说，关于"夜半钟"的说法，历史上曾经聚讼纷纭。北宋欧阳修认为唐人张继此诗虽佳，但三更时分不是撞钟的时候。南宋的范成大在《吴郡志》中综合了王直方、叶梦得等人的论辩，考证说吴中地区的僧寺确有半夜鸣钟的习俗，谓之"定夜钟"。如白居易诗云："新秋松影下，半夜钟声后"，于鹄诗云："定知别后宫中伴，应听缑山半夜钟"，温庭筠诗云："悠然旅思频回首，无复松窗半夜钟"，都是唐代诗人在各地听到的半夜钟声。自此，这场争论才逐渐平息。

穿过绿树黄墙，绕过曲槛回廊，抬眼便见张继的《枫桥夜泊》石碑静静地伫立着。这块石碑乃是清末著名学者、书法家俞樾老先生所书，蛇走龙盘，气势非凡，已成为寒山寺中的一绝。据说，清末光绪三十二年（1906 年），江苏巡抚陈龙重修寒山寺时，有感于沧桑变迁，古碑不存，便请俞樾手书了这第三块《枫桥夜泊》石碑。其时，俞樾虽已 86 岁高龄，仍以其饱满的情怀、稳重的章法、浑圆的笔意，挥洒淋漓，一气呵成。现在这块石碑已成为寒山寺一景，游客纷纷在此拍

神州走笔

照留念。

有资料记载：张继约公元 756 年即唐肃宗至德初前后在世，字懿孙，襄州（州治在今湖北省襄阳）人。生卒年均不详。张继有诗集《张祠部诗集》一部流传后世，为文不善雕琢，其中以《枫桥夜泊》一首最为著名。

后来，张继重游寒山寺时，又写了一首《枫桥再泊》。诗文是：

白发重来一梦中，
青山不改旧时容。
乌啼月落寒山寺，
依枕尝听半夜钟。

寒山寺因寒山得名，因张继诗流传千古。《枫桥夜泊》在寺院内无处不现，更形成了"诗廊"的一大景观，几乎所有的名士到了寒山寺，都喜欢重书一遍这首诗文，这形成了寒山寺浓郁的人文气息。漫步其中欣赏历代名人写的《枫桥夜泊》等诗文碑刻，如：有北宋翰林学士王珪、明代文徵明、清代俞樾、民国张继（与唐代张继同姓同名）、革命烈士李大钊、革命老前辈陈云、当代书画名家刘海粟、费新我等人书写的《枫桥夜泊》诗碑。据说，与唐代张继同姓同名的张继于 1947 年 12 月 14 日书写《枫桥夜泊》诗碑，第二天猝然离世，这幅墨迹名副其实地成为绝笔。曾听友人说过，这里还流传着许许多多动人的故事呢。我久久地站在这些碑前，感叹不已。今日寒山寺，是在几经废圮后重修的，然而许多游人来这里只是找乐、凑热闹、拍照片，花几元钱到钟楼敲一下钟，甚至就是为了听那悦耳的钟声而来寒山寺。但对其中的文化内涵，游人中关心的人并不很多，殊为可叹！

诗人的所见、所闻、所感，描绘了一幅秋夜凄清羁旅图，让人感到时空的永恒和寂寞，生发出对人生和历史的无边遐想。这种动静结合的意境创造，典型地传达了中国诗歌艺术的韵味。可叹的是几部辞典及教材中对"江枫"和"渔火"居然也注释成"江边火红的枫叶，江上渔船的灯火"，这是对秋色秋意的描写。

由此联想到知识必须与见闻相结合，真知不能局限在书本的字行里间。只有亲身体验、深入探究，才能将感性认识升华到理性的认知！

由此可见，凡事重在参与，不在得失，只有实践、探究、经受、体验才有深切感悟！不信你可以在现实中体验、感悟一下下面的这段对话，肯定是意味深长：

　　寒山问拾得："世间有人谤我、欺我、辱我、笑我、轻我、贱我、骗我，如何处置乎？"

　　拾得曰："忍他、让他、避他、由他、耐他、敬他、不要理他，再过几年你且看他。"

你能在现实中体验出其中的真谛吗？

神州走笔

在苏州品松鼠鳜鱼

中国各系菜肴的来历如果追溯到千年以前，多数都有着让人荡气回肠的故事，即便是玉暖香温的江南也是一样。苏州的松鼠鳜鱼就是这样的一道菜。苏州松鼠鳜鱼是苏菜系菜肴中的代表作，在海内外久享有盛誉。这道菜有色有香，有味有形，更让人感兴趣的还有声。当炸好的犹如"松鼠"的鳜鱼上桌时，随即浇上热气腾腾的卤汁，这"松鼠"便吱吱地"叫"起来。

我们到苏州除了必要的景区要去，更要品尝苏州的这道名菜松鼠鳜鱼，否则人家陆行长是来干什么的？但是，像小小得月楼、松鹤楼这样的苏州名店，如果没人请我们是不敢进去的，据说贵得要死，只好"随便"选择一家饭店。在选择饭店方面，无论是在家里，还是出来旅游，陆行长都是"权威"，因为在吃的方面他比较"专业"。

在苏州也是如此，临近中午，在陆行长的选择下，我们走进了一家很不起眼的小吃部，并点了松鼠鳜鱼这道菜。只是这道菜做得是否地道，我们不曾得知，因为在此之前谁也不曾吃过。当然，是不是正宗的松鼠鳜鱼，对于我们来说根本不重要，重要的是借着品菜的名义，大家能坐下来喝点酒。

松鼠鳜鱼传说产生于春秋时期吴国的宫廷血案。春秋时期，吴国公子光计划夺取吴王僚的王位，但吴王戒备森严，刺客无法接近。公子光想了个办法，在宴请吴王时，安排勇士专诸乔装成厨师为吴王僚进鱼炙，等靠近吴王时，取出藏在鱼腹中的鱼肠剑，将吴王刺死。最终专诸也被吴王的卫士杀死，成了王公贵族争权夺利的牺牲品。专诸一介武夫，哪里会做鱼炙呢？他找到了姑苏城外太湖边上的一位做鱼炙的高手"太和公"，跟他学会了这门手艺。太和公的超凡手艺，竟被用于宫廷之乱，真是厨师的悲哀。这场政变中的关键——鱼炙，被认为是现代版松鼠鳜鱼的前身。

但"松鼠鱼"的名字是清朝时才出现的。清代《调鼎集》中有关于"松鼠鱼"的记载："取鲔鱼肚皮，去骨，拖蛋黄炸黄，作松鼠式。油、酱油烧。"鲔鱼，即鳜鱼，也叫鲔花鱼，南方人多称其为鳜鱼，取"蟾宫折桂"之意。据说早在乾隆皇帝下江南时，苏州就有"松鼠鱼"了，是用鲤鱼做的，这位馋嘴皇帝曾品尝过。后来逐渐发展成用鳜鱼制作的"松鼠鳜鱼"。

松鼠鳜鱼充分体现了厨师们的想象力。鱼肉切成毛茸茸的花刀作松鼠的身子，下油中炸了出来，越发显得松软可爱。松鼠的头与尾抽象得就连毕加索也想不通了：用鳜鱼的头放在油中炸了，嘴张得老大地放在盘中作松鼠头，鳜鱼圆秃的尾巴作松鼠尾巴。不过，这造型上的不贴切一点都不影响人们对这道菜的喜爱。从清朝至今，松鼠鳜鱼的人气一直都很旺。

松鼠鳜鱼的扬名还得从乾隆皇帝大闹松鹤楼说起。乾隆一下江南时，有一天微服私访来到苏州。时值阳春三月，桃红柳绿，鸟语花香，人们纷纷到郊外踏青。城里城外，游人如织。乾隆随民众一道观赏了几处春景后，又累又饿，看见观前街上的"松鹤楼"饭馆，便踱进门去。恰好这天松鹤楼的老板给他母亲做寿，里里外外正忙个不停。乾隆帝坐下许久，方见一个伙计过来。这位伙计见他身着布衣布鞋，鞋面上还沾了不少泥土，以为是乡里的农民，便懒洋洋地问道："客官，吃点什么？"乾隆大咧咧地吩咐："只管拣那好吃的拿来。"伙计心想，瞧你那副打扮，还想吃好的，你给得起钱吗？心里这样想，手里便拣那最便宜的破菜送上去。乾隆一见端上来的菜清汤寡水，少盐无味，便问："贵店没有再好一点的菜吗？"伙计不耐烦了，说："没有。"这时，乾隆忽见一个伙计手拿一大盘喷香鲜艳的松鼠鳜鱼从厨房里出来。乾隆手指鳜鱼，要伙计端过来。那伙计傲慢地说："松鼠鳜鱼，你吃得起吗？"

乾隆帝听了一时怒起，顺手将那碗菜汤朝伙计脸上扔过去。随着"哗啦"一声响，门外又进来一位平常打扮的长者。他扶乾隆坐下，小声嘀咕了几句。响声惊动了店主。他急急忙忙来到桌边赔礼。这时那位长者从怀里掏出两锭银子，要店主迅速送好酒好菜来。店主看看这两人虽然衣着平常，但气度不凡，出手也慷慨，料定小觑不得。于是，赶快将精心为他母亲做寿烹制的松鼠鳜鱼、锅巴菜、巴肺汤等菜肴端来，摆了满满一桌，并不断给乾隆赔不是。乾隆帝见那松鼠鳜鱼昂头翘尾、色泽鲜红光亮，入口鲜嫩酥香，并且微带甜酸，觉得昔日皇宫里也没这儿做得好吃，于是连声夸好。

正在这时，不知苏州知府从那儿听到消息，带着一队人马屏声静气地恭候在松鹤楼门口，准备迎驾归府。店里人这才知道是乾隆皇帝，真是又惊又怕。好在乾隆吃得很满意，早息了刚才的火气，临走时还向店主人打听这松鼠鳜鱼的做法，并赏了店主一些银子。店主高兴异常，从此便打出了"乾隆首创，苏菜独步"的牌子。后来乾隆第二次、第三次下江南时，总是光顾松鹤楼，并点名要吃松鼠鳜鱼。松鹤楼的松鼠鳜鱼从此就作为传统名菜流传下来。

苏州的厨师们是用不断的创新来保持这一历史名菜的人气的。现代的松鼠鳜鱼不再拖蛋黄下油锅炸了，而是将切好的鱼沾上干淀粉下油锅炸，这样厨师精湛的刀工可以表现得相当充分。做法也不再用油酱烧，而是改用糖醋汁了。清朝末期及民国初年，西餐调料番茄酱传入中国后，又改用番茄酱调味。调味的改进让苏州的松鼠鳜鱼名扬天下。这样改良以后，菜肴的色彩更加艳丽，酸甜可口更诱人食欲。

最近十多年，苏州的大师们又将松鼠的造型做了改良，用鳜鱼带胸鳍的一块肉作松鼠的头，简直是惟妙惟肖，至此松鼠鳜鱼达到了色、香、味、形的巅峰。还有一点能让食客们联想的，就是服务员把炸好的松鼠鳜鱼端放在客人的面前，然后当着客人的面浇上热气腾腾的番茄汁，这时盘中的"松鼠"吸收了汤汁，会发出"吱吱"的声响来。

要品真正的松鼠鳜鱼，应在桃花盛开的春天，那时河水上涨，鳜鱼正肥。我们几个东北汉子，在深秋的十月，坐在苏州城的一个不知名的小吃店里，一本正经地品着松鼠鳜鱼，大口喝着啤酒，仿佛置身松鹤楼，其乐无穷烦恼消。忽然间，耳边似乎响起唐代诗人张志和在诗歌《渔歌子》中的诗句：

　　　　西塞山前白鹭飞，
　　　　桃花流水鳜鱼肥。
　　　　青箬笠，绿蓑衣，
　　　　斜风细雨不须归。

烟雨江南，魅力无锡

——游太湖记

　　江南，历来是许多人向往的地方；于我，也不例外。读柳永的词，"东南形胜，三吴都会，钱塘自古繁华"。于是，便感慨于江南的富丽与细腻，曾经很多次梦想再到江南一游，去深刻体味那小桥流水的意境，再次感受一下那烟雨蒙蒙之中的江南。今年的 10 月份，利用长假和个人休假，终于圆了我的这个梦。14 日抵达无锡，时值江南秋季。无锡的湿热已经不复存在，倒是那种细雨蒙蒙的情调颇令我受用。

　　无锡地处太湖之滨，京杭大运河穿城而过，河道小桥是随处可见的。若是正好赶上下雨，带把伞或不带伞，一个人在大街上走走，在运河边站站，在拱桥上来回踱几步，看着路上、河边、桥上行人或急或缓的步子，看着雨滴落在水面荡起的涟漪，船上河工们披着蓑衣在来回忙碌着，这简直就像一幅泼墨的山水画，画的主题是烟雨江南。处在这样的画中，就像荷塘月色下的朱先生一样，你可以什么都想，也可以什么都不想，只顾去享受这江南美景吧。

　　来到无锡，就不能不去游太湖。最初认识太湖，还是从上世纪 80 年代流行的一首歌里："太湖美呀，太湖

神州走笔

美，美就美在太湖水……"

14 日一早，我和老陆、林向阳坐上小戴开的车，对好导航，便向太湖方向驶去。看来无锡的绿化越来越好了，一路上我们经过的公路，简直就像一座花园，也许是过了长假旅游期，大街上看不到一个行人，公路上就连车也没有。整个街道静悄悄的，就我们一辆车在行驶。我在车上开玩笑地说："这是因为我们来了，无锡人民为我们净街了。"

来到太湖景区，我们被一个野导游沾上了，经过讨价还价野导上了我们的车，并在他的指引下，将车一直开到山顶。在这里能够领略到太湖的全貌。

太湖，又名震泽、具区，面积 2400 多平方公里，是我国五大淡水湖之一。从山顶上向下望去，太湖风光，连绵几千里，融淡雅清秀与雄奇壮阔于一体，碧水辽阔，烟波浩渺，峰峦隐现，气象万千。无锡名胜首推太湖，太湖的最美之处自然是被郭沫若称为太湖佳绝处的鼋头渚了。看这个名字就很奇特，风景自然也是美的。鼋，大约是一种龙头龟身的动物；而渚，则是半岛的意思。顾名思义，"鼋头渚"就是一座外形像龟头的半岛了。岛上的风光也像名字与外形一样奇美。灯塔，位于鼋头渚的最尖端，也就是鼋头。据说是一位古代女子为引导丈夫回家，在此点燃的一盏孤灯。女子的丈夫虽然没有回来，但却为来往的客船、渔船指明了方向，因此也就成了岛上的一个标志。鹿顶，位于半岛的最高处。据说曾有鹿在此出现，故得名。而在此处观日出，宛如站在泰山之巅看一轮红日跳出海面，兼有高山观日出之雄奇与大海观日出之磅礴，甚是壮观。

鼋头渚上现有充山隐秀、鹿顶迎晖、鼋渚春涛、横云山庄、万浪卷雪、湖山真意、十里芳径、太湖仙岛、樱花谷、广福古寺等 10 多处景点。其中有山长水阔、帆影点点的自然山水画卷；有小桥流水、绿树人家的山乡田园风光；有典雅精致、古朴纯净的江南园林景致；还有吃、住、购、行等配套齐全的服务和娱乐设施，加上历代名人雅士游踪、石刻、书画、传说等诸多内涵深厚的文化积淀，构成了此地以天然山水为主、人工点缀为辅的生动隽美、多彩多姿的景象。当然，最能体现江南韵味的要数江南兰苑了。兰花、流水、修竹、园林，将江南韵味体现得淋漓尽致。此外，渚上水塘甚多，凡有水塘处必有荷花，一大片一大片的，密密的真是荷叶田连连，盛夏荷花盛开，微风徐来，更加显得风姿绰约了，或许这美丽的荷塘就是朱自清先生所怀念的江南的荷塘吧。太湖之美不同于西湖和洞庭，虽然秀色略逊一筹，但烟波浩渺，却似一幅不着颜色的水墨山水，别有味道；太湖之大据说有 2400 多公里，相当于 40 个西湖，站在湖边极目远眺也看不到边际，只看得见天水相连、白雾茫茫。太湖以烟雨著称，苏东坡就有"沧波万顷，月流烟渚"的词句。我们来的那天，恰逢无锡的早晨刚刚下过小雨，湖面烟雾更重。雾中的太湖有一种缥缈的神韵，"烟笼寒水"是对这一境界最好的形容了。

　　湖面上散落着大小不一的船只，其中一艘很大的游轮引起了大家的注意。这是一对新人在船上举行婚礼，音乐和大家的欢笑声时时传来，隐约能看到穿婚纱的新娘和新郎站在船头上。随着风儿的吹拂，雪白的头纱像一朵盛开的白牡丹，多美，多浪漫啊！

　　我想，这就是人生吧！花开花谢，四季轮回，来的来了，走的走了。我们不能去决定什么，可是我们绝不能放弃什么，毕竟人生是短暂的，而生命又是如此的美丽。

我喜欢在雨中散步，何况是在我梦中向往的江南。

三五成群的游人，微笑着，走上小桥，穿过青石板的小道，一边浏览自然风光，一边细细品味着那些历史遗留下的亭台庙宇。那些刻在岩石上的文字经过了不知多少年的风雨洗礼，依旧清晰。光阴去了来，我们只能在这仅存的物象里去勾勒昔日的繁华和寂凉。只有一些新的建筑，告诉着我们昨天已经过去，这是今天，是富裕而发达的今天。

石板路，高高低低，参差不齐，掩映在两旁的绿叶里，透出阴冷潮湿的味道。友人说，这里雨多，大多时候阴天，或者是薄雾夹杂着小雨。

我喜欢这样的天气，不热不冷，没有灰尘。和一个知己，牵手在这样的小路上聊天、散步，惆怅着，幸福着……

有小水潭，上有浮萍。心生感慨，若是一个人能在这样的地方飘零，独活直至终老，也是一种圆满吧。

神州走笔

清风冷月二泉吟

——夜游锡惠公园阿炳故居感记

　　13日赶到无锡已是接近傍晚，我和老陆、向阳和小戴一行四人，顾不得长途的劳累，借着夜色来到了位于无锡城郊的锡惠公园。该园南临古运河，背倚锡山，西临惠山，占地600余亩。公园的名字取自两山，估计无锡市的名字也应该与锡山有关，作为城市标志的龙光宝塔巍然耸立在锡山之巅，湖光塔影，相映生辉。

　　进入园内，但见亭台倚山，楼阁临水，泉水淙淙，古木参天。峰回路转，仿佛置身于画中，移步换景，山水间变化无穷。全园环境清幽，景色秀丽，林泉之胜，莫过于此，且遍布历代文化遗存纪念性建筑。

　　游走之间，我们突然在一处幽静的树荫下发现了一座寂静的院落，走近一看，门旁竟然有块牌子写有"阿炳故居"字样，这着实让我像发现新大陆一样，兴奋不已。我们大家怀着虔诚的心，瞻仰着阿炳的故居，仿佛耳边回响起他那首经典的二胡曲——《二泉映月》。眼前仿佛呈现出一位戴着墨镜，胸前背着挂着笙、笛、琵琶等乐器，手里拉着胡琴，在街头上行走的阿炳。

　　先识曲，后识人。我想大多数人是和我一样的，甚至我敢说，有些人虽然知道《二泉映月》的作者叫阿炳，却未必知道他的真名叫什么。

阿炳，原名华彦钧，俗称瞎子阿炳，是中国民间音乐家，世界名曲《二泉映月》作者，传世乐曲还有《寒春风曲》《听松》《龙船》《昭君出塞》《大浪淘沙》等。华彦钧原为锡城区雷尊殿的道士，精通民族乐器，技艺娴熟，富创作天才；中年双目失明后，沦为街头艺人。1950 年 12 月病殁。

1978 年，世界著名指挥家小泽征尔在中央音乐学院第一次听到二胡演奏的《二泉映月》，激动得泪流满面。他说，这种音乐要跪在地上听，并当场伏跪在地。

冷月清泉，哀婉幽怨，如泣如诉。阿炳在《二泉映月》里抒发着自己心中的郁闷，感怀着身世的不幸和命运的不济。撩人的琴声，拨动了多少人敏感的神经，与之共鸣？

阿炳的故居，原为清末洞虚宫道院内的雷尊殿和火神殿，现存雷尊殿三间和附房六间。1893 年 8 月 17 日，阿炳出生在雷尊殿旁的"一和山房"。其父为该殿的当家道士，擅长道家音乐和不少乐器。阿炳幼年随父学习多种乐器，还即兴编词作曲。17 岁正式参加道教音乐演奏时，已是当地有名的司鼓手，且二胡、琵琶、笛子样样在行，加之一副天生的好嗓子，人称"小天师"。

这次我们来无锡，不经意间有幸发现了阿炳故居，真是天地造化。我想这应该是，冥冥之中阿炳引着我们来到这里的。远远地看去，阿炳故居旁边是一座图书馆的钟楼，掩映在高楼大厦之中。这一民国初年的建筑，据说为当时工商界人士集资修建，至今保存完好，和故居也倒十分般配。

阿炳去世后，原葬于无锡西郊璨山脚下"一和山房"道士墓地。1979 年，墓地清理，由无锡市博物馆原地拾骨，于 1983 年改葬惠山东麓、二泉之南。新墓由中国音乐研究所和无锡市文联合立，墓园由墓墙、两道翼墙和平台三部分组成，并立有阿炳乡人、著名雕塑家钱绍武先生创作的衣衫褴褛、弯腰躬背正卖唱的阿炳铜像一尊。正中墓墙嵌有一通高约一人的深色花岗岩碑，镌刻着"民间音乐家华彦钧阿炳之墓" 12 字。占地 742 平方米的新墓，对于一生清贫的阿炳来说，不免有些奢侈。但墓园简洁朴实的风格，倒是和墓主相配。

阿炳已无在世的直系亲属，有关他的逸事，流传下来的寥寥。我很想搜集点有关阿炳的原始记载，比如从当地县志上寻找蛛丝马迹。当地人告诉我，以阿炳的身世，当时是不可能上县志的，其他文献也无任何记载。现在仅有的一些记述，也是近年寻访当地老人的回忆，其中民国时做记者、后移居香港的蒋宪基先生，提供了不少珍贵的回忆和史料。中国古代称音乐家为"大师"，师旷、师涓、师襄，都是盲人，现代又多了一个阿炳。只是阿炳的际遇，与他的先辈同道相比，已不可同日而语。阿炳的曲子，本来不止流传下来这六首，当时未及录音整理的，如今已成绝响。阿炳的故事不会少，后来也未能及时收集，现在再来做，已经很难了。

好在我们还有他的故居和墓园，还有二泉。

二泉，在无锡锡惠公园内。照壁上，赵孟頫所题"天下第二泉"，赫然醒目。相传天下第二泉，为陆羽所誉。虽池中已经难见泉水，但瞎子阿炳应该是在此创作《二泉映月》。想象着阿炳喝着池中泉水，靠着人们的施舍，还能有如此杰作，真是值得我等敬佩，也许正是有了这等凄惨的生活感受，才会促使阿炳有这样的传世之作。正是艰苦的环境造就人，安逸的生活只能培养出无所事事的庸人。

现在作为一处旅游的景点，阿炳故居的周遭总有些嘈杂，空空如也的漪澜堂里，已难找到映月的意境，也无法体味阿炳的心境了。也许，白天这里是喧闹的，寂静的夜晚应该还有冷月清泉吧。

再有，给我印象最深的当数园内峰叠峦秀的两山，翠拔参天古树，还有满目的鲜花、大片的绿地，让我感受到了秋天美好景色。

神州走笔

故人已乘黄鹤去
独留古镇空悠悠

——游惠山古镇感怀

来无锡之前，我们只知道到无锡游太湖。到了无锡，听当地人说，无锡除了太湖还有个可去的地方叫做惠山古镇。惠山古镇尤以祠堂文化最负盛名，涉及80多个姓氏的118座祠堂，主祀、配祀的历史名人多达

神州走笔

180 余位，如今惠山古祠堂群已被列为国家重点文物保护单位。

大概是过了旅游的时节，我们来古镇这天游人并不多，也正好可以拍点少掺杂游人像的照片。我们由泥人博物馆自一处小弄堂转入古镇景区，直接来到龙头河旁，登上河上的石桥，可以一览龙头河两岸的风景。龙头河并不宽，但两旁的树却是高大繁盛，郁郁葱葱。这里已修葺，青泥瓦檐，青砖石板路面很古朴，一切如旧，以前这里住着普通百姓，如今都已迁出。在这样的旅游淡季古镇显得很冷清，当然在喧哗的城市中是一处难得的清静之地，一路走过，偶尔有几家小店，门口还有几位围坐在一起嗑瓜子的老年人，说天侃地的，比较惬意。这里偶尔有几家开放着的祠堂，拐进去逛了逛，建筑风格也是迥异。

进入惠山古镇，给人印象最深的就是密集遍布古镇的祠堂。这些祠堂风格各异，精彩纷呈。大多是粉墙黛瓦、飞檐斗拱的中式建筑，也有结构明快、琉璃点缀的西式建筑。尤其令人惊奇的是许多祠堂内楼台亭阁、池塘石桥、假山长廊、绿树掩映，简直就是一处精美绝伦的江南园林。

在惠山古镇寺塘泾的入口处，矗立着一座牌坊，上书"人杰地灵"四个大字，气势蔚为壮观，已经成为惠山古镇的重要标志性建筑。原件在上世纪 50 年代初因年久失修有倒塌危险，被拆除掩埋，现今的牌坊为原地原址原貌恢复而成，高 10.65 米、宽 11.5 米，仍为三门四柱五楼形制，古朴精美、气势恢宏。近 20 余件主要石柱、石梁都是挖出来的原来的石构件，具有十分珍贵的文物价值。

惠山横街和惠山直街的交汇处就是惠山寺，始建于南北朝，距今已有1500余年历史，后毁于1863年的太平天国之役，直到2002年当地政府对惠山寺进行修复，恢复了许多寺院景观，里面有一棵600多年的古银杏树。如今的惠山横街原名秦园街：秦园即寄畅园，园主为秦姓，故旧时寄畅园外的道路称作秦园街。惠山直街原名绣嶂街：明清及民国期间，惠山直街称秀嶂街，街名反映惠山山麓翠嶂秀丽特色。解放后绣嶂街拓宽，改名惠山直街。

惠山直街上曾经布满了店铺，多是卖惠山泥人和宜兴紫砂壶的，还有各式小百货店、白铁匠铺等，这条街充满了生活气息，很多老无锡人生活的场面都能在这看到，是很难得的老无锡风情。2008年，无锡开始对惠山横街、惠山直街等区域进行改造，建设惠山古镇。数年过去，如今惠山直街已经华丽转变。这条街上有簇簇拥拥的商家林立。现在很多城市都在打着建设历史文化名城的口号，大肆拆新修旧，如此劳民伤财得不偿失，看看所谓恢复的那些不伦不类的"老建筑"，只会让人更加心痛。

惠山古镇共有自唐至民国的各类祠堂建筑。其中有吴地始祖至德泰伯祠，有五代吴越国王钱武肃王祠，有宰相祠堂九处。他们是战国楚相春申君黄歇，唐相李绅、陆贽、张柬之，宋相司马光、王旦、范仲淹、李纲，以及清代的李鸿章。此外还有尚书祠、侍郎祠、御史祠、巡抚祠。历代文化名人的祠堂也很多，如理学大家周敦颐、朱熹、张载、吕祖谦，书画大家王绂、倪云林，茶圣陆羽，南宋四大家之尤袤，明代"吴下十才子"之浦源等。从祠堂的性质可分为神祠、宗祠、墓

神州走笔

祠、先贤祠、忠烈祠、寺院祠、书院祠、园林祠、行会祠、会馆祠等大类。

惠山古镇最早的祠堂是唐代纪念楚春申君黄歇的"大王庙"，以后逐代添建。明清时期，惠山祠堂发展到鼎盛。到了民国，随着无锡民族工商业崛起，一批行业祠和会馆祠在古镇建立。惠山古镇所处之地揽惠山，拥太湖，风景佳美，风水极好。因而无锡邑内外宗族争相在此建祠堂。据说在封建社会，在惠山古镇建祠堂要得到官府甚至皇帝批准。惠山祠堂一直香火鼎盛，古镇十分繁华。可惜日寇在侵华期间炮击古镇，使珍贵的祠堂建筑遭到很大破坏。新中国成立后，祠堂分给老百姓居住，一个祠堂内住很多户人家，在倪云林祠内就住了十四户。近几年修复惠山古镇，祠堂内的住户才搬走。

惠山古镇的每个祠堂都很有特色，很有文化内涵，也有很多故事。祠吴地始祖泰伯、仲雍及后裔季扎的至德祠，现仅存泰伯殿，大殿中楹，悬额武中奇书"至德无上"匾，两旁有说泰伯功绩的楹联："草昧造三吴，自南河阳城箕山以来，天锡此土；豆登延百世，立君臣父子兄弟之极，民无能名"。殿中有以《断发文身》《荆蛮义归》《泰伯建城》《开发江南》为主题展示"泰伯奔吴"历史的漆壁画。墙上挂有八块大幅隶书漆屏，摘录《史记》有关泰伯史实。祠堂等级最高的是北宋周濂溪夫子祠。周濂溪，就是理学开山鼻祖，写《爱莲说》的周敦颐。这个祠堂属皇帝御赐，是惠山祠堂群中唯一皇帝来过两次并赐匾题字的祠堂，在明朝还享受补贴。祠堂内的一块碑文上还记述着周氏后人向皇帝讨还漏发银子的故事。

很多祠堂集祭祀、教育、休闲、娱乐于一体。教育最有名的是邵文庄公祠，这里原是二泉书院，厅堂学舍错落，有清泉涧溪茂林修竹，邵宝在此讲学十一年。邵宝病逝后，就将书院改成了他的祠堂。有江南园林风格可供休闲娱乐的最著名的祠堂，要数俗称杨家祠堂的留耕草堂了。留耕草堂又名"潜庐"，原为清道光进士、又做过山东肥城知县的无锡人杨延俊建的别墅园林。杨延俊去世后，其子将它改为祠堂。现有建筑在中轴线上的三个厅堂，前两个厅室为"潜庐"和"留耕草堂"，面阔三间，系歇山顶建筑，前后有回廊相通。后一间"丛桂轩"为硬山顶建筑，面阔四间。其西侧有土丘，循石级上，又有偏厅三间。园内有池塘、曲桥、亭台、假山，树木扶苏，古朴幽雅，是一个非常小巧玲珑的江南园林。

惠山祠堂中立有为国为民的忠臣良将祠。张中丞庙祠唐御史中丞张巡，配祠睢阳太守许远。安史之乱时，张巡、许远在睢阳与围城的安禄山、尹子奇部血战数月，在内无粮草外无援军的情况下张巡壮烈殉国，许远

被俘不屈遇害。他们血战遏贼势南犯。南宋时，惠山就辟祠以祀，明时建张中丞庙。该庙前庭有石狮雄踞，有仪门、戏台，上有"百鸟朝凤"木雕构件。两侧有观楼，广庭平台上有两棵明代古银杏树，树下有凿于明万历年间的泉井。大殿内有张巡、许远共守睢阳的大型雕塑。庙内存有明清古碑和清末巨匾各五块。

范文正公祠，是祭祀"先天下之忧而忧，后天下之乐而乐"、以天下为己任的范仲淹，祠中有范仲淹画像。有"德行天下"匾的敦叙堂，有"后天下之乐"的后乐堂，还有"报本堂"。祠中殿堂庄肃，楼阁清雅，方池清澈，长廊曲折。殿内墙上有"先天下之忧而忧，后天下之乐而乐"的巨大刻字。此外还有写出"千锤万击出深山，烈火焚烧只等闲。粉身碎骨浑不怕，要留清白在人间"名句的民族英雄于谦祠，有心系国事抗击阉党的东林党人顾宪成、高攀龙祠等。

我和林向阳在范文正公祠里，贪婪地游览了一大圈，恋恋不舍地走出门。我说一定要在门前留张影，当我摆好姿势猛一抬头，就看见斜对面竟是司马光祠。照完相，我俩又迫不及待地走进司马光祠。在中国无论是有文化还是没文化的人，差不多人人都知道"司马光"这个名字，不是因为他著有不朽的史书巨著《资治通鉴》，而是因为"司马光砸缸"。

祠堂群中有很多忠孝贞节祠，以祭祀忠臣孝子贞女节妇。在寄畅园和愚公谷间，有祀东晋无锡孝子华宝的"华孝子祠"。华宝年幼丧母，他八岁时，父从军守长安，临行时说，待驻防期满回乡，为之戴冠成亲。谁知其父在战争中死难。华宝悲痛欲绝，遵父言终身不冠不娶。南齐高帝赐华宝故宅"孝子"额，唐时建专祠。现祠为明清建筑。门前立四面牌坊，俗称"无顶亭"。祠门牌坊式，庑殿顶，过道架"溯源桥"之"承泽池"，并有装饰石螭首吐泉水之"双龙池"。主建筑"享堂"三间六架，歇山顶，楠木结构，古朴典雅。其内壁嵌三十五方明清碑刻。

惠山祠堂群与江南山水、名泉胜地融为一体，衍生出了惠山泥人文化、锡惠园林文化、二泉音乐文化，二泉茶文化、酒文化等具有鲜明地域特色的民俗文化。祠堂群是惠山古镇的精华与核心，是无锡乃至中华民族之文化瑰宝。惠山古镇曾流传这样一个传说。相传古时山中野兽凶猛，时常下山噬人，惠山人苦不堪言。后来不知何故，山里来了一对人形巨兽，名叫"沙孩儿"，不仅力大无比，神秘的微笑更有除魔降兽之能。山中的野兽只要见着沙孩儿一笑，便俯首卖乖，任其摆布。自从有了沙孩儿，野兽再也没下山伤人，惠山人从此安居乐业。后来发生意外，雄的"沙孩儿"死了，雌的"沙孩儿"也跟着撞树殉情。人们为了怀念这对沙孩儿，便根据他们的形象捏制了一男一女两个泥人，取名为"大阿福"。从此，这一对大阿福就作为镇山驱兽、避灾避邪的吉祥物流传了下来。多么凄美的神话故事，据说奥运福娃的设计借鉴了"大阿福"的原型。

惠山直街的另一特色是大型照壁、石刻多，并有生动故事。位于陶中丞祠旁的李绅诗句壁，上刻"谁知盘中餐、粒粒皆辛苦"十个大字，旁边附有李绅小传，提醒游客知晓李绅是无锡人，年少时在惠山读书多年。张巡庙的前面有"精忠贯日"照壁，反映的是张巡、许远死守睢阳、平息安史之乱，确保百姓太平的故事。而范仲淹祠内的"先天下之忧而忧、后天下之乐而乐"石刻，为明代江南才子文徵明所书。敦颐祠以《爱莲说》为主题，介绍理学创始人周敦颐的思想和业绩，以及清乾隆皇帝赐给该祠的碑额、诗句等人文史迹。范仲淹祠以范祠历史沿革为起点，介绍宋相范仲淹一生的经历和政绩，后乐堂内有《岳阳楼记》、岳阳楼全景图屏风。倪云林祠以大量高仿画作为主线，介绍倪云林简洁凝练、萧散秀逸的画风，以及在书法、音乐等方面的不凡成就。陆宣公祠介绍陆贽"人君立国，以民为本；整顿吏治，反贪倡廉"的治国思想。

　　漫步惠山横街的石板路，穿过百年的酒坊，深沉的目光透过富有历史积淀的古祠堂群，留下探索的目光和沉思。此时，乡味转化成了我们的笑容。穿过"人杰地灵"坊，越过弯弯的石拱小桥，在充盈神韵的龙头河边、在中西合璧的古祠堂前，驻足神思，千年的自然遗迹、百年的人文景观，怎不教我辈后人流连忘返？追想明清时古镇舟楫往来的繁华景象，还是慎重追远的历史民俗遗风？

神州走笔

太湖岸边品三白

　　游过太湖，已经饥肠辘辘，听野导介绍，来无锡必游太湖，游太湖必吃"太湖三白"，这才能算得上是真正的游客。"太湖三白"是指太湖的三种河鲜类特产——白鱼、银鱼和白虾，是无锡市地方著名系列菜"太湖船菜"的招牌食材，由于其色泽均呈白色，因而称为"太湖三白"。

　　导游的介绍越发勾起我们的食欲，还是老陆负责找饭店。我以前介绍过，在吃的方面老陆比较"专业"，因此选什么饭店、点什么菜都由他来负责，我们只管吃就是了。老陆找了一家安徽人开的土家菜馆，重点要了太湖三白。

　　太湖一白——小银鱼，大概算是"太湖三白"里大家比较常见的了。宋代诗人"春后银鱼霜下鲈"的名句，使这银鱼同鲈鱼一起成了河鲜中的上佳珍品。清康熙年间，银鱼就被列为"贡品"。银鱼原为海鱼，后定居在太湖繁衍，是太湖名贵特产。银鱼简直就是个美人坯子，模样极像那一根俊俏却又有些清高的洁白玉簪。活着时它是通体透明的，体内无刺无骨又无肠，没有一点儿腥味。由于体表无鳞所以不好存放，一离开水面就立刻死去，一死身体细嫩透明，色泽似银，所以叫银鱼。银鱼的做法也是多种多样，什么香酥银鱼、芙蓉银鱼、银鱼羹等。我们点的是芙蓉银鱼，其实就是银鱼炒鸡蛋，将鸡蛋打碎搅匀，把银鱼放进蛋液里，放些盐，然后锅里放油，一通拼命翻炒就可以了。银鱼煮汤我也喜欢，味道依然只能用天然的鲜美来形容。

太湖二白——白鱼，亦称"鲦"，"头尾俱向上"而得名，体狭长侧扁，细骨细鳞，银光闪烁，是食肉性经济鱼类之一。目前尚未养殖，主要依靠天然捕捞。白鱼肉质细嫩，鳞下脂肪多，酷似鲥鱼，是太湖名贵鱼类。《吴郡志》载："白鱼出太湖者胜，民得采之，隋时入贡洛阳"，当时白鱼已作为贡品上贡皇庭。白鱼大多在太湖敞水域中生长，以小鱼虾为食，是太湖自然繁殖鱼类，一年四季均可捕获，在六七月生殖产卵期捕捞产量最高。《吴郡志》有载："吴人以芒种日谓之入霉，梅后十五日谓之入时。白鱼至是盛出。谓之时里白。"新中国成立后，国家对白鱼资源进行了保护，繁殖期内禁止捕捉，使之长盛不衰。

1300多年前，太湖白鱼就被老百姓夸为无锡第一鱼。太湖白鱼又称太湖银刀，这名字的由来还有一个动人的传说。相传明朝末年，清兵打入太湖，苏州太湖渔民张三带领一帮人与南下的清兵在太湖一带激战，有一次还攻入苏州城。一次张三在湖上与清兵作战时，手臂中箭，手中大刀掉入湖中。他忍住剧痛，弯腰从湖中抓起银刀，向清兵杀去，清兵被他的神勇给镇住了，纷纷落荒而逃。张三再一瞧手中，原来是一条银光闪烁的白鱼，这样"银刀"这个名字就叫开了。白鱼肉质比较细嫩，一般当地的做法有：清炖、香糟煎、剁成泥以后做鱼丸。我们在无锡吃的是清炖白鱼。一只袖珍白盆端上桌来，一路已是香气四溢，鱼肉洁白细嫩，鲜美极了。

太湖三白——白虾，清代《太湖备考》上关于白虾的记载是"太湖白虾甲天下，熟时色仍洁白"。白虾的壳很薄很薄，周身通体透明，含丰富的蛋白质、维生素A、钙和铁。当地的渔民捞白虾的方法也很是奇特，不用网更不用钩，成为太湖上一景：用一把干树枝扎成捆然后用根长竹竿插入干树枝中再扎稳，将树枝投入水中，小虾就会自己往树枝里钻。到时候了，一把操起竹竿下的树枝回到船上，一阵拍打，小白虾们就纷纷从树枝里落到船上。这鲜嫩的白虾，怎么做都好吃，哪怕就一锅水开了搁点盐进去白灼了，送进嘴里都是一个鲜甜。用白虾做的"醉虾"放在桌上，虾还在蹦跳，吃在嘴里，奇嫩异长。

来到太湖，我尤其钟爱"太湖三白"。确实，凡此湖中"三珍"，激起了我深厚的审美感受。有人说，美感始于味觉，信然。著名美学家李泽厚就说过，从人类审美意识的发展史上看，味觉的感受起着重要的作用，因为它最明显地表现了美感所具有的一些重要特征，诸如直觉性、功利性、个人爱好的差异性等等。依我的审美经验看，与友人或家人在太湖船家品味"三白"，常常能进入审美的双重境界。

繁华落尽见真淳

——游威虎山感怀

2015 年 7 月 5 日，酝酿已久的威虎山行程终于实现了。我们这一行十人，除了我和司机，其他人都是老陆的同学。这次行程的牵头和组织者是老陆的同学赵琦女士，她原本就是开旅行社的，现在不准备干了，这次组织我们一行人出游，也算是她的"封山之作"。车开了七八个小时，天已经黑下来了，我们也仿佛到了路的尽头，这才算到了目的地。我们一行人被安排住在"威虎山宾馆"，晚餐准备得极为丰盛，几乎都是当地的特色。坐了一天的车，虽然很累，但心是放松的。这个晚上，月满枝头，覆盖了群星的闪烁，这是在都市里无法欣赏的月夜。地道的农家菜和山里珍品，再次燃起大家的热情，大家围坐在一起，开怀畅饮，大口朵颐，说笑着。我沉浸于此，什么都不再去想了。

第二天，是我们的正式游程，早早地我们就出了宾馆，大口地呼吸着林区的新鲜空气，我们沿着一条笔直的柏油路，向景点漫步走去，走到路头前面就是茂密的森林，是一眼望不到边的林海。再往上看，一座高耸的山峰直插蓝天，上书"威虎山"。我们的目的是爬这座山峰，直到威虎厅。

提起黑龙江省海林县，知道的人并不多，可是提起威虎山，却无人不晓。其实，威虎山就在海林县头道河子中上游一带，地处张广才岭的东部，当地群众俗称"大夹皮沟"。

威虎山原为无名高地，是黑龙江省张广才岭伸向牡丹江边余脉的峻峰，海拔757米，总面积40万平方米。

威虎山位于海林县城以北40公里处，距牡丹江市区的三道关乡仅一山之隔。深山老林原为惯匪"座山雕"的巢穴，有的称"座山雕棚"。1947年春，中国人民解放军侦察兵小分队进山剿匪，英雄侦察员杨子荣深入敌巢，小分队最后以少胜多，智歼全部匪徒。1967年发现和确定该无名高地为当年座山雕的巢穴遗址后，开始进行保护和建设，并将"威虎山"三字石刻在山顶岩石上。由于小说《林海雪原》也讲到这段历史，以它为艺术原型的威虎山才更被人关注。

今天，我们的目标就是准备征服威虎山这座主峰，我们一行十人，由赵琦女士带领，从左路上山，感觉凉意渗入全身，拾阶而上，映入眼底的是溪流潺潺，青山叠翠。大家说说笑笑，很快行至半山腰，也略感气喘吁吁，汗也出来了，全没有了刚上山时的凉意。看来真是岁数大了，看着越来越陡峭的山路，我们都有些却步了。还好，中途有电瓶车接送，大家毫不犹豫地抢坐了上去。坐上电瓶车，再喝上几口水润润喉咙，呼吸也更加顺畅了。随车而上，沿路一些不知名的小花争奇斗艳，黄的、红的、紫的、白的，一串串，一朵朵，一簇簇，姿态各异，各种树木参差不齐，有的树边长满了青苔。更让人惊奇的是，在这些苔藓上面还长满了不知名的小草，晶莹的露珠闪闪发光，一片诱人的翠绿，迷惑于这片绿色里，迷失在这花意里。

一路观赏景色，一边听司机师傅讲深山里的故事，大家说说笑笑，不知不觉就到了顶峰，终于站在了高处，极目远眺，茫茫林海，山花烂漫，远山连绵起伏，云雾缭绕；脚下翠草茸茸，耳畔鸠鸣鸟啼，似一幅丹青妙笔绘出的画卷，顿有"九十衰翁心尚孩，幅巾随处一优哉；偶扶住杖登山去，去唤孤舟过渡来"的感悟。此时，面对这一人间美景，大家都情不自禁地欢呼雀跃，并在此合影。望着一张张灿烂的笑脸，我不禁想起孤胆英雄杨子荣独闯匪穴，面对群匪时，是否一如我们的笑容。

下山时的路就感觉累了许多。累是累，我唱起了京剧：穿林海，跨雪原，气冲霄汉，抒豪情，寄壮志，面对群山。愿红旗五洲四海齐招展，哪怕是火海刀山也扑上前，我恨不得急令飞雪化春水，迎来春色换人间，党给我智慧给我胆，千难万险只等闲，为剿匪先把土匪扮，似尖刀插入威虎山。誓把座山雕，埋葬在山涧，壮志撼山岳，雄心震深渊。再等到与战友会师百鸡宴，捣匪剿定叫他地覆天翻……

威虎山长城是当代人的壮举，它骑峰跨岭，接地连天，不见首尾，如蜿蜒之苍龙，起舞于山岭之上，出没于松涛林海之间。其工程之浩大，气势之磅礴，被誉为第二八达岭。登临长城，纵览古今，既感受山川之壮美，又易发思古之幽情。

此时，阳光也露出了笑容，顺着树的缝隙间渗了过来，形成一个个的光圈，在头顶上晃来晃去。偶尔还能看到一些蘑菇，还有一些不知名的野果。走走停停间就到了山下，营地里已经炊烟袅袅，像是做我们回营的向导。

据当地人介绍，如果冬天来到这里更是另一番景象。当严冬来临，雪花拥抱大地的时候，天地一色，"山舞银蛇，原驰蜡象"，妖娆多姿的威虎山森林公园，在千里冰封的季节里，从"万山红遍，层林尽染"的诗情画意里进入到银白世界的景色写真。步入威虎山松林，踏看落叶霜花，寻访威虎厅、威虎洞、奶头山、狐仙洞、鹰爪峰……自然会感受到北国山川之雄奇壮美。

我萌生一个想法，冬天再回威虎山。

人之于山水，日月更替，"仁者乐山，智者乐水"。望着山与水，感受山的厚重与胸怀，感受水的润泽与柔美，青山围绕碧水，碧水倒映着青山，山中有水，水中有山，静心遥望，远山、近水、淡云、鸟鸣……似在仙宫，如入梦境，这一切都是大自然赋予的美丽，清新、自然、淳朴。在人生的旅途中，只要我们静静欣赏，细细品味，一样能看到景色宜人，风景如画的美景，最美的境界莫过于"繁华落尽见真淳"！

在返程的路上，大家仍然意犹未尽，还在谈论着在威虎山的所见所闻，我将一路拍的照片进行了剪辑，编发了一组微博，并配了一首匆忙写就的诗：

> 林海雪原雪无痕
>
> 威虎山下寻英魂
>
> 夹皮沟里民风在
>
> 二道河子湖光淳
>
> 奶头山寨今犹在
>
> 不见当年剿匪人
>
> 子荣像前深情望
>
> 后辈不忘前人恩

万顷松涛　清凉世界

——伊春五营国家森林公园游记

　　2015年的中秋节，又是一个小长假，每到节假日道路最为拥堵，这次很庆幸，我们选择了去伊春五营。9月3日一早，我和爱人、同学司宏伟孟君一家、还有司的同事孙凯夫妇以及姜福毅，开着两台私家车，一路向北驶去。一路上几乎没有什么车，也没有什么人，历经了一天的时间，到伊春已经是晚上了。这里的宁静，这里的原始，每一口呼吸都像是给自己的肺做了一次SPA。小兴安岭的秋，我无法用语言来形容，只能放慢脚步，再放慢一些，静静地用心去体会。

　　次日清晨，我们的两台车，在平坦、宽阔的公路上向五营驶去。老早就听说过，红松的故乡——伊春，有个国家森林公园在五营，很具规模。在那个森林公园里，虽然是以红松为主体，但北方其他树种也有好多，且大部分是珍稀树种，别的地方是见不到的。这里是目前我国保存比较完好的原始森林地带，特别是在东北，更是凤毛麟角了，所以十分珍贵。去年十一长假，我的同事邀我一起去五营度假时，我还说"都这个时候了，有什么玩的呀？"等他们回来，看得出大家都很兴奋。同事对我说道："去五营国家森林公园浏览，什么时候

神州走笔

都是黄金季节，因为那里有初春的红杜鹃、盛夏的百草园、仲秋的五花山、隆冬的晶莹雪。不论什么时候去，都会从心底领略到大自然给予的特殊感受，体验到比游览江南水乡不同的感想、感受、感觉和感慨的。"听他这么一说，引起了我的好奇之心，也后悔未与他们同行。现在坐在车上忽然意识到，这次有幸来游览五营国家森林公园，应该是不错的。虽然还未领略到五营独特而美好的景色，但心早已是意马心猿了。

　　五营国家森林公园，坐落在伊春市五营区正北面 19 公里处，在通往公园的路上，我们便很容易地感受到山深林密、曲径通幽了。只见路两旁山崖陡峭，古树参天，好不壮观！一个急转弯，一座宏伟、别致、极具林区特点的公园大门映入了我的眼帘，这门高有 5 米，阔有 15 米，造型显然是一棵迎客松的变体，好亲切。在大门的右侧门柱上，工工整整地镶嵌着"五营国家森林公园"八个鎏金大字，在它的上方，悬挂着国家旅游局颁发的 AAAA 级旅游单位证书，格外醒目。在公园门外的两侧山冈上，已经有好多好客的红松，礼貌地站在那里，潇潇洒洒的松涛彬彬有礼地挥动着手臂，在迎接着我们这些外地游客了。

　　进入公园，迎面而来的是路边那一排排高耸入云的笔直的红松，那气场可真大，一眼望去就连我们这些号称土生土长的东北人都震撼了。据当地人说，人们把入口处这些红松誉为"迎宾卫士"。我看很恰当，因为这些红松躯干笔直，就如卫士标准的站姿；高耸入云，就如卫士标准的体形；气势轩昂，就如卫士标准的形象。

　　我们沿着两条小铁道轨向深处走去，少奇号"蒸汽机车"停在五营公园的密林深处。1961 年 7 月 23 日，刘少奇主席乘坐此平时用于运送木材的小火车视察当时的第四林场，了解林场工人的生产、生活情况。由于每次上山需要一吨煤左右，污染过大，现在已经停用，不过还可以上车近距离观察其内部结构。我们在此纷纷留影纪念。

走下小火车沿着崎岖的山路往前走，就可以看到鸟语林。这座鸟语林是1998年建成，总面积为4800平方米，由20根30米高、28根20米高的钢柱及尼龙网、铁丝网组成，呈方笼形。鸟语林内树种繁多，坡度陡缓不一，光照、温度、湿度等气候因子相宜，为多种鸟类创造了不同的生活环境。

公园实在太大了，光靠两条腿走是根本不可能的，好在园内有电瓶车，接送游客去每个景点。我们匆匆挤上了一辆过往的电瓶车，车把我们拉到了森林浴场景区，这里的广场很开阔。面积大约有2000平方米。在浴场内可漫步，可休息，集游乐、保健于一体。这里的空气含氧量高，并有植物的芳香，加之含量充足的负氧离子可以清心洗肺，使人很快解除疲劳，消除烦躁，神清气爽。

我们沿着一个入口向浴场的深处走去，这一走就是三个多小时，司宏伟只是带路一门心思往前走，无暇顾及身边前后的景色，我们这些人迤迤逦逦机械地跟着往前走，先前的游览兴趣由于饥渴和疲惫也快被走没了。现在回头想一下，森林浴场内古树参天，林海茫茫，风景还是很宜人的。据说，这里有250多种真禽猛兽，七八百种植物、药材、山野菜等。还附有其他针叶阔叶树种：云杉、冷杉、黄菠萝、胡桃揪等；藤本植物：山葡萄、五味子等；草本植物：蔬菜、黄瓜香等；药用植物：人参、刺五加；香料植物：木耳、猴头等。林中的生态环境适合各种野生动物繁衍生息，有熊、野猪、狍子、虎、马鹿、紫貂、草兔、松鼠、黄鼬等。只是当时我们光顾着怎么能走出去，没有心情去顾及这些了。

终于走出了森林浴场，我们来到了一个叫"天赐湖"的地方，这里的风光与森林浴场迥然不同，看到这片湖光山色，我们的心情都好了起来。关于这个湖有一个神奇的故事。相传在上世纪 50 年代初期，一位女勘测队员不小心失足落入湖中，多亏队友及时搭救，幸免于难。不料因祸得福，这位女队员结婚十几年一直未育，跑遍北京、上海等地求医问药，均无济于事。失足落湖后不久，她竟神奇般地怀了孕，而且还是"龙凤胎"！许多给她看过病的老医生十分纳闷，追究原委，断定是这湖水的力量。于是取湖水化验，证实是水中有种神奇的物质所为。首都科学家闻风而至，用先进设备测知湖下 38．6 米处有一巨大陨石。多么奇妙啊！还有一则传说，观世音菩萨手持甘露瓶，在此无意洒出几滴甘露便形成了这片湖泊。无论这些故事和传说是真是假，天赐湖的确美丽非凡，湖水在阳光和绿荫的怀抱中静静地泛着粼粼波光，透着一份深邃和神秘。湖边岸上，处处绽开的花朵五颜六色，溢散着的清新、淡淡的香气沁人心脾。据测试，这里的负离子浓度是闹市区的近 200 倍，大大超过海边含量。所以，有人说走进五营国家森林公园天赐湖边就是走进人间仙境，怎能不觉得情意缠绵，醉在其中。

我在这里流连忘返，抒发着情怀，并情不自禁当场赋诗一首：

五营密林深深处，

一汪碧绿天赐湖。

迁客骚人汇于此，

感恩观音降甘露。

　　不到一天的行程，我们看到的也只不过是整个五营国家森林公园的冰山一角，我想，没有几天的工夫恐怕是游历不完保护区的全貌。面对小兴安岭的心脏，红松的故乡，联想到林区大起大落的惆怅，让我的心情起伏跌宕。

　　伊春的旅程路漫漫，在平坦的山区公路上，汽车发动机的动力发挥到了极限，满眼扑来浓浓的绿色，如同一幅生机盎然但又远山朦胧的山水画卷，每一根神经都被刺激得异常兴奋。的确，绿色是自然界最能产生美感的颜色。如果没有绿色，山谷就不会显出生机。试想西北的大漠戈壁是一番多么苍凉的景象……让我们感谢绿色恩赐给人类的生存环境吧，它来之不易，保护它更是当务之急。

神州走笔

江南原始林　塞北九寨沟

——嘉荫茅兰沟游记

　　游完五营森林公园，经过一夜的休整，次日一早我们一行 7 人便匆匆上路直奔茅兰沟的路程了。从嘉荫出来往伊春方向走，大约走 40 公里，从一个叫乌云的地方下道，走了一个小时的土道，便到了茅兰沟。

　　茅兰沟风景区位于嘉荫县城西 67 公里处小兴安岭林海中，面积为 48 平方公里，海拔 400 多米，山高平均近 80 米，山峰最高为 200 米，山沟深 100 多米，原来叫"猫狼沟"，现在取谐音茅兰沟。这里距黑龙江边不远，人迹罕至，40 多年前被当时的"知青"所发现，如今已成为国家级地质公园。这里以奇峰怪石、流泉、飞瀑、断崖峭壁、深潭迷雾而闻名。茅兰沟悠悠清清，秀美动人，它有石壁流泉、雾海云涛、瀑布清潭、峭壁险梯、岭上锦屏、幽谷灵渠，以及镇潭石、鸽子峰、仙女池、石老姬、石熊聆瀑、将军请缨等数十处景观，引人入胜，令人遐思。不是亲临体验，是无法感觉到它的秀美。

　　进入茅兰沟风景区，可见山势逶迤，绿水湍流，憧憧松影，亭亭白桦，掩映其间，令人叹为壮观。我们向着左边的植物园方向走去。前面是一条长长的坡路，我

神州走笔

们一行人一边走一边停下照相，倒也没显得多疲惫就到了山顶。这里有两大特色，一是桥多，虽然地方不大，可是造出了各种各样的桥。有浮桥、独木桥、石头桥，各有特色，既可观景又可娱乐。二是植物种类多，各种山野菜这里都有，我们后悔没带个袋子好摘点回去。还有很多种中药材，什么接骨木、五味子等等（我的记性实在不好，忘了十之八九了），再有当然就是树了。

我们先去看了瀑布，现在已是 9 月份，虽然已过了旺水期，但瀑布还是比较壮观，令我们真真正正激动了一回。茅兰沟瀑布，落差 10 余米，宽 7 米，洪水从高崖奔涌直泻，如骏马奔腾，势不可挡，吼声震天如同雷鸣，气吞山河。晴天丽日，光照流彩，则有色彩斑斓的彩虹出现，景色壮美。瀑布下临深潭，取名黑龙潭，潭幽水碧，清澈见底，可以看到活泼的游鱼在水中嬉戏。掬起一捧水品尝一口，只觉清甜爽口，沁人肺腑。沿着山间小路缓缓而行，树木苍郁，怪石嶙峋，野鸽子成群地飞掠。幽谷深处，奇花异草，鸟雀飞鸣，小木屋、石子小径、原木搭成的小桥，未加雕饰，趣味盎然。重重叠叠山，曲曲环环路，高高矮矮树，叮叮咚咚泉，峰回路转，千变万化，景外有景，山外有山。

太子峰，在群峰突起、层峦叠嶂的河谷中，一座座突兀而起的巨峰像脱鞘利剑，冲出壑，直刺苍穹，显得高峻雄伟，挺拔恢宏，气宇轩昂中秀出一股浩然正气，俨然是一位高傲的太子。在太子峰上并排长着两棵形神相似的青松，二松相距不足一米，枝叶婆娑，相互交错，远观俨然两个相依互靠的姐妹，被称为"姊妹松"。

从姊妹松中间越过山梁，是仙女池，四周环山，岗峦起伏，峭壁屹立，高耸入云。峭壁环抱一潭清水，面

神州走笔

积约 1800 平方米，清澈甘洌，好似一块硕大的明镜，四周山岭古木尽摄潭中。原来茅兰河在这里回转 270 度，河水从山梁和陡峰相接的石缝中流出，形成高约 3 米的瀑布，汇合一处，形成此潭。传说在很久很久以前有一仙女私自下凡，因受不了人间燥热，在茅兰河中沐浴游玩。王母查寻至此，因怕凡夫俗子偷窃仙女玉体芳容，便随手点出这四壁屏障，以隔绝凡人视线。仙女随王母去后，便留下如此景色，称"仙女池"。

三阶潭，沿太子峰下行一公里处，湍急的河水自重叠的岩石缝隙中汩汩流出，水沿三个石阶婉转流下，水跌岸岩，玉珠飞溅，溢光流彩，水流积潭，潭满则泻，泻则为瀑，瀑又生潭，这三瀑三潭相映，筑成奇异的景观。

野鸽峰，沿河谷自三阶潭下行，千姿百态的奇峰怪石映入眼帘。在两岸高深的峡谷中间，有一山峰拔地而起，狭瘦孤峰上顶着一块摇摇欲坠的巨石，花草树木零星点缀其上。"山不在高，有仙则名。"此峰因有野鸽群居而大放异彩。峰顶四季有 100 余只野鸽生栖，它们时而绕峰盘旋，时而唳声冲向天空。蓝天、白云、山峰、群鸽，相互辉映，构成了壮美的风景画。

茅兰沟是地壳变迁的褶皱断裂而形成的深谷，河谷长 15 公里。这里沟深林茂、野趣浓厚，不仅分布有大面积的原始森林和天然次生林，而且林下分布有种类繁多的奇花异草。临近中午，我们选择在河流中的一块巨大的青石上野餐。在野餐的间隙，我们不忘环顾周围的景色，只见我们周围山势逶迤，绿水湍流，憧憧松影，亭亭白桦，掩映其间，相互衬托，或高耸挺拔，或偃卧盘曲，或旁出斜逸，郁郁葱葱，苗壮蓬勃，一树一姿，叹为观止。风吹涛起，顿生雅韵。置身树林，曲径通幽，微风过处，似潮音，如天籁，洗心涤骨，安魂慰魄。在吃饭的间隙，我匆忙编发了一组微信照片，并为其配小诗一首：

悬崖峭壁密林间，
潺潺溪水绕身边。
小假朋友来相会，
茅兰沟内聚野餐。

茅兰沟深峡险壑，山高林密，除泛舟游水趣，聆泉响，眺奇峰，观飞瀑，其妙处还在于空气清新，山风鲜活，环境雅静。但见峰妙谷深，瀑布飞挂，清幽喜人。苔青石滑，浓荫蔽日，瀑布从断壁上飞泻而下，浪花滚滚，涛声澎湃，山谷岩缝水珠四溅。我想，要是经常能到这里来走走转转，哪怕是一个人坐在大青石上，看看溪流，听听涛声，写写诗，或者放开歌喉，听听自己的嘹亮回声，应该是十分惬意的。

这里实在是太安静了，太容易激发豪情了。

让未来铭记历史
让历史告诉未来
——参观中国人民抗日战争纪念馆感怀

2015年11月1日—5日，总行工会在北京举办一年一度的工会干部培训班。从今年起，总行工会办班吸收了各省会分行的工会副主席参加，我因此荣幸地参与了这次培训。

按照课程的安排，3日下午是参观革命基地，接受红色传统教育。我们这个班的一百多人，在总行工会郑海英副主席的率领下，乘坐两台大客车向着中国人民抗日战争纪念馆的方向驶去。

中国人民抗日战争纪念馆坐落在北京市丰台区宛平城的城中心，距卢沟桥500米，1987年7月6日"七七事变"爆发50周年前夕落成，是一座具有民族特色的建筑。宛平城始建于明末崇祯十一年（1638年），总面积20.8万平方米，是一座保存比较完好的古建筑。当年"七七事变"就发生在这里，我想纪念馆建在这儿，或许也就是因为这个原因吧。

纪念馆占地面积4万平方米，建筑面积2万平方米，展览面积6000平方米。正门还悬挂着"中国人民

神州走笔

纪念第二次世界反法西斯暨抗日战争胜利 70 周年"的红底白字横幅，这是今年党和国家领导人在此开会时留下的，我们在此留下合影便拾阶而上。纪念馆外一进台基有 8 个台阶，象征着全国人民的 8 年抗战，二进台基有 14 阶，象征着东北人民 14 年的抗战。整个展馆由序厅、展厅、半景画馆三部分组成。

进入序厅，迎面是一座 18 米长、5 米宽的大型铸铜主题浮雕——《把我们的血肉筑成我们新的长城》。左右两侧墙壁上，分别镶嵌着《义勇军进行曲》和《八路军进行曲》的曲谱。顶部由 15 个方形灌井组成，悬挂着 14 口方形古钟，象征着 14 年抗战，蕴意着中国人民抵御侵略者的警钟长鸣。同时，陈列有 1931 年"九一八"到 1945 年 6 月日本投降这一历史时期的抗战文物及图片资料，声光结合立体画面再现了日本在卢沟桥的侵华罪行和中国军民奋起抗战的壮烈情景。

从序厅进入展厅，这里由 3 个综合馆、3 个专题馆（"日军暴行"专题馆、"人民战争"专题馆、"抗日英烈"专题馆）和 1 个半景画馆组成。其中展出的照片和资料 3800 件，文物 5000 件。综合馆展示了全国抗日战争的全过程。"日军暴行"专题馆展示了日本侵略者的滔天罪行，其中包括"七三一"细菌部队和南京大屠杀的现场复原陈列。"人民战争"专题馆展示了波澜壮阔的全民族抗日救亡运动和浴血奋战的场景，其中有台儿庄战役、平型关大捷、百团大战等著名战役的介绍。"抗日英烈"专题馆展示了著名抗日英雄杨靖宇、赵一曼、左权、彭雪枫、张自忠、佟麟阁、赵登禹等人的英雄事迹。半景画馆采用声光电等现代手段，模拟了"七七事变"等战争场景，形象生动。

置身展馆漫步，每走一处，映入眼帘的都是一幅幅刺激心灵的图片和文字资料。在抗日英烈展馆，我怀着崇敬的心情在此长时间驻足，默默地向着心目中的民族英雄们表示深深的敬意。展馆内的民族英雄，为了祖国领土和尊严，有些人舍弃个人的荣华富贵，有些人放弃自己的家庭幸福，所有的抗日志士都是不惜牺牲自己的生命，抛头颅洒热血，义无反顾。我在想，在中国 14 年艰苦卓绝的抗战中，为了民族大义和尊严而英勇献身的国人，岂止是一个展馆所能容下的，有多少默默无闻的民族英雄，已经湮灭在历史的烟波浩渺中……

青山处处埋忠古，哪片国土未染血？

近代以来，中国人民饱受了太多的侵略和耻辱，失去了太多的尊严和自信。只因我们一时的落后，列强便用血与火教会了我们认识到什么叫屈辱，什么叫残忍，什么叫蹂躏，什么叫不公平。1937 年的"七七事变"，标志着中国全面抗战的开始。1937 年 12 月 13 日日军占领南京城，对手无寸铁的南京平民进行了长达 6 周惨绝人寰的大屠杀，有超过 30 万的无辜平民在这场史无前例的、人类文明史上最黑暗的屠杀中被残害致死，特别是看到那些被活埋的村民和婴儿，我的心情难以平静，虽然在此之前也曾看到过相关的资料和报道，但当再次亲眼所见这些照片和血淋淋的历史时，依然悲愤难忍，这应该是人类有史以来，文明底线都难以承受的。

在整个参观过程中，我们自始至终感受到了，在中华民族的危急时刻，中华儿女一致抵御外敌的那种团结精神，在中国共产党的倡导下，以国共合作为基础的抗日民族统一战线的形成。从国民党数百万军队在正面战场的奋起抵抗，到共产党领导的八路军和新四军让侵略

神州走笔

者闻风丧胆，再到港澳台同胞一致抗战，海外侨胞认购国债回国抗战，不同党派和团体摒弃前嫌，共赴国难。整个中华民族展现出了中国近代史进程中最伟大的团结精神，形成了真正战胜日本侵略者的无坚不摧的力量源泉。

今天，当我们重温"拼搏、奉献、团结、自强"这八字精神时，无论在什么时间、什么地方、什么情况下，对于我们这样一个发展中国家来说，都无疑是相当重要的精神。这是抗战精神的最核心的内容，也是中华民族在抗战时期积累下的最重要的精神财富，更是抗战留给我们的最为宝贵的文化遗产。

走出展厅，心情依然是沉重的，耳边仿佛还能依稀听到同胞在侵略者屠刀下的惨叫和隆隆的炮声，我们无法忘记侵略者的无耻和这场战争的残酷。如今，抗日战争已经过去70年了。也许，随着时间的推移，仇恨可以化解，创伤可以愈合，但历史的教训却不能忘记！我们纪念抗日战争，就是要用无数先烈用鲜血聚成的伟大的民族精神来凝聚民族力量，激励和动员全国各族人民和海外中华儿女为实现中华民族的伟大复兴，为促进世界和平与发展的崇高事业而奋斗。

没有知识，没有稳定，没有强大的祖国就要挨打。侵略者在用刺刀和洋枪敲开我们国门的同时，也用同胞的血泪和民族的屈辱教会了我们；要想跨入世界强国之林，赢得世界的尊敬，只有自强不息，奋进不止。那场战争离我们越来越远了，但我们如果因此而忘记那场战争，不能吸取教训，那就是在我们的民族安下了一颗定时炸弹，自己埋下了悲剧的种子。我们热爱和平，但更应该知道怎样去保卫我们的和平。"前事不忘，后事之

神州走笔

师。"学习和缅怀历史，是为了不忘记那段历史。因为
无论何时，忘记历史，将意味着背叛；忘记历史，历史
将会重演。因此，我们要做的就是，让未来铭记历史，
让历史告诉未来。

　　作为生活在这个幸福时代的人们，要热爱我们历尽
劫难的祖国，珍惜现在来之不易的和平。更要警惕一切
罪恶的蠢蠢欲动，一定要牢记这样一个事实：在弱肉强
食的丛林世界，永远是适者生存，落后就会挨打！

一路风尘，那梦、那情

（后记）

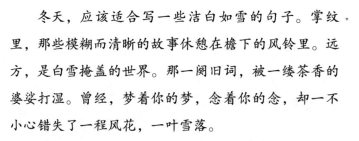

冬天，应该适合写一些洁白如雪的句子。掌纹里，那些模糊而清晰的故事休憩在檐下的风铃里。远方，是白雪掩盖的世界。那一阙旧词，被一缕茶香的婆娑打湿。曾经，梦着你的梦，念着你的念，却一不小心错失了一程风花，一叶雪落。

空旷的大地安寂着，看雪花开成一片片洁白，涤尽世间所有浮华，皈依心灵一片玲珑剔透，不染尘埃。此刻的天空亦是一片干净的蓝，没有叶绿花红的日子，依旧有着诗意的美。喜欢这雪，喜欢这样的时刻，一个人走得很慢，漫天飞雪，衣袂飘飘，自舞倾城。

生命中，我们每一天都以素心对红尘纷扰，以素心对素心人。当无意中擦肩或错过的瞬间，总会或多或少地生出一些感慨与遗憾。遇见，就不要恨晚。爱过，就不要说抱歉。回眸的那个瞬间，注定这一世有扯不断理还乱的花事，会在某个季末开至荼蘼，唯留一缕暗香，黯然销魂着时光的苍白。

雪霁晴朗，梅香处处。踏一路梅雪飘香，走到冬的尽头。等到下个春天重新长出新芽，折一枝柳，依旧可以吹出一个春天的天籁。曾经，是一场路过的繁华，我们无须质疑每一场遇见的心动，也无须猜测离别是一场怎样的预谋。回眸看看走过的路，爱过的人，说过的话，牵过的手，笑过的时光，依旧写满眷眷的暖，那么美、那么令人唏嘘不已。

起初不经意的雪，漫过红尘，分散飘落，装点着周围的世界，细数经年遗失在每一片光阴上的欢愉。可否，再写一帧花间旧事？可否，再弹一曲那年久别的传唱？枫桥边，那一盏千年的渔火，可曾薰暖那一季错过的忧伤？踏雪寻梅，本来就是一场美的邂逅，以雪的剔透，以梅的傲骨，以心的如水，以爱的无暇，以情的从容……冬的深处，有些清冷。那年，你送的那一壶阳光，可以倾心，可以拥怀，唯独不可以独饮自醉。

好想，让时光慢下来，再慢一些，让我重新写一写青春的诗行，看一看那些结满丁香芬芳的故事。光阴那么长，又那么短，我来不及一一珍藏，便已流年暗换，错过很多花开花落——思念那么长，我走过了春，走过了夏，走过了秋，遇见了冬，唯独没有遇见你。你还在来的途中，还是早已走远？伸出手，只有含着梅香的雪打湿发梢，打湿衣襟，打湿心扉。

经年无语，错过的重逢，恰似经年那些无意疏落的童年与青春，忽然就在年华渐老的城池乱了阵脚。好想给每一朵雪花起一个名字，就像记住青春里那些念念不忘的影子，就像记住锦瑟年华里那些明媚的笑靥。然后，安静等待，等待三月的桃花开满山坡，再

神州走笔

次叩开岁月的门扉，把过往一一细数。

那些飞落在旧时光里的寂寂素念，终究如风一样被季节带去了不同的方向。如果可以再选择一次初见，我希望还是最初我们不经意的交集，淡淡记得，深深思念。唱一唱聚散随缘的红尘万变，看一看山水间的地阔天圆，我们是否应该习惯，在岁月的安然中学会慈悲，在时光的流逝中学会珍惜？过去，现在，未来，不可复制，无法预约，唯有一路风尘，一路珍惜，一路遗忘。

生命里，那些念或不念，爱或不爱，早已隔着山水般遥远。有些爱，无须说，有些念，不想说。你若懂得，安静留下陪伴，我亦不离，陪你看一路草长莺飞，听一路小桥流水，闻一路花香清雅，看一场初雪温良。你若不懂，请带上你的云彩，我亦挥挥手微笑着为你祝福。

推窗，遥望白雪深处，岁月斑斑。念在天涯，情在雪中。若临雪而以静对，闻梅香幽幽。身后跌落的时光，是否会生出一种淡淡禅意，空灵了那些爱恨纠缠的错过与爱恋，让所有的过往都充满慈悲与宽容，任世界风烟俱静，心无宕动。

锁住的往事，每一声惊叹都饱含一场铭心。被烟雨潮湿的古诗，乱了平仄。一首诗，用尽了所有花事；一个字，倾城了所有温柔。你陪我走过蓝天白云的每一次倾城，我陪你走过相濡以沫的每一次对视。那些，高过山峰的目光，在初雪落满大地的时候总会生出万般诗意。今夜，就让我抽取一枚雪色，即使粉雕玉砌已不在，那一场醉过的梦是否会在月上梅梢时微笑着醒来。

　　日落黄昏，飘一场初雪，邀一程月色，沏一杯新茗，独酌，听雪敲窗，看雪慢慢落满窗台，落满庭院，落满梅枝。而我心，自倾，将一盏茶由热喝到凉，由浓喝到淡；将一本书，由精彩读到平淡，由感动读到唏嘘。人无暇，忘记凡尘俗世的苦，不染忧伤。任凭自己在一场盛大的花事中开至荼蘼，在半生的沧桑中涤去粗粝，只留下一抹琉璃的剔透，让素念寂寂，锦瑟成弦。

　　　　　　　　　　　　　　写于 2016 年 12 月